杜詩舊注考據補證

蔡志超◎著

目　錄

第一章 >>>>>>

緒 論

第一節　研究對象與目的

　　本文主要是研究宋代至清朝前人對杜詩舊注的考據情形，探究其考據杜詩舊說的具體成果，論述注杜舊家考據杜詩時所建構出的杜詩考據理論。

　　杜詩及其舊注、舊說之考訂研究乃杜詩考據的議題之一。這個論題的產生主要是由於注杜舊家在注釋杜詩時，往往會參酌前人的意見，並對舊注舊說考辨糾繆，是其所是，非其所非，稽考以據信，因而在杜詩學中形成議題，並產生一股考據現象。此尤以清代最為熾熱。然而此現象宋代已然開始形成，清代並出現杜詩考據的專書。這股杜詩考據的潮流主要是針對杜詩舊注、舊說之錯謬而來的。

　　前人對杜詩及其舊注舊說之考訂，並非以稽考據信作為終極目標——所謂「為考據而考據」，其本旨乃為注釋杜詩，刊削杜詩偽注錯解，追求杜詩之正確解讀，因此杜詩考據實為杜

詩詮釋之根柢與條件。杜詩詮釋不僅是古典詩歌詮釋的一部分，亦可作為古典詩歌詮釋的代表。換言之，杜詩考據的結果與杜詩的詮釋可為中國古典詩歌詮釋的借鑒。此即杜詩考據之價值。

第二節　學術現況

　　目前杜甫與杜詩考據的研究現況，可從專書與單篇論文兩方面來說明：專書方面，數量較少，這方面有陳文華先生的《杜甫傳記唐宋資料考辨》，本書考正了杜甫世系表以及杜甫生平事蹟異說等等，其可作為杜詩相關考據的重要參考。

　　單篇論文方面，數量頗多，這方面若以研究對象作為分類依據，大致可分為三類：

　　一是杜甫個人及親友考，此可細分為二：（一）杜甫生平考，考據的內涵包括杜甫的生卒、交游、行跡、故居與草堂等等；（二）杜甫親友考，包含杜甫的親屬與朋友等等。

　　二是杜甫詩歌考，此又可細分為二：（一）杜詩創作時、地考，此即杜詩之繫年、繫地；（二）杜甫詩句考，包含字詞、詩句、詩序、偽詩與底本之考據等等。

　　三是杜詩偽注考，討論的對象主要是偽王洙注與偽蘇軾注的相關考辨。

　　然而無論是杜甫生平親友考、杜詩考以及杜詩偽注考等等，終究必須回到杜詩上，將其研究成果作為杜詩詮釋的參考與依據，否則無法創造考據的附加價值。而杜詩詮釋最重要的參考依據當屬宋代以來杜詩的舊注、舊說。然而其中存有不少

的錯訛。但是目前為止，卻少有研究者對杜詩舊注、舊說的考據情形與結果，進行整理與探究；少就杜詩舊注、舊說的錯謬進行考據。倘若不對舊注舊說進行刊削反正，恐詮釋者站在錯注的基礎上解讀杜詩，即產生了訛誤的詮釋。此部分實為目前可發展的研究課題，因此本文以杜詩舊注（含舊說）之考據為研究論題。

第三節　研究方法與範圍

由於杜詩及其舊注舊說之考據情形龐雜支離，難以統攝，因此這議題須進行觀點設限。而此觀點設限的選擇有兩個考量：一、此觀點下的研究討論是否已形成一相關的議題與相當的數量；二、循此觀點所進行的研究是否能糾謬反正。就前者言，若前人之研究未形成一相關議題，實無法在一主架構下進行討論；若未有相當的數量，實無法支持此項研究。就後者言，此觀點下的相關研究若未能刊削舊說之錯謬，實無法呈現杜詩真實面目之梗廓，並作為詮釋杜詩之基礎與條件。依此，本文著眼的探究面相乃是杜詩舊注之重要考據家。

循此探究面相下的研究論域，本文是依人而分章。依人分章之論述其優點有三：一、可呈現前人具體的杜詩考訂成果；二、可考查前人的杜詩考據是否形成一理論，並一窺其理論原貌，作為將來杜詩考據學的構成要素；三、可呈現杜詩考據的發展軌跡與歷程。循此進路，本文的研究範圍有：趙次公，黃希黃鶴父子、錢謙益、朱鶴齡、仇兆鰲與史炳諸家。而本文具體採行的研究（暨撰寫）步驟如下：

一、考查並臚陳前人杜詩考據所針對的舊注、舊說；

二、考查前人的考據過程與結果是否為真，此包含前賢援引之相關資料。若前人的考據說法為真，而前人卻未援引相關資料，本文則具體援引之；若前人援引相關證據不足，本文則具體補充之，是為補證；

三、臚列前人考證結果與相關說法於後。

惟須說明者有二，首先，探究前人的杜詩考據亦須進行實際的考證，這一方面是由於倘若研究自身並未進行任何實際的查考，實無法分辨前賢的考據過程與結果是否為真，是否可信；一方面是因為研究前人的杜詩考據乃以呈現杜詩的真面目、真精神為依歸，拂拭塵灰，糾斥錯說。倘研究自身未進行任何考證，恐杜詩仍蔽於妄注。其次，探討前人的杜詩考據亦須進行相關考據補證，這一方面是由於前人的考據大致是片紙隻字，寥寥數語，少部分如史炳的《杜詩瑣證》則考訂精詳；另一方面是因為前人進行考據時所見資料難免有所掛漏，因此若有可補充者則徵引之。

依此，本文現在就可以說明各章所要討論的主要論題：

第一章是緒論。說明研究對象與目的、學術現況、研究方法與範圍。

第二章是杜詩注解與考據。首先將說明杜詩是否需要注文的兩種看法。其次論述兩種注解方式。最後說明杜詩舊家造成的錯謬現象。

第三章是趙次公。首先將討論趙次公考訂舊注地理之誤。其次將說明其考訂舊注史事之誤。第三將探討其考訂舊注引詩賦文句之誤。第四將說明其考訂舊本杜詩之誤。最後討論趙注考據之缺失。

　　第四章是黃希、黃鶴。首先將說明舊注編年錯謬，這包括了梁權道、趙次公、師氏與諸家編年之誤。其次論述黃鶴杜詩編年原則，這包含據史繫詩、據詩編年、詩史編年與詩從舊次。第三，討論其考訂舊注人物與史事之錯謬，包含糾考人物事蹟、人名與史事之誤。最後，將論述黃鶴考據之缺失。

　　第五章是錢謙益。首先將說明錢謙益考信古人、箴砭俗學之治學方法。其次探究錢氏論述注家錯謬的原因，這包括了偽託古人、偽造故事、傅會前史、偽撰人名、改竄古書、顛倒事實、強釋文義、錯亂地理、妄添題下注、史書附會杜詩、傳寫錯謬、讀音錯謬、偽託改竄等等。第三將說明錢謙益刊削舊注錯謬之道。

　　第六章是朱鶴齡。首先將說明朱鶴齡刊正杜詩舊注的錯謬。其次將歸納朱注中注家錯謬的原因，這包含偽託古人、偽撰故事、妄引人名、顛倒事實、編年錯置、錯亂地理、妄添公自注、傳寫訛誤、揣測臆說、偽撰詩文與杜撰史事等等。最後將說明朱鶴齡對錢箋之批評與注杜原則。

　　第七章是仇兆鰲。首先將說明仇兆鰲糾考舊注偽造故事之誤。其次將討論其糾考舊注史事之誤。第三是探討其糾考舊注其它之誤。

　　第八章是史炳。首先將討論史炳糾考舊注史事之誤。其次是說明其糾考舊注地理之誤。第三將討論其糾考舊注深文比附之誤。第四是說明其糾考舊說衍字、舊注訛字之誤。第五是探討其糾考舊注其它之誤。最後是刊削之道。

　　第九章是結論。

第二章

杜詩注解與考據

第一節　杜詩是否需要注文的兩種看法

　　古人對於杜詩是否必須注文主要有兩種看法，首先是認為杜詩不可注、不必注，譬如，薛雪認為杜詩如大海、日月、圓鏡，能納眾流、照幽冥、現萬物，涵容萬流，體現眾物；杜詩又如《陰符》與《道德》，可讀之為兵，能讀之為道，或讀之為政，呈現出解讀的多種可能性，因此杜詩只可讀、無法解、不可注。薛雪於《一瓢詩話》中說：

> 杜少陵詩，止可讀，不可解。何也？公詩如溟渤，無流不納；如日月，無幽不燭；如大圓鏡，無物不現，如何可解？小而言之，如《陰符》、《道德》，兵家讀之為兵，道家讀之為道，治天下國家者讀之為政，無往不可。所以解之者不下數百餘家，總無全璧。……。余謂：讀之既熟，思之既久，神將通之，不落言詮，自明

妙理，何必斷斷然論今道古耶？[1]

杜詩既不可解，杜注又總非完善，讀者該如何閱讀杜詩呢？薛雪以為當熟讀之，久思之，如此，神將通之，自明妙理，而不落於言筌。當讀者神通妙理之時，自然不需詩注。另外，楊慎於《絕句衍義・序》中也曾記載有好古者曰：詩不必注，誦讀既久，自悟真味。《絕句衍義・序》說：

> 間有志於好古者亦曰：觀書必去注，詩不必注，諷誦之久，真味自出。[2]

好古者既主張：詩不必注。今若循好古者主張之理，杜詩又屬於詩歌的範圍，因而杜詩也就不必注了。又如畢沅也認為：杜詩不可注，也不必注。就杜詩不可注言：一方面，這是由於杜甫根基於經史，沉醉於六藝百家之書，窮究天地民物古今之變化，歷經兵戈山川盛衰治亂之軌跡，並將平生之憂愁，見意於詩集，因此杜詩不可注；另一方面，這是因為後人並未讀杜甫所讀之書，亦未歷杜甫所歷之境，所以後人不可注杜。

就杜詩不必注言：這是因為杜詩集詩學之大成，陶寫胸臆，成一家之言，所以杜詩不必注；其氣格超絕處，全在寄旨遙深，詩味淵長，言在此而意在彼，欲使讀者深思自得，也因此杜詩不必注。畢沅於《杜詩鏡銓・序》中說：

> 杜拾遺集詩學大成，其詩不可注，亦不必注。何也？公

---

1 薛雪：《一瓢詩話》，見《清詩話》，頁658。
2 楊慎：《楊慎詩話》，見《明詩話全編》（三），頁2707。

原本忠孝，根柢經史，沉酣於百家六藝之書，窮天地民
物古今之變，歷山川兵火治亂興衰之蹟；一官廢黜，萬
里饑驅，平生感憤愁苦之況，一一託之歌詩，以涵泳其
性情，發揮其才智；後人未讀公所讀之書，未歷公所歷
之境，徒事管窺蠡測，穿鑿附會，刺刺不休，自矜援引
浩博，真同癡人說夢，於古人以意逆志之義，毫無當
也。此公詩之不可注也。公崛起盛唐，紹承家學，其詩
發源於《三百篇》及楚《騷》、漢魏《樂府》，吸羣書之
芳潤，擷百代之精英，抒寫胸臆，鎔鑄偉辭，以鴻博絕
麗之學，自成一家言；氣格超絕處，全在寄託遙深，醞
釀醇厚，其味淵然以長，其光油然以深，言在此而意在
彼，欲令後之讀詩者，深思而自得之。此公詩之不必注
也。[3]

讀者若能諷誦既熟，深思既久，自可領略杜詩真味。

其次是認為杜詩不可無注，譬如，胡震亨認為：唐詩乃屬
述當前景、用易見事之詩。若注說眼前景、用易見事之詩，則
詩味竟盡，其注反成畫蛇添足，因而唐詩不可注。然有兩種詩
不可不注，一即杜詩用意深長婉曲者；一即李賀詭譎、李商隱
深僻與王建〈宮詞〉用當時宮禁故實之詩。胡震亨《唐音癸籤》
卷三十二說：

　　唐詩不可注也。詩至唐，與《選》詩大異，說眼前景，
　　用易見事，一注詩味索然，反為蛇足耳。有兩種不可不

3　畢沅：《杜詩鏡銓・序》，見《杜詩鏡銓》，頁1-2。

注：如老杜用意深婉者，須發明；李賀之譎詭、李商隱
之深僻，及王建〈宮詞〉自有當時宮禁故實者，並須作
注，細與箋釋。[4]

此外，浦起龍也認為：唐初以後，多徘徊流連於時光景物、娛
樂性情宣洩鬱悶之篇什，此類之詩可不注也。惟杜詩不可無
注，亦不可無解。浦起龍《讀杜心解‧發凡》說：

《騷》、漢、鄴中、江左諸詩，代各有注。李善、五臣注
《選》，解行於注之中。降自唐初以後，詩注本漸少，大
都所謂流連景光，陶寫性靈之什，不注可也。惟少陵、
義山兩家詩，非注弗顯，注本亦獨多。然義山詩可注不
可解，少陵詩不可無注，並不可無解。[5]

據此，杜詩用意深婉者不可不注；甚至，杜詩不可無注，並不
可無解。

綜合言之，持杜詩不可注、不必注者，其論述尚有值斟酌
之處。首先，論者預設了讀者們對詩歌皆具有共通的理解力與
感悟力，認為誦讀既久，自能領悟其妙理真味，此即所謂「讀
之既熟，思之既久，神將通之，不落言詮，自明妙理」、「諷
誦之久，真味自出」、「氣格超絕處，全在寄託遙深，醞釀醇
厚，其味淵然以長，其光油然以深，言在此而意在彼，欲令後
之讀詩者，深思而自得之」等等。然而讀者本即有才情天賦、

4　胡震亨：《唐音癸籤》，見《四庫全書》，卷三十二，第 1482 冊，頁
　　719；另亦可見《明詩話全編》（七），頁 7098。
5　浦起龍：《讀杜心解》，頁 5。

學力器識高下之不同，高者察其深，淺者識其微，何以所有的讀者都能透過諷讀之久而能領略其神味呢？這只是顯示了學力淺薄的讀者更加需要注解才能夠一窺杜詩的堂奧。

其次，論者主張：未讀杜甫所讀之書，未歷杜甫所歷之境，不可以注杜。反之，凡注杜者須覽杜甫所讀之書，須經杜甫所歷之境。那麼，能注杜詩者惟有杜甫一人而已。問題正在於上述前提存有諸多反例：歷來注杜者已不下數十、百家。然而他們不一定皆能盡讀杜甫所讀之書，更未歷杜甫所歷之境。

第三，論者認為：杜甫性本忠孝，根柢於經史，沉醉於六藝百家之書，能窮古今天地之變，集詩學之大成。然而，這些並不意指杜詩不可注。倘以此作為注杜之依據，此恐過於窄狹嚴格。胡震亨於《唐音癸籤》卷三十二中即曾提出注解詩歌的標準（見前述引文），黃永武於《中國詩學—考據篇》亦曾加以闡釋，他說：「註與不註，全書應有統一的標準，胡震亨曾主張『眼前景、易見事』都不必註，凡用意深婉須發明、譎詭深僻須探究、當時故實須考求者，方須箋釋。……胡氏提出的標準很值得參考。」[6]倘若以詩歌用意深婉、譎詭深僻與當時故實作為注釋之依據，那麼，杜詩的注解即須存在。

最後，畢沅於《杜詩鏡銓·序》中，亦從原先主張「杜詩不可注、不必注」，轉成「杜詩不可無注」。他以為宋元明以來的杜詩箋注牽連比附、章句割裂，使杜詩的真面目、真精神汨沒於灰垢之中，其旨流於晦澀。針對這個現象，畢沅於是轉而提出杜詩不可無注，他說：「宋、元、明以來箋注者，不下數十家，其塵羹土飯，蟬聒蠅鳴，知識迂繆，章句割裂，將公平

6 黃永武：《中國詩學—考據篇》，頁71-72。

生心蹟與古人事蹟牽連而比附之，而公詩之真面目、真精神盡
埋沒於坌囂垢穢之中，此公詩之厄也！注杜而杜詩之本旨晦，
而公詩轉不可無注矣。」[7]因此，杜詩須有注解。倘若杜詩須
有注解，那麼，注解的方式為何呢？杜詩舊注的情形又如何
呢？以下分而述之：

第二節　兩種注解方式

　　一般而言，「注解」若以是否有「解」為分類依據的話，
注解大抵可以分為兩種不同的方式：一是注而不解，引而不
發；二是注而解之，闡明詩義。

　　首先，就注而不解，引而不發而言。吳宏一即曾說：古人
認為詩歌並無通達的解釋，因而詩歌不必求其正確切實的解
釋。由於古人不求詩歌的確解，因此古人對於詩歌常常注而不
解。吳宏一《清代詩學初探》中曾說：

> 王世貞在「藝苑卮言」中，也喜用「有意無意、可解不
> 可解間」諸語說詩，可知在前人的觀念裏，「詩無達
> 詁」，應以烟水迷離為極致，而不必求其確解，所以對
> 於作品文字本身，常常注而不解，蓋欲使仁者見仁，知
> 者見知，深者自見其深，淺者自見其淺。前人於詩大致
> 抱著這種觀念。[8]

7　畢沅：《杜詩鏡銓・序》，見《杜詩鏡銓》，頁2。
8　吳宏一：《清代詩學初探》，第四章，頁147-148。

此外，古人為使讀者能觀詩而自悟，因此古人對詩歌常是注而不解，所謂「深者見其深，淺者見其淺」。這種注而不解的方式可溯源至李善注《文選》，李善大體上只考某事、某語出於某書；至於其意義，往往有待求解者自觀而得之，此即「引而不發」之旨。朱鶴齡〈與李太史論杜注書〉即曾說：

> 李善注《文選》，止考某事出某書；若其意義所在、貫穿聯絡，則俟索解人自得之，此正引而不發之旨。[9]

簡言之，注而不解、引而不發的注解方式，只須考得某語某事之所出，而不必解其意義，其意義有待讀者觀詩而自悟。這個方式可能與「詩可以意會不可言傳」的觀念有關。

其次，就注而解之，闡明詩義而言。浦起龍曾區分「注」與「解」的不同，「注」的對象是「事辭」，即古事、時事與古語；「解」的對象是「神吻」，即口吻精神，亦即意義。兩者關係乃是相互依存：解以注為必要條件；注以解為依歸準則。浦起龍《讀杜心解·發凡》說：

> 注與解體各不同：注者其事辭，解者其神吻也。神吻由事辭而出，事辭以神吻為準。故體宜勿混，而用貴相顧。[10]

浦起龍進一步說明，依所注對象之不同，注例有三：注古事、

9　朱鶴齡：《愚菴小集》，見《四庫全書》，第 1319 冊，卷十，頁 118-
　　119。
10　浦起龍：《讀杜心解》，頁 5。

注古語與注時事。分而言之，就注古事、古語而言，其原則是：注者須有援據。魯訔、王洙、師氏、蔡夢弼等之注語即略備援據；錢謙益與朱鶴齡考其謬誤處亦多。就注時事而言，其原則是：注家所援引之時事即等同於注，而時事之義即通貫於解。上述注例的共同精神即是須有援據。浦起龍《讀杜心解·發凡》說：

> 凡注之例三：曰古事，曰古語，曰時事。古事、古語，自魯訔、王洙、師氏、夢弼之徒，援據亦略備矣。其謬者，牧齋、長孺駁正特多。……。至時事則例等於注，而義通於解。所引用諸書如新、舊二史、《通鑑》、《會要》、《國史補》、《明皇雜錄》、《祿山事蹟》之類，出入比附，先後主奴。……。茲焉或仍或改，務使本文主意與當年故實，若符節之合，水乳之投。[11]

注之後，即是解。解的方法是先篇義，次節義，末語義。然而，篇義與語義的關係密切，若語失，則節紊；若節紊，則篇晦。反之，為免篇義畔逆，節義自不可紊亂舛誤；為免節義舛訛紊亂，不可錯失語義。避免語失之道在於勿以一二字句，故為新論；避免節紊之方在於須顧及該如何歸宿於篇幅宗旨，以及上下文勢該如何連繫之問題。浦起龍《讀杜心解·發凡》說：

> 解之為道，先篇義，次節義，次語義。語失而節紊，節

11　浦起龍：《讀杜心解》，頁6。

索而篇晦；索斯舛，晦斯畔矣。而說者每喜摘一句、兩
句，甚或一兩字，別出新論。不顧篇幅宗主如何歸宿、
上下文勢如何連綴。此最害事。[12]

朱鶴齡於〈輯注杜工部集凡例〉亦云：

訓釋之家，必須事、義兼晰。今於考注句字之外，或貫
穿其大意，或闡發其微文。古律長篇，汗漫難讀者，則
分章會解之。[13]

「事」含古事時事，並考其字句所出，這是屬於注的範圍；
「義」乃貫穿大意，闡發幽微，這是屬於解的範圍。

　　簡言之，上述兩種注解方式，皆須援考；倘若注解沒有援
據，則注解易流於錯謬。

第三節　杜詩舊家造成的錯謬現象

　　杜詩舊注存在一些蹐駁紕繆，舛陋蕪穢的情形，這使得有
識者深以為憾。錢謙益於〈注杜詩略例〉即曾言：

杜詩昔號千家注，雖不可盡見，亦畧具于諸本中。大抵

---

[12]　浦起龍：《讀杜心解》，頁7。另外，吳喬《圍爐詩話》卷四亦曾
　　　云：「凡讀唐人詩，孤篇須看通篇意，有幾篇者須合看諸篇意，然
　　　後作解，庶幾可得作者之意，不可執一二句一二字輕立論也。」（見
　　　《清詩話續編》（一），頁587）
[13]　朱鶴齡：《杜工部詩集》（上），頁87。

蕪穢舛陋，如出一轍。[14]

朱鶴齡〈與李太史論杜注書〉中也曾說：

> 杜詩注則錯出無倫，未有為之剪裁而整齊之者，所以識
> 者不能無深憾也。[15]

造成杜詩舊注錯謬的現象，基本上是因為某些杜詩舊注舊家附會揣測、傳譌無稽的治學方式。而杜詩舊注舊家所造成的錯謬現象可概分為以下幾種情形：郢書燕說、偽撰故實、偽撰書籍與字句舛訛等等。以下分述之：

一、郢書燕説、偽撰故實

杜詩舊家所造成的錯謬現象之一是郢書燕說、偽撰故實。杜詩舊注郢書燕說、偽撰故實所形成的因素至少有二：首先，這是由於杜詩舊家讀書不多，又不能闕所不知，因而於注杜詩時穿鑿附會，乃至於偽造故實，這使得杜詩的真面目、真精神為之汨沒。黃生於〈杜詩概說〉中即曾說：

> 後之註者，讀書既不多，又不能闕所不知，往往郢書燕
> 說，甚者乃偽撰故事以實之。杜公之真面目，蔽於妄注
> 者不少。[16]

---

14 錢謙益：《錢牧齋先生箋註杜工部集》，見《續修四庫全書》，第
　　1308 冊，頁 10。
15 朱鶴齡：《愚菴小集》，卷十，頁 117。

其次，某些注杜舊家喜新求奇，這使得其於注解時，務求穿鑿支離，甚至附會忠孝，牽涉諷刺；另一方面，某些注杜舊家貪多矜博，因而蒐集古語，泛引古事，甚至偽撰典故。沈德潛的〈杜詩偶評序〉曾說：

> 竊見往時讀杜諸家，貪多者矜奧博，事必泛引，語必捃摭，甚或偽造典故以實其說；而一二鈎奇喜新之士，意主穿鑿，辭務支離，即尋常景物，亦必牽涉諷刺，附會忠孝，而詩人之天趣亡焉。[17]

進一步地說，杜詩舊注所穿鑿附會者有二：附會史事與附會忠孝。何以杜詩舊注會「附會史事」呢？這大抵是受「詩史」說[18]與「無一字無來處」說[19]的影響。先就受「詩史」說影響而言，譬如，郭紹虞於《杜詩鏡銓・前言》中即曾說：

> 大抵自詩史之說興，而注杜者遂多附會史事之論。[20]

次就受「無一字無來處」說影響而言，譬如，何焯《義門讀書記》卷五十一曾說：

16　黃生：《杜工部詩說》，頁13-14。
17　沈德潛：《杜詩偶評》，頁1。
18　「詩史」一詞最早見於孟棨《本事詩》，孟棨的《本事詩》說：「杜逢祿山之難，流離隴蜀，畢陳於詩，推見至隱，殆無遺事，故當時號為詩史。」見原刻景印《百部叢書集成》（台北：藝文印書館，1965年），頁16。
19　「無一字無來處」乃黃庭堅之語，黃庭堅〈答洪駒父書三首〉說：「老杜作詩，退之作文，無一字無來處。」（《山谷集》，見《四庫全書》，第1113冊，卷十九，頁186）
20　郭紹虞：《杜詩鏡銓・前言》，見《杜詩鏡銓》，頁1。

宋景濂為俞默翁杜詩舉隅序。以為註杜者，無慮數百
家，大抵務穿鑿者，謂一字皆有所出，泛引經史，巧為
附會，檀釀而叢脞。[21]

又何以杜詩舊注會「附會忠孝」呢？這與「一飯未嘗忘君」
說[22]有關。何焯《義門讀書記》卷五十一又說：

騁新奇者，稱其一飯不忘君，發為言詞，無非忠君愛國
之意。至于率爾詠懷之作，亦必遷就而為之說。說者雖
多，不出于彼，則入于此，遂使子美之詩，不白于世。[23]

此外，杜詩舊注徵引古事古語，甚至於偽撰故事、託為事實，
亦與「無一字無來處」說有關。郭紹虞於《杜詩鏡銓·前言》
中說：

自杜詩無一字無來處之說興，而注杜者遂又多徵引典實
之作。[24]

梁章鉅《退庵隨筆》亦曾言：「劉起潛《隱居通議》云：『家
藏小冊一本，字畫甚古，題曰《東坡老杜詩史事實》。略舉杜

---

21 何焯：《義門讀書記》（北京：中華書局），頁 987。
22 「一飯未嘗忘君」乃蘇軾之語，蘇軾於〈王定國詩集敘〉中說：
「古今詩人眾矣，而杜子美為首，豈非以其流落饑寒，終身不用，而
一飯未嘗忘君也歟。」（《東坡全集》，見《四庫全書》，第 1107 冊，
卷三十四，頁 483）
23 何焯：《義門讀書記》，頁 987。
24 郭紹虞：《杜詩鏡銓·前言》，見《杜詩鏡銓》，頁 1。

句，有曰『賤子請具陳』，引毛遂云：『公子試聽吳、越之事，容賤子一一具陳。』杜句曰『下筆如有神』，引仲舒答策『下筆疑有神助』。杜句曰『青冥卻垂翅』，引李斯『丈夫如提筆鼓吻，取富貴易如舉杯，何青冥之翩與鷃共垂翅乎』。杜句曰『崆峒小麥熟，且願休王師』，引武帝欲討西羌，耿遂諫曰：『今崆峒小麥方熟，陛下宜休王師。』如此者凡十卷。乃知杜句皆有根本，非自作語言也。山谷云：『杜詩韓文無一字無來處，今人讀書少，故謂韓、杜自作此語。』予初未以此說為然，今觀此集，則此言信矣。』」[25]《東坡老杜詩史事實》乃偽蘇註，劉壎觀此書所載，乃知杜甫詩句皆有本源，並非自作之語言，進而相信黃庭堅所云「杜詩無一字無來處」之說。由此可見，偽蘇註者的目的之一乃試圖呈現杜句皆有根柢，並使人相信杜詩一字一句皆有所出。概括地說，有些杜詩舊注認為杜詩無一字無來處，於是注杜時捃摭古事，援引典實，乃至偽撰故事，設為事實。

　　簡言之，從杜詩箋注者的角度而言，由於某些舊家喜新求奇、貪多務博；讀書不多，又不能闕所不知，因而造成杜詩舊注郢書燕說、偽撰故實的情形發生。從杜詩學的歷史而言，有些杜詩注家認為：杜甫敘事班班可見於當時、一飯未嘗忘君以及用字皆有來處，因而使得某些杜詩舊注進而附會史事忠孝，甚至偽撰故事以實之。

25　梁章鉅：《退庵隨筆》，見《清詩話續編》（三），頁 1975。

二、偽撰書籍

　　杜詩舊家所造成的錯謬現象之二即是偽撰書籍。譬如《東坡杜詩故事》，然其稱不一，又作《東坡杜詩事實》、《老杜事實》、《東坡事實》、《釋事》、《詩史》、《杜陵句解》等等[26]，此書在宋朝已被認定為偽書，宋、郭知達〈九家集註杜詩序〉即曾說：

> 杜少陵詩，世號詩史，自箋注雜出，是非異同，多所牴牾。至有好事者掇其章句，穿鑿附會，設為事實，託名東坡，刊鏤以行，欺世售偽。有識之士，所為深歎。[27]

此偽書作者為何呢？其說不一：朱熹主鄭昂所為，〈跋章國華所集注杜詩〉說：「章國華過予山間，出所集注杜詩示予，其用力勤矣，然其所引《東坡事實》者，非蘇公作，聞之長老，乃閩中鄭昂尚明偽為之。」[28] 胡仔主李歐所作，《漁隱叢話‧後集》卷八說：「近世所刊《老杜事實》及李歐所注《詩史》皆行于世，其語鑿空，無可考據，吾所不取焉。」[29] 張邦基主王銍偽為之，《墨莊漫錄》「龍城錄乃王性之作」則中說：「近時傳一書，曰《龍城錄》，云柳子厚所作，非也。乃王銍性之偽為之。其梅花鬼事，蓋遷就東坡詩『月黑林間逢縞袂』及

26　周采泉：《杜集書錄》，卷十一，頁 641。
27　郭知達：《九家集註杜詩》（一），頁 5。
28　朱熹：《晦菴先生朱文公文集》，卷八十四，頁 26。
29　胡仔於《漁隱叢話‧後集》（五），卷八，頁 1352。

『月落參橫』之句耳。又作《雲仙散錄》，尤為怪誕，殊誤後之學者。又有李歜注杜甫詩及注東坡詩事。皆王性之一手，殊可駭笑，有識者當自知之。」[30]朱熹、胡仔與張邦基分別認為鄭昂、李歜與王銍為偽蘇注的作者。

　　然而對於上述三說，周采泉則持不同意見，其認為李歜乃假名；並據陸游之說而斷王銍為偽蘇作者乃出於誤傳；並以此書大致與坊賈有關，已不能究詰作者之真實姓名，《杜集書錄》卷十一說：

> 　　偽蘇註，或謂出於鄭昂，朱熹說。或謂出於李歜，胡仔說。或謂王銍託李歜之名。詳張邦基《墨莊漫錄》，《四庫總目・雲仙散錄提要》中引張邦基語，謂李歜註《東坡詩》，皆性之一人之手，殊可駭笑。但王銍為得臣之姪，明清之父，為趙宋文苑舊家，著作等身。陸游曰：「王性之記問〔聞〕該洽，尤長於國朝〔宋〕故事，莫不能記。對客指畫誦說，動百千言，退而質之，無一語謬。予自少至老，惟見一人……其藏書數百篋，無所不備。」《老學菴筆記》卷之六。據此，王銍之博洽，為陸游所推崇如此，「偽蘇」非出於銍手，明矣。大致皆出于坊賈所為，李歜為假名，而王銍則係傳誤，其真實姓名，則無從究詰。[31]

　　周采泉認為偽蘇注乃坊賈所為，此說源自於陳振孫。陳振

30　張邦基：《墨莊漫錄》，頁 69。上述「偽蘇注作者之說」詳參周采泉：《杜集書錄》，卷十一，頁 642-643。

31　周采泉：《杜集書錄》，卷十一，頁 642。

孫以為偽蘇注乃妄庸人所假託，而書坊商賈輒抄入杜集詩注之中（見下引文）。

偽蘇注出於假託的主要理由有三：一是引文不言所出，以巧避考覈查實。趙次公於〈奉贈韋左丞丈二十二韻〉說：「世有託名東坡《事實》，輒云：毛遂有言：賤子——具陳之。以為渾語，卻不引出何書。其全帙引，類皆如此。」[32] 二是其首尾辭氣若出自同一人，而非援引古書故實古語時所呈現之不同口吻。陳振孫說：「蜀人郭知達所集九家注，世有稱東坡《杜詩故事》者，隨事造文，一一牽合，而皆不言其所自出，其辭氣首末若出一口，蓋妄人依托以欺亂流俗者。書坊輒勒入集注中，殊敗人意。」[33] 三是所引五言詩句在漢代以前，然漢代以前尚未有五言古詩、律句。嚴羽《滄浪詩話·考證》說：「《杜集》註中『坡曰』者，皆是托名假偽。漁隱雖嘗辯之，而人尚疑者，蓋無至當之說，以指其偽也。今舉一端，將不辯而自明矣。如『楚岫八峰翠』，註云：『景差〈蘭亭春望〉：千峰楚岫碧，萬木郢城陰。』且五言始於李陵蘇武，或云枚乘。漢以前五言古詩尚未有之，寧有戰國時已有五言律句耶？觀此可以一笑而悟矣。雖然，亦幸而有此漏逗也。」[34]

偽蘇注的流弊主要有四：一是眩惑亂人，欺誤後學；二是舊家不察，誤引偽注；三是注家誤引，以證杜詩；四是新刊文集，誤採偽注。仇兆鰲於〈杜詩凡例〉「杜詩偽注」中說：

32 林繼中：《杜詩趙次公先後解輯校》，甲帙卷之三，頁 54。
33 華文軒編：《杜甫卷》（三冊），頁 812。周采泉以為：偽蘇注乃坊賈所為。此說出自陳振孫。周采泉亦曾引此，見《杜集書錄》，卷十一，頁 643。
34 嚴羽著、郭紹虞校釋：《滄浪詩話校釋》，頁 233-234。

分類始於陳浩然，元人遂區為七十門，割裂可厭。又廣載偽蘇注，古人本無是事，特因杜句而緣飾首尾，假撰事實，前代楊用修，力辯其謬妄。邵國賢、焦弱侯往往誤引。凌氏《五車韻瑞》援作實事。張遹可又據《韻瑞》以證杜詩，忽增某史某傳，輾轉附會矣。吳門新刊《庾開府集》亦誤採《韻瑞》，皆偽注之流弊也。[35]

偽撰書籍，除《東坡杜詩故事》之外，又如，楊慎聲稱：宋本《杜集》於〈麗人行〉「珠壓腰衱穩稱身」下有「足下何所有？紅蕖羅襪穿鐙銀」兩句。然錢謙益徧考宋版，並無此二語。丁福保〈重編升菴詩話弁言〉說：

> 升菴淵通賅博，而落魄不檢形骸，放言好偽撰古書，以自證其說。如稱宋本《杜集・麗人行》中有「足下何所有？紅蕖羅襪穿鐙銀」二句，錢牧齋徧檢各宋本《杜集》，均無此二句。[36]

楊慎所稱宋本《杜集》無疑亦是出於偽造假託。綜而言之，偽撰書籍或因杜詩而緣飾首尾，隨事撰文，或藉杜句而增添詩語，託為古本，貽誤後學甚夥，使有識者深以為憾。

35　仇兆鰲：《杜詩詳註》，頁23。另外，仇兆鰲於〈飲中八仙歌〉詩尾亦曾云：「舊刻《分類千家注》多載偽蘇注，大概以杜句為主，添設首尾，假託古人，初無其事。蔡傳卿編年千家本削去，最快。前輩如邵二泉、焦弱侯，多為偽註所惑。後來《五車韻瑞》遂引作實事。張遹可《會粹》又本《韻瑞》，且於附會古人處妄添某史，可謂巧于緣飾矣。近日吳門所刻《庾開府文集》亦誤引偽注，沿訛不覺，丞當正之。」（見《杜詩詳註》，卷二，頁85）

36　丁福保：《歷代詩話續編》（中），頁634。

三、字句舛訛

　　杜詩舊家所造成的錯謬現象之三即是字句舛訛。杜集多訛字一直為前人所訾病，譬如，朱熹即認為杜詩最多誤字，而欲作《考異》，朱子云：「杜詩最多誤字。蔡興宗〈正異〉，固好，而未盡。某嘗欲廣之，作《杜詩考異》，竟未暇也。」[37]又，朱鶴齡於〈輯註杜工部集凡例〉即曾說：「集中譌字最多。」[38]另外，吳瞻泰於〈評杜詩略例〉亦曾云：「杜詩數十百種，字句舛訛，終少善本。」[39]

　　杜集字句舛訛的主要原因有二：一是世人輕以意改書，且和之者眾，因而遂使杜集、古書日漸訛謬。蘇軾〈慎改竄〉一文曾說：

　　近世人輕以意改書，鄙淺之人，好惡多同，故從而和之者眾，遂使古書日就訛舛，深可忿疾。孔子曰：「吾猶及史之闕文也。」自予少時，見前輩皆不敢輕改書。……。陶潛詩：「採菊東籬下，悠然見南山。」採菊之次，偶然見山，初不用意，而境與意會，故可喜也。今皆作「望南山」。杜子美云：「白鷗沒浩蕩，萬里誰能馴。」蓋滅沒於烟波間耳。而宋敏求謂予云「鷗不善『沒』，改作『波』字」。二詩改兩字，便覺一篇神氣索

---

[37] 朱熹：《朱子語類》，見《四庫全書》，第702冊，卷一百四十，頁808；另亦可參《晦庵詩說》，見《宋詩話全編》，第六冊，頁6117。

[38] 朱鶴齡：《杜工部詩集》（上），頁84。

[39] 吳瞻泰：《杜詩提要》（一），頁22。

然也。 40

　　另外，胡震亨也認為：後人以意妄改無誤之杜詩，致使杜
集字句紕誤，《唐音癸籤》卷三十二說：「杜詩即不無誤字，
然本無誤，而後人以意妄改者亦有之。」41 何以世人輕以意改
書致使杜詩舛訛呢？這是因為古人讀書義有未通時，輒改其
字，嚴有翼《藝苑雌黃》「杜詩『黃獨解』」下即引張文潛語
云：「張文潛《明道雜誌》云：讀書有義未通而輒改字，最學
者大病也。」42 亦即，學者讀詩未能通曉其義時，往往以己意
輕改之，此致使杜集字句舛訛。二是古書往往轉刻轉訛，因而
遂使杜集字句訛誤。明、張燧曾說：「古書無訛字，轉刻轉
訛，莫可考證。略舉數條：……。杜詩：『把君詩過日』，俗
本作『把君詩過目』。『愁對寒雲白滿山』，俗本作『雪滿
山』。『關山同一點』，俗本作『同一照』。『七月六日苦炎
蒸』，俗本『蒸』作『熱』。『邀歡上夜關』，俗本作『十夜
間』。『曾閃朱旂北斗殷』，俗本『殷』作『間』，成何文理？
『不知貧病關何事』，俗本作『祇緣貧病人須棄』。『禿節漢臣

40　蘇軾：《東坡全集》，見《四庫全書》，第 1108 冊，卷一百，頁
　　586；另亦可參《宋詩話全編》，第一冊，頁 789。另外，仇兆鰲
　　《杜詩詳註》卷一亦云：「《東坡志林》：子美『白鷗沒浩蕩』，言滅
　　沒於烟波間耳。宋敏求謂鷗不解沒，改作波字，便覺神氣索然也。
　　今按《易林》：『鳧遊江海，沒行千里。』此沒字所本。」（頁 78）

41　胡震亨：《唐音癸籤》，見《四庫全書》，第 1482 冊，卷三十二，頁
　　719；另亦可參見《明詩話全編》，第七冊，頁 7098。此外，王觀國
　　亦曾舉例說：「『江蓮搖白羽，天棘蔓青絲』，今改『蔓』為『夢』。
　　蓋天門冬亦名天棘，其苗蔓生，好纏竹木上，葉細如青絲，寺院亭
　　檻中多植之可觀。後人既改『蔓』為『夢』，又釋天棘以為柳，皆非
　　也。子美詩集少善本，良以妄庸輩改之耳。」（見《宋詩話全編》，
　　第三冊，頁 2551）

42　嚴有翼：《藝苑雌黃》，見《宋詩話全編》，第三冊，頁 2332。

歸』，俗本作『握節』。不知《漢書‧張衡傳》云『蘇武以秃節效貞』，杜公政用此語也。『新炊聞黃粱』，俗本『聞』作『間』，則字義亦不通矣。……。凡此皆係改本，謬偽百出。書之所以貴舊本也。」[43] 姑且不論張燧所舉杜詩之例是否皆能成立，然而，刊刻杜集古書往往會使字句產生錯謬這是事實。宋、周煇即曾說：「印板文字，訛舛為常，蓋校書如掃塵，旋掃旋生。」[44] 概括地說，杜集句字訛謬的原因，首先乃是世人以己意改之，其次是杜集刊刻即不免訛誤。

　　總之，杜詩舊家所造成的錯謬現象至少有：郢書燕說、偽撰故實、偽撰書籍與字句舛訛等等。郢書燕說與偽撰故實的錯謬，主要是因為杜詩舊注舊家讀書不多，又不能闕所不知，甚至喜新求奇，貪多務博所造成的。杜詩學中偽撰書籍以偽蘇注最為有名，偽蘇注往往使後人不察而誤引誤證。最後，杜集字句之訛誤實與世人輕改與轉刻轉訛有關。

　　倘若讀者於解讀杜詩時，誤採錯訛的杜詩舊注來詮釋杜詩，此會導致錯謬的詮釋，因此為免杜詩的詮釋產生錯誤，對於杜詩舊注、舊說的相關說法，宜加以考訂查覈。歷來考訂杜詩舊注舊說者甚夥，其中較重要者有趙次公、黃希黃鶴父子、錢謙益、朱鶴齡、仇兆鰲與史炳等等。以下分述之。

43　吳文治主編：《明詩話全編》，第十冊，頁 10958-10959。
44　周煇：《清波雜志》，見《四庫全書》，第 1039 冊，卷八，頁 57；
　　另亦可參《宋詩話全編》，第六冊，頁 5892。

第三章 >>>>>>

趙次公

趙次公，字彥材，蜀人。嘗與邵溥、晁公武遊。宋、隆興年間，任隆州司法[1]。著有《趙次公集註杜詩五十卷》（又稱《趙次公註杜甫詩集》、《趙次公註杜詩》、《杜詩正誤》、《證誤》等等）[2]，今人林繼中輯有《杜詩趙次公先後解輯校》一書。

趙次公注杜詩刊削舊注之蕪累，辨證舊說之鑿空，元好問〈杜詩學引〉即曾說：「杜詩注六七十家，發明隱奧，不可謂無功，至于鑿空架虛，旁引曲證，鱗雜米鹽，反為蕪累者亦多矣。要之，蜀人趙次公作《證誤》，所得頗多。」[3]趙次公對於舊注之辨訛證誤，獲得了若干成果，這主要是呈現在四個方面：地理、史事、引文、舊本杜詩等等。

---

1 參見林繼中：《杜詩趙次公先後解輯校・前言》，頁3。另外，《補注杜詩》亦作「西蜀趙氏次公，字彥材，著《正誤》。」（見《補注杜詩・集注杜詩姓氏》，頁32）
2 周采泉：《杜集書錄》，卷一，頁29。
3 元好問：《元好問全集》，卷三十六，頁750。

第一節　考訂舊注地理之誤

（一）玄都觀非在洛陽：舊題為王洙者[4]於〈冬日洛城北謁玄元皇帝廟〉「配極玄都閟，憑高禁籞長」下注云：「玄都觀也。」[5]王洙以為「玄元皇帝廟」乃是「玄都觀」。

玄都觀乃在長安，非在洛陽，《兩京新記輯校》卷三「長安縣所領」下「崇業坊」有玄都觀[6]。其乃隋文帝於開皇二年（西元582年）自長安故城徙通道觀於此，並更名為玄都觀，其位於長安。劉禹錫〈贈看花諸君子〉詩中的玄都觀即此，唐、孟棨《本事詩》說：

> 劉尚書自屯田員外左遷朗州司馬，凡十年始徵還。方春，作〈贈看花諸君子〉詩曰：「紫陌紅塵拂面來，無人不道看花回。玄都觀裏桃千樹，盡是劉郎去後栽。」其詩一出，傳於都下。……其自敘云：貞元二十一年春，余為屯田員外，時此觀未有花。是歲出牧連州，至荊南，又貶朗州司馬。居十年，詔至京師，人人皆言有道士手植仙桃滿觀，盛如紅霞，遂有前篇，以記一時之

4　梅新林〈杜詩偽王注新考〉一文認為：舊題為王洙之注者，乃鄧忠臣以王洙編校本為底本，加以箋注而成，其後商賈去鄧氏之名，而題作王洙（頁42）。

5　王十朋集注：《王狀元集百家注編年杜陵詩史》（上），卷一，頁78。闕名集註：《分門集註杜工部詩》（一），卷六，頁508。徐居仁編、黃鶴補註：《集千家註分類杜工部詩》（一），卷六，頁470。

6　唐韋述撰、辛德勇輯校：《兩京新記輯校》，卷三，頁24。

事。7

隋置都以六條大岡象乾之六爻,而九五之位不欲人居,故置玄都觀與大興善寺鎮之。宋、宋敏求《長安志》卷九「唐京城」中「玄都觀」下云:

> 隋開皇二年,自長安故城徙通道觀於此,改名玄都觀,東與大興善寺相比,初,宇文愷置都,以朱雀街南北盡郭,有六條高坡,象乾卦,故于九二置宮殿,以當帝王之居;九三立百司,以應君王之數;九五貴位,不欲常人居之,故置此觀及興善寺以鎮之。8

另外,宋、張禮於《游城南記》「南行至永樂坊」下亦云:

> 隋宇文愷城大興,以城中有六大岡,東西橫亘,象乾之六爻。故于九二置宮室,以當帝王之居;九三置百司,以應君子之數;九五貴位,不欲常人居之,故置元都觀、大興寺以鎮之。元都觀在崇業坊,大興寺在靖善

7　孟棨:《本事詩》,見《歷代詩話續編》(上),頁 12。亦可參劉禹錫〈再遊玄都觀并引〉一文,見《四庫全書》,第 1426 冊,卷三百六十五,頁 536。

8　宋敏求:《長安志》,卷九,頁 122。此中,《長安志》言「九五貴位」,今據《游城南記》與《類編長安志》,應作「九五貴位」,「貴」字乃「貴」字之訛。此外,亦可參元、駱天驤撰、黃永年點校:《類編長安志》,卷五,頁 139-140;亦可參宋、張禮撰、史念海、曹爾琴校注:《游城南記校注》,頁 15。另外,《雲麓漫鈔》卷八亦云:「初隋建都以九二置宮室,九三處百司,九五不欲令民居,乃置玄都觀、興善寺。」(頁 141)

坊。其岡與永樂坊東西相直。⁹

張禮《游城南記》並記載其「歷延祚、光行、道德、永達四坊
之地,至崇業坊,覽元都觀之遺基」¹⁰。元都觀當作玄都觀,
改玄為元,乃清人避清聖祖玄燁之諱¹¹。《明一統志》亦云:
「玄都觀,在府城內崇業坊。唐劉禹錫自朗州還,〈戲贈看花
諸君子〉詩:『紫陌紅塵拂面來,無人不道看花回。玄都觀裏
桃千樹,盡是劉郎去後栽。』即此。」¹²玄都觀至清時已廢,
《欽定大清一統志》云:「元都觀,在長安縣南,舊崇業坊,
今廢。」¹³依據上述相關資料所云,玄都觀當在長安。玄都觀
既在長安,此即與詩題〈冬日洛城北謁玄元皇帝廟〉中之「洛
城」二字不合。長安之玄都觀並非洛陽之玄元皇帝廟。因此舊
題為王洙之注語即有誤。

　　唐玄宗曾詔命於洛陽等地置玄元皇帝廟,並置生徒,令習
《道德經》等,〈命兩京諸路各置元元皇帝廟詔〉云:

> 兩京及諸州,各置玄元皇帝廟一所,每年依道法齋醮,
> 兼置崇元學,生徒於當州縣學生數內均融量置,令習
> 《道德經》及《莊子》、《文子》、《列子》,待習業成,
> 每年準明經舉送至省。¹⁴

9　張禮撰、史念海、曹爾琴校注:《游城南記校注》,頁 13。
10　張禮撰、史念海、曹爾琴校注:《游城南記校注》,頁 171。
11　張禮撰、史念海、曹爾琴校注:《游城南記校注》,頁 14。
12　李賢等:《明一統志》,見《四庫全書》,第 472 冊,卷三十二,頁
　　817。
13　和珅等:《欽定大清一統志》,見《四庫全書》,第 478 冊,卷一八
　　〇,頁 83。
14　《全唐文》(一冊),卷三一,頁 350。

玄宗詔兩京及諸州各置玄元皇帝廟一所，其時乃在開元二十九年，《舊唐書・玄宗本紀》說：「二十九年春正月丁丑，制兩京、諸州各置玄元皇帝廟并崇玄學，置生徒，令習《老子》、《莊子》、《列子》、《文子》，每年准明經例考試。」[15]另外《舊唐書・禮儀志》亦云：「開元二十九年正月己丑，詔兩京及諸州各置玄元皇帝廟一所。」[16]玄宗於開元二十九年詔命兩京諸州置玄元皇帝廟，今依詩題所云，杜甫所拜謁之玄元皇帝廟乃於洛陽，而非長安之玄元皇帝廟。舊注玄都觀實有謬誤。

趙次公云：「玄都，丹臺，仙真之所也，故用玄都言廟。舊注言玄都觀也，妄引妄注，惑亂義理。」[17]

（二）皇子陂不作黃子陂：王洙編次之《杜工部集》〈重過何氏五首〉其二作「雲薄翠微寺，天清黃子陂」[18]。王洙將「皇子陂」作「黃子陂」。

《水經注》有「沈水注之，水上承皇子陂于樊川」[19]之語。皇子陂在萬年縣附近，因秦葬皇子，起冢陂北原上而名皇子陂，後隋文帝改為永安陂，《長安志》卷十一「萬年縣」下云：

　　永安坡，在縣南二十五里，周七里。《十道志》曰：秦

15　《舊唐書》（一冊），本紀第九，頁213。
16　《舊唐書》（三冊），志第四，頁925。另亦可參《新唐書》（一冊），本紀第五，頁142。
17　王十朋集注：《王狀元集百家注編年杜陵詩史》（上），卷一，頁78。闕名集註：《分門集註杜工部詩》（一），卷六，頁508。徐居仁編、黃鶴補註：《集千家註分類杜工部詩》（一），卷六，頁470。亦可參林繼中：《杜詩趙次公先後解輯校》，甲帙卷之二，頁23。
18　王洙：《杜工部集》，卷九，頁387。
19　酈道元注，楊守敬、熊會貞疏：《水經注疏》（中冊），卷十九，頁1569-1570。

　　葬皇子，起冢陂北原上，因名皇子陂。[20]

《太平寰宇記》卷二十五「萬年縣」下亦云：「皇子陂在啟夏門南三十里，陂北原上有秦皇子冢，因以名之，隋文帝改為永安陂，周迴九里。」[21]張禮《游城南記》作「皇子坡」，他說「己酉，謁龍堂，循清明渠而西，至皇子坡，徘徊久之」，並注說：

　　皇子坡又在龍堂之西，秦葬皇子於坡底，起冢於坡北原上，因以名坡。隋文帝改永安坡，唐復舊。[22]

　　無論是「皇子陂」或「皇子坡」，皆非「黃」字。舊本書「皇子陂」為「黃子陂」乃誤，程大昌的《雍錄》對此曾說：「『皇子陂』在萬年縣西南二十五里，周七里。《長安志》曰：『秦葬皇子，起冢於陂之北原，故曰皇子陂，隋文帝改為永安陵。』〔案〕永安陵當作永安陂。杜甫詩曰：『天寒皇子陂。』或書皇為黃，誤也。」[23]因此，黃子陂應作皇子陂。
　　另外，杜甫〈題鄭十八著作丈故居〉有「第五橋東流恨水，皇陂岸北結愁亭」詩句，而〈陪鄭廣文遊何將軍山林十首〉之一有「今知第五橋」之句。「第五橋」在長安附近，張禮《游城南記》說：「至韋曲，扣堯夫門，上逍遙公讀書臺，尋所謂何將軍山林，而不可見。因思唐人之居城南者，往往舊蹟

20　宋敏求：《長安志》，卷十一，頁153。
21　樂史：《太平寰宇記》（文海出版社），卷二十五，頁217。
22　張禮撰、史念海、曹爾琴校注：《游城南記校注》，頁107。
23　程大昌：《雍錄》，卷六，頁127-128。

湮沒，無所考求，豈勝遺恨哉！」並注曰：

> 杜甫〈何將軍山林〉詩有「不識南塘路，今知第五橋」，……，今第五橋在韋曲之西，與沈家橋相近。[24]

又，《陝西通志續通志》「西安府長安縣」下云：「第五橋，在縣南二十里，沈橋里韋曲之西有華嚴寺，寺西北有雁鶩陂，陂西北有第五橋，『不識南塘路，今知第五橋』，第五橋在韋曲之西，與沈家橋相近。」[25]因此，第五橋與皇子陂兩地距離不遠。今據〈題鄭十八著作丈故居〉「第五橋東」與「皇陂岸北」，亦可定〈重過何氏五首〉應作「天清皇子陂」，而非「天清黃子陂」。

最後，宋、許顗《彥周詩話》亦記載長安慈恩寺曾有數女仙夜遊，題詩並作「皇子陂」，《彥周詩話》說：「長安慈恩寺有數女仙夜遊，題詩云：『皇子陂頭好月明，強踏華筵到曉行。』」[26]據此，亦應作「皇子陂」，而非「黃子陂」。

趙次公云：「若《志》所載，止有皇子陂，在萬年縣西南二十五里，以秦葬皇子，起冢陂北原上得名，別無黃子之稱。舊本作黃字，誤矣。公前篇云『今知第五橋』，而〈題鄭十八著作虔〉詩云：『第五橋邊流恨水，皇陂岸北結愁亭。』正相近之地，則黃子當為皇子矣。」[27]

24　張禮撰、史念海、曹爾琴校注：《游城南記校注》，頁111-113。
25　沈青崖、吳廷錫等撰：《陝西通志續通志》，雍正十三年、民國二十三年刊本，見《中國省志彙編》之十五，卷十六，頁465。
26　許顗：《彥周詩話》，見《歷代詩話》（中華書局），頁397。
27　林繼中：《杜詩趙次公先後解輯校》，甲帙卷之二，頁49。亦可參閱名集註：《分門集註杜工部詩》（二），卷十，頁728。

　　（三）赤縣非指崑崙東之赤縣：舊題為王洙者於〈橋陵詩三十韻因呈縣內諸官〉「川原紛眇冥，居然赤縣立」兩句下引注云「崑崙東有赤縣之州」[28]。王洙以為「赤縣」乃崑崙東的赤縣之州。

　　「赤縣」非縣名，本指京兆府所轄長安、萬年兩縣[29]，於此指奉先縣。奉先縣舊為蒲城縣，開元四年以管橋陵，改為奉先縣，並於開元十七年昇為赤縣，《舊唐書・地理志》「奉先」下說：「舊蒲城縣，屬同州。開元四年，以管橋陵，改京兆府，仍改為奉先縣。十七年，制官員同赤縣。」[30]《舊唐書・玄宗本紀》「開元十七」年云：「十一月，……，丙申，謁橋陵。上望陵涕泣，左右並哀感。制奉先縣同赤縣。」[31]《長安志》「蒲城」下亦云：「唐開元四年，以縣之豐山建睿宗橋陵，改為奉先縣，仍隸京兆府。十七年，昇為赤。」[32]《蒲城縣新志》「唐奉先縣」下亦云：「開元四年置橋陵於豐山，更名奉先，隸京兆。十七年升為赤縣。」[33]《杜臆》也說：「睿宗陵，本在蒲城，因建橋陵，改為奉先，又昇為赤縣。」[34]亦即，因奉先縣管橋陵而昇奉先縣為赤縣，因此，奉先縣於此又稱赤縣。據此，〈橋陵詩三十韻因呈縣內諸官〉中之「赤縣」乃指「奉先縣」，非舊注所云之「崑崙東有赤縣之州」。

---

[28] 王十朋集註：《王狀元集百家注編年杜陵詩史》（上），卷三，頁177。闕名集註：《分門集註杜工部詩》（一），卷六，頁499。

[29] 趙文潤、趙吉惠主編《兩唐書辭典》「赤縣丞簿尉」條下說：「唐以京兆府所轄長安、萬年兩縣為赤縣。」（頁394）

[30] 《舊唐書》（五冊），志第十八，頁1398。

[31] 《舊唐書》（一冊），本紀第八，頁194。

[32] 宋敏求：《長安志》，卷十八，頁251。

[33] 李體仁修、王學禮纂：《蒲城縣新志》，卷一，光緒三十一年刊本，見《中國方志叢書》「華北地方」第249號，頁66。

[34] 王嗣奭：《杜臆》，卷一，頁397。

趙次公說：「今蒲城縣在魏，本屬同州。唐開元四年，以縣之豐山建睿宗橋陵，改為奉先縣，仍隸京兆府。十七年，昇為赤。舊注引非是。《百家注》引趙曰：十七年，昇為赤，故公詩言赤縣。舊注引崑崙東有赤縣，非是。」[35]

第二節　考訂舊注史事之誤

（一）「炙手可熱勢絕倫」非指元載：舊題為王洙者於〈麗人行〉「炙手可熱勢絕倫，慎莫近前丞相嗔」下注云「元載時，委左右人四人用事，權傾中外，人為之語曰：『炙手可熱，卓李鄭薛。』言勢焰燻灼可以炙手也。帝題之御屏以示時相」[36]。王洙以為「炙手」兩句乃指元載當權時，委左右四人處理政事，權傾海內。

元載於肅宗元年（西元762年）拜相，《舊唐書‧肅宗本紀》說：「建辰月，……，以尚書戶部侍郎元載同中書門下平章事。」[37]《新唐書‧肅宗、代宗本紀》亦云：「建辰月，……，戶部侍郎元載同中書門下平章事。」[38]另外，《唐大詔令集》卷四十五〈元載平章事制〉亦云：

---

[35] 林繼中：《杜詩趙次公先後解輯校》，甲帙卷之四，頁106。部分注引亦可參郭知達集註：《九家集註杜詩》（一），卷二，頁158-2。

[36] 王十朋集注：《王狀元集百家注編年杜陵詩史》（上），卷二，頁131。闕名集註：《分門集註杜工部詩》（一），卷三，頁336。

[37] 《舊唐書》（一冊），本紀第十，頁262。

[38] 《新唐書》（一冊），本紀第六，頁165。另亦可參《資治通鑑》（十冊），唐紀三十八，頁7121-7122。

元載清明在躬，貞固幹事，言必有績，文而不華，准繩
朝端，金玉王度，不有其善，遍觀厥成，固是生靈之
傑，咸推宰輔之器，執茲大政，敘以彝倫，建中於人，
莫匪爾相，丹青神化，參議兩闈，宜書一德之篇，俾叶
廣歌之美，可同中書門下平章事，兼集賢院崇文館大學
士，脩國史餘如故。元年，建辰月。[39]

據此，元載拜相乃在肅宗元年建辰月。肅宗元年本即上元三
年，然其去「上元」之號，僅稱元年。四月，改「元年」為
「寶應元年」。不久，肅宗崩，代宗即位[40]。史云：元載為相多
年，權傾中外，《舊唐書·元載傳》說：「載在相位多年，權
傾四海，外方珍異，皆集其門。」[41]元載權傾四海，事在代宗
之時，非玄宗之世，舊注所引有誤。

趙次公說：「舊注引代宗時元載用事，權傾中外，此事在
杜公之後，非是。」[42]

（二）「張景順」非張萬歲：舊題為王洙者於〈天育驃騎歌〉
「伊昔太僕張景順，考牧攻駒閱清峻」下注云「《唐·兵志》：
監牧，所以蕃馬也，其制起於近世。……。初，用太僕少卿張
萬歲，字景順，領羣牧。自貞觀至麟德四十年間，馬七十萬六
千，置八坊岐、豳、涇、寧間，地廣千里」[43]。王洙以為張萬

39　宋敏求編：《唐大詔令集》，見《四庫全書》，第426冊，卷四十
　　五，頁301。
40　《舊唐書》（一冊），本紀第十，頁262-263；《新唐書》（一冊），
　　本紀第六，頁164-167。
41　《舊唐書》（十冊），列傳第六十八，頁3414。
42　王十朋集注：《王狀元集百家注編年杜陵詩史》（上），卷二，頁
　　131。闕名集註：《分門集註杜工部詩》（一），卷三，頁337。另亦
　　可參林繼中：《杜詩趙次公先後解輯校》，甲帙卷之三，頁67。

歲乃張景順，景順乃張萬歲之字。

王洙注語引自《新唐書‧兵志》，然《新唐書‧兵志》僅云「初，用太僕少卿張萬歲領羣牧」，並無「字景順」諸字[44]，王注引文有誤。

另外，《資治通鑑》「開元十三年」亦云：

> 初，隋末國馬皆為盜賊及戎狄所掠，唐初纔得牝牡三千匹於赤岸澤，徙之隴右，命太僕張萬歲掌之。萬歲善於其職，自貞觀至麟德，馬蕃息及七十萬匹，分為八坊、四十八監，各置使以領之。……。上初即位，牧馬有二十四萬匹，以太僕卿王毛仲為內外閑廄使，少卿張景順副之。至是有馬四十三萬匹，牛羊稱是。[45]

又，宋、李復〈原州後圃廳壁題記〉亦曾云：

> 原州，唐都監牧使治所也。唐承周、隋亂離彫荒之餘，武德初，修馬政，鳩括殘燼，僅得馬三千匹，從赤岸澤徙之隴右，命太僕卿張萬歲葺養焉。張世纂緒始自貞觀

---

43 王十朋集注：《王狀元集百家注編年杜陵詩史》（上），卷四，頁216。闕名集註：《分門集註杜工部詩》（二），卷十六，頁1161-1162。

44 《新唐書》（五冊），志第四十，頁1337。

45 《資治通鑑》（十冊），唐紀二十八，頁6767。另外，清、傅恆等奉敕撰《御批歷代通鑑輯覽》卷五十四「玄宗開元十三年」下亦云：「初，隋末國馬皆為盜賊、外國所掠，唐初纔得牝牡三千匹于赤岸澤，徙之隴右，命太僕張萬歲掌之。萬歲善於其職，自貞觀至麟德，馬蕃息至七十萬匹。垂拱以後，潛耗大半。上初即位，牧馬有二十四萬匹，以王毛仲為閑廄使，張景順副之。至是馬有四十三萬。」（見《四庫全書》，第337冊，頁158）

逮於麟德，四十年間，馬七十萬匹，於是設四十八監，
置八使以董之。……。垂拱之後，耗失踰半。開元初，
惟得二十四萬匹，為置四使，分領諸監，南使在原州西
南一百八十里，西使在臨洮軍西二百二十里，東、北二
使寄理於原州。又命開府霍國公毛仲為內外閑廄使，總
領之，太僕少卿秦州都督張景順為監牧都副使，就督
之。[46]

據此，初唐之張萬歲與玄宗時之張景順實非同一人。因此舊注
所言之「太僕少卿張萬歲，字景順」有誤。

今趙次公據張說之〈大唐開元十三年隴右監牧頌德碑〉有
「上顧謂太僕少卿兼秦州都督監牧都副使張景順」之語[47]，而
考得王注有誤。趙次公說：「《唐·兵志》云：監牧之制，其
官領以太僕。今公詩所謂太僕張景順，自是開元時太僕姓張名
景順者也。舊注便差排作張萬歲字景順，誤學者矣。萬歲為太
僕，自是貞觀時人。今按張說作〈開元十三年隴右監牧頌德之
碑序〉云：元年牧馬二十四萬匹，十三年乃四十萬匹。上顧謂
太僕少卿兼秦州都督監牧都副使張景順曰：吾馬幾何，其蕃
育，卿之力也。對曰：帝之力也，仲之令也，臣何力之有。其
頌曰：『有霍公之掌政，擇張氏之舊令。』霍公，王毛仲也；
張氏，景順也。」[48]

46 李復：《潏水集》，見《四庫全書》，第1121冊，卷六，頁63-64。

47 《全唐文》（三冊），卷二二六，頁2283。

48 林繼中：《杜詩趙次公先後解輯校》，甲帙卷之五，頁138。另亦可
參閱名集註：《分門集註杜工部詩》（二），卷十六，頁1162；王十
朋集注：《王狀元集百家注編年杜陵詩史》（上），卷四，頁216-
217。

（三）「東胡」非指安祿山：舊題為王洙者於〈北征〉「東
胡反未已，臣甫憤所切」下注云「『東胡』，祿山也，憤其亂也」
[49]。

〈北征〉詩作於至德二載（西元757年）秋，所謂「皇帝
二載秋，閏八月初吉」。而安祿山死於至德二載正月乙卯，
《舊唐書・肅宗本紀》說：「二載春正月……。乙卯，逆胡安
祿山為其子慶緒所殺。」[50]《新唐書・肅宗本紀》亦云：「二
載正月，永王璘陷鄱陽郡。乙卯，安慶緒殺其父祿山。」[51]。
《資治通鑑》敘此事更詳，「至德二載」下云：

　　安祿山自起兵以來，目漸昏，至是不復睹物；又病疽，
　　性益躁暴，左右使令，小不如意，動加箠撻，或時殺
　　之。既稱帝，深居禁中，大將希得見其面，皆因嚴莊白
　　事。莊雖貴用事，亦不免箠撻，閹宦李豬兒被撻尤多。
　　左右人不自保。祿山嬖妾段氏，生子慶恩，欲以代慶緒
　　為後。慶緒常懼死，不知所出。莊謂慶緒曰：「事有不
　　得已者，時不可失。」慶緒曰：「兄有所為，敢不敬
　　從。」又謂豬兒曰：「汝前後受撻，寧有數乎！不行大
　　事，死無日矣！」豬兒亦許諾。莊與慶緒夜持兵立帳
　　外，豬兒執刀直入帳中，斫祿山腹。左右懼，不敢動。
　　祿山捫枕旁刀，不獲，撼帳竿，曰：「必家賊也。」腸

49　闕名集註：《分門集註杜工部詩》（二），卷十一，頁786。徐居仁
　　編、黃鶴補註：《集千家註分類杜工部詩》（一），卷一，頁140。
　　另亦可參王十朋集註：《王狀元集百家注編年杜陵詩史》（上），卷
　　六，頁290。
50　《舊唐書》（一冊），本紀第十，頁245。
51　《新唐書》（一冊），本紀第六，頁157。

　　已流出數斗，遂死。掘牀下深數尺，以氈裹其尸埋之，誡宮中不得泄。乙卯旦，莊宣言於外，云祿山疾亟。立晉王慶緒為太子，尋即帝位，尊祿山為太上皇，然後發喪。[52]

　安祿山既卒於至德二載春正月，「東胡」即非指安祿山，而是指弒父即帝位之安慶緒。舊注有誤。

　　趙次公說：「東胡，指言安慶緒也。舊注云：東胡，祿山也，大誤。蓋至德二載正月乙卯，安慶緒已弒其父祿山而襲偽位矣。」[53]

　　（四）說漢王燒絕棧道者非「韓信」：舊題為王洙者於〈陪章留後侍御宴南樓〉「朝廷燒棧北，鼓角漏天東」下注云「高祖入漢中，令韓信燒絕棧道」[54]。王洙認為高祖令韓信燒絕棧道。

　　說漢王燒絕棧道者乃張良，非韓信，《史記·留侯世家》云：

　　　　漢元年正月，沛公為漢王，王巴蜀。漢王賜良金百溢，珠二斗，良具以獻項伯。漢王亦因令良厚遺項伯，使請漢中地。項王乃許之，遂得漢中地。漢王之國，良送至

52　《資治通鑑》（十冊），唐紀三十五，頁 7011-7012。
53　林繼中：《杜詩趙次公先後解輯校》，乙帙卷之四，頁 214。另亦可參王十朋集注：《王狀元集百家注編年杜陵詩史》（上），卷六，頁 290。闕名集註：《分門集註杜工部詩》（二），卷十一，頁 786。徐居仁編、黃鶴補註：《集千家註分類杜工部詩》（一），卷一，頁 140。
54　王十朋集注：《王狀元集百家注編年杜陵詩史》（上），卷十七，頁 588。闕名集註：《分門集註杜工部詩》（一），卷五，頁 447。

褒中，遣良歸韓。良因說漢王曰：「王何不燒絕所過棧道，示天下無還心，以固項王意。」乃使良還。行，燒絕棧道。[55]

《漢書‧高帝本紀》亦云：「夏四月，諸侯罷戲下，各就國。羽使卒三萬人從漢王，楚子、諸侯人之慕從者數萬人，從杜南入蝕中。張良辭歸韓，漢王送至褒中，因說漢王燒絕棧道，以備諸侯盜兵，亦視項羽無東意。」[56]並且燒絕棧道者乃張良，張良且行且燒，漢、荀悅《前漢紀》說：

夏四月，諸侯皆就國。漢王欲叛楚，蕭何諫曰：「雖王漢中之惡，不猶愈於死乎？且語稱天漢，其稱甚美。夫能屈於一人之下，則伸於萬人之上，湯武是也。願大王王漢，撫其民，以致賢人，收用巴蜀，還定三秦，天下可圖也。」乃就國，賜曹參，爵為建成侯；樊噲為臨武侯。張良燒絕棧道，示無還心，良因絕棧道而還於韓。[57]

《漢書‧張良列傳》云：「良因說漢王燒絕棧道，示天下無還

55　《史記》（六冊），卷五十五，頁2038-2039。

56　《漢書》（一冊），卷一，頁29。另外，宋、鄭樵《通志》卷五上亦云：「夏四月，諸侯罷戲下，各就國。漢王怨羽背約，欲攻之，蕭何諫曰：『雖王漢中之惡，不猶愈於死乎？且語稱天漢，其稱美甚。夫能屈於一人之下，則能申於萬人之上，湯武是也。願大王王漢，撫民招賢，收用巴蜀，還定三秦，天下可圖也。』……。張良辭歸韓，漢王送至褒中，因說漢王燒絕棧道，以備諸侯盜兵，亦示項羽無東意。」（見《四庫全書》，第372冊，頁166）又，宋、郭允蹈《蜀鑑》卷一亦曾云：「漢王從杜南入蝕中，張良送至褒中，良說漢王燒絕棧道。」（見《四庫全書》，第352冊，頁486）

57　荀悅：《前漢紀》，見《四庫全書》，第303冊，卷二，頁214。

心，以固項王意。乃使良還。行，燒絕棧道」，師古對此注云：「還謂歸還韓。且行且燒，所過之處皆燒之也。」[58]因此，張良說漢王燒絕棧道，且行且燒。舊注言令韓信燒絕棧道之說不可信。

趙次公說：「張良說漢高祖燒絕棧道，舊注以為韓信，誤矣。」[59]

（五）唐無三殿學士：舊題為王洙者於〈送翰林張司馬南海勒碑〉「詔從三殿去，碑到百蠻開」下注云「唐有三殿學士」[60]。王洙認為唐有三殿學士之名。

唐有三殿之名，《舊唐書·代宗本紀》云：「寶應元年四月，肅宗大漸，所幸張皇后無子，后懼上功高難制，陰引越王係於宮中，將圖廢立。乙丑，皇后矯詔召太子。中官李輔國、程元振素知之，乃勒兵於凌霄門，俟太子至，即衛從太子入飛龍廄以俟其變。是夕，勒兵於三殿。」[61]然唐無三殿學士之稱。

趙次公說：「大明宮中有麟德殿，在仙居殿之西北。此殿三面，亦以三殿為名。李肇《翰林志》曰：翰林院在麟德殿西廂重廊之後，門東向。故曰詔從三殿去者，言自翰林壁經三殿而出也。舊注非。《百家注》引趙曰：舊注云唐有三殿學士，

58　《漢書》（七冊），卷四十，頁 2027-2028。

59　王十朋集注：《王狀元集百家注編年杜陵詩史》（上），卷十七，頁 588。闕名集註：《分門集註杜工部詩》（一），卷五，頁 447。林繼中：《杜詩趙次公先後解輯校》，丙帙卷之八，頁 557。

60　王十朋集注：《王狀元集百家注編年杜陵詩史》（上），卷七，頁 321。闕名集註：《分門集註杜工部詩》（三），卷二十一，頁 1471。徐居仁編、黃鶴補註：《集千家註分類杜工部詩》（三），卷二十三，頁 1387。

61　《舊唐書》（二冊），本紀第十一，頁 268。

何所據而亂立名字邪？」[62]

（六）史書無「隋長孫晟畫孔雀於屏以擇婿」事：舊題為王洙者於〈李監宅〉「屏開金孔雀，褥隱繡芙蓉」下注云「隋長孫晟貴盛嘗畫二孔雀於屏間以擇婿」[63]。

王洙所注不僅未詳所出，且《北史》與《隋書》本傳皆不言此事[64]。舊注所言有誤。

趙次公說：「此言其富貴。於屏畫孔雀，亦富貴家常事。舊注所引，在《隋書》並《北史》並無之。」[65]

第三節　考訂舊注引詩賦文句之誤

（一）「萬里猶比鄰」非王粲之詩：舊題為王洙者於〈兵車行〉「生女猶是嫁比鄰，生男埋沒隨百草」下注云「王粲詩：萬里猶比鄰」[66]。王洙以為「萬里猶比鄰」乃王粲詩語。

「萬里猶比鄰」非出自王粲詩，實乃曹植之〈贈白馬王

---

[62] 林繼中：《杜詩趙次公先後解輯校》，乙帙卷之五，頁246。另亦可參王十朋集註：《王狀元集百家注編年杜陵詩史》（上），卷七，頁321。闕名集註：《分門集註杜工部詩》（三），卷二十一，頁1471。徐居仁編、黃鶴補註：《集千家註分類杜工部詩》（三），卷二十三，頁1387。

[63] 王十朋集註：《王狀元集百家注編年杜陵詩史》（上），卷一，頁90。闕名集註：《分門集註杜工部詩》（二），卷七，頁580。徐居仁編、黃鶴補註：《集千家註分類杜工部詩》（二），卷七，頁538。

[64] 《北史》（三冊），列傳第十，頁817-823。《隋書》（五冊），列傳第十六，頁1329-1336。

[65] 林繼中：《杜詩趙次公先後解輯校》，甲帙卷之二，頁34。

[66] 王十朋集註：《王狀元集百家注編年杜陵詩史》（上），卷一，頁84。闕名集註：《分門集註杜工部詩》（二），卷十四，頁1007。

彪〉，《文選》載曹植〈贈白馬王彪〉云：「丈夫志四海，萬里猶比隣。恩愛苟不虧，在遠分日親。」[67]另外，宋、祝穆《古今事文類聚後集》卷八「終不怨兄」則下亦引「曹植〈贈白馬王彪〉云『丈夫志四方，萬里猶比隣。恩愛苟不虧，在遠分日親』」[68]。明、張溥《漢魏六朝百三家集》卷二十七曹植〈贈白馬王彪〉詩亦云「丈夫志四方，萬里猶比隣。恩愛苟不虧，在遠分日親」[69]。因此，王洙將曹植之詩誤為王粲所作。

趙次公曰：「曹子建詩：萬里猶比鄰。舊引為王粲，誤矣。」[70]

（二）「哀鳴感類」非「哀鴻感類」：舊題為王洙者於〈曲江三章章五句〉其一「白石素沙亦相蕩，哀鴻獨叫求其曹」下注云「禰衡賦：哀鴻感類」[71]。王洙以為杜甫詩語乃出禰衡賦之「哀鴻感類」。

然「哀鴻感類」應作「哀鳴感類」，《文選》載禰衡〈鸚鵡賦〉云：「長吟遠慕，哀鳴感類。音聲悽以激揚，容貌慘以顦顇。」[72]此外，宋、祝穆《古今事文類聚後集》所錄之禰衡〈鸚鵡賦〉亦作「長吟遠慕，哀鳴感類」[73]。又，元、祝堯

---

[67] 蕭統選輯、李善注釋：《文選》，卷二四，頁341。

[68] 祝穆：《古今事文類聚後集》，見《四庫全書》，第926冊，卷八，頁118。

[69] 張溥輯：《漢魏六朝百三家集》，見《四庫全書》，第1412冊，卷二十七，頁714。

[70] 闕名集註：《分門集註杜工部詩》（二），卷十四，頁1007。另亦可參王十朋集注：《王狀元集百家注編年杜陵詩史》（上），卷一，頁84；林繼中：《杜詩趙次公先後解輯校》，甲帙卷之二，頁27。

[71] 徐居仁編、黃鶴補註：《集千家註分類杜工部詩》（三），卷二十五，頁1496。

[72] 蕭統選輯、李善注釋：《文選》，卷十三，頁201。

[73] 祝穆：《古今事文類聚後集》，見《四庫全書》，第926冊，卷四十三，頁673。

《古賦辯體》所收之禰衡〈鸚鵡賦〉，亦作「長吟遠慕，哀鳴感類」[74]。清、陳元龍奉敕所編之《歷代賦彙》，其禰衡〈鸚鵡賦〉亦作「長吟遠慕，哀鳴感類」[75]。因此，王洙所作之「哀鴻感類」實有誤，應為「哀鳴感類」。

趙次公說：「哀鴻字，出《選》詩。舊注引禰衡賦云：哀鴻感類。輒改哀鳴字為哀鴻。」[76]

（三）「終南、太一，左右三十里內名福地」非引自《三秦記》：舊題為王洙者於〈玄都壇歌寄元逸人〉「鐵鑠高垂不可攀，致身福地何蕭爽」下注云：「《三秦記》云：終南、太一山，左右三十里內名福地。」[77]王洙以為「終南、太一山，左右三十里內名福地」語出《三秦記》。

今《三秦記輯注》「終南太一」條下並無此語[78]。此語實出於《關中記》，《關中記輯注》「終南山」條下云：

> 終南、太一，左右三百里內為福地。秦末，東園公、夏黃公、綺李季、角里先生隱遯以待天下之定，在此山中也。四皓廟，當時謂之捷徑。以居地絡陰陽之中，遂曰中南，西起秦隴，東徹藍田，連綿八百里。終南山一名中南山，言在天中，居都之南也。又曰終南太一，左右

74　祝堯：《古賦辯體》，見《四庫全書》，第1366冊，卷四，頁777。

75　陳元龍奉敕：《歷代賦彙》，卷一百三十，頁521。

76　郭知達集註：《九家集註杜詩》（一），卷二，頁114。林繼中：《杜詩趙次公先後解輯校》，甲帙卷之四，頁118。

77　闕名集註：《分門集註杜工部詩》（二），卷八，頁599。徐居仁編、黃鶴補註：《集千家註分類杜工部詩》（二），卷九，頁628。另亦可參王十朋集注：《王狀元集百家注編年杜陵詩史》（上），卷三，頁184。

78　劉慶柱輯注：《三秦記輯注》，頁74。

　　　三十里內名福地。[79]

又如《長安志》卷十一亦引《關中記》，其云：

　　《關中記》曰：終南山一名中南，言在天中，居都之南
　　也。又曰：終南太一，左右三十里內名福地。[80]

此外，宋、程大昌《雍錄》卷五亦引《關中記》之語，「南山
二」下云：「《關中記》曰：『終南，南山之總名，太一，山
之別號。』此其說是也。」「南山三」下又云：「記又曰：終
南、太一，左右三十里內名福地。」[81]又，《太平御覽》卷三
十八「終南山」下亦云：「《關中記》曰：終南山一名中南，
言在天中，居都之南也。又曰：終南、太一，左右三十里內名
福地。」[82]因此，舊注所引「終南、太一山，左右三十里內名
福地」之語，出於《關中記》，而非《三秦記》。

　　趙次公說：「按：《長安志》引《關中記》云：終南、太
一，左右三十里內名福地。既言有長往之計，則所往之處乃福
地。終南太一正與子午谷玄都壇相屬矣。舊注所引語是，但誤
為《三秦記》耳。」[83]

79　劉慶柱輯注：《關中記輯注》，頁 128。
80　宋敏求：《長安志》，卷十一，頁 148。
81　程大昌：《雍錄》，卷五，頁 106-107。
82　李昉等奉敕：《太平御覽》，見《四庫全書》，第 893 冊，卷三十
　　八，頁 458。
83　林繼中：《杜詩趙次公先後解輯校》，甲帙卷之四，頁 112。

第四節 考訂舊本杜詩之誤

（一）「迴鶻」當作「迴紇」：王洙編次之《杜工部集》，
其〈北征〉作「陰風西北來，慘澹隨迴鶻」[84]。

唐憲宗元和四年（西元806年）改「迴紇」作「迴鶻」，
《舊唐書·迴紇傳》云：

> 貞元十一年六月庚寅，冊拜迴紇騰里邏羽錄沒密施合祿
> 胡毗伽懷信可汗。元和四年，藹德曷里祿沒弭施合密毗
> 迦可汗遣使改為迴鶻，義取迴旋輕捷如鶻也。[85]

又，《舊五代史·外國列傳》亦云：

> 回鶻，其先匈奴之種也。後魏時，號為鐵勒，亦名回
> 紇。唐元和四年，本國可汗遣使上言，改為回鶻，義取
> 迴旋搏擊，如鶻之迅捷也。[86]

杜甫卒於大歷五年，此年在憲宗元和四年之前，因此應作改易
前之「迴紇」。

趙次公說：「隨回紇，舊正作回鶻，當以回紇為正。蓋當
杜公時，未有回鶻之稱，至（德）〔憲〕宗朝而後，來請易回

84　王洙：《杜工部集》，卷二，頁57。
85　《舊唐書》（十六冊），列傳第一百四十五，頁5210。
86　《舊五代史》（六冊），卷一百三十八，頁1841。

鶻，言捷鷙猶鶻然。凡謂書，本末不可不考。」[87] 據史「迴鶻」當作「迴紇」。

（二）「天明」當作「大明」：趙次公認為某些舊本〈木皮嶺〉之「仰干塞大明，俯入裂厚坤」作「塞天明」為誤。

趙次公並舉《易》「明出地上，順而麗乎大明，柔進而上行」[88] 與《禮記》「大明生於東，月生於西」[89] 為例，說明應作「大明」，且「大明」得與「厚坤」相對，趙次公說：「塞大明，言其高而蔽塞日之明也。《記》曰：大明生於東。《易》曰：順而麗乎大明。舊注本作塞天明，誤矣。惟厚坤所以對大明。厚坤，以《易》坤厚載物而言之。」[90]

第五節　趙注考據之缺失

（一）虢國夫人乃三姨，非大姨亦非八姨；秦國夫人乃八姨，非大姨：舊題為王洙者於〈麗人行〉「就中雲幕椒房親，賜名大國虢與秦」下注云：「唐〈后妃傳〉：玄宗楊貴妃有姊三人，皆有才貌，玄宗並封國夫人之號，長曰大姨，封虢國；八姨，封秦國。」[91] 王洙據〈后妃傳〉而認為虢國夫人為大

87　林繼中：《杜詩趙次公先後解輯校》，乙帙卷之四，頁 215。林繼中亦云：「【今按】回紇改易回鶻，按之《舊唐書・回紇傳》，當在憲宗朝。」（頁 215）

88　《周易正義》，見《十三經注疏》（上），卷四，頁 49。

89　《禮記正義》，見《十三經注疏》（下），卷二十四，頁 1440。

90　郭知達集註：《九家集註杜詩》（一）卷六，頁 444；林繼中：《杜詩趙次公先後解輯校》，乙帙卷之十，頁 372。

91　王十朋集注：《王狀元集百家注編年杜陵詩史》（上），卷二，頁 129。闕名集註：《分門集註杜工部詩》（一），卷三，頁 334。徐居

姨；秦國夫人為八姨。趙次公反駁此說，並以《長安志》為據，認為大姨乃秦國夫人，八姨乃虢國夫人，他說：「大姨封虢國，八姨封秦國，非是。以《長安志》考之，虢國八姨也，則秦國乃大姨也。」[92]事實上，王洙所引部分有誤，趙注亦有誤。

　　唐玄宗封大姨為韓國夫人；封三姨為虢國夫人，封八姨為秦國夫人，《舊唐書·后妃傳》說：「玄宗楊貴妃，……。有姊三人，皆有才貌，玄宗並封國夫人之號：長曰大姨，封韓國；三姨，封虢國；八姨，封秦國。並承恩澤，出入宮掖，勢傾天下。」[93]據此，王洙所引當有闕誤，而趙次公註語則有誤：韓國夫人應為大姨；虢國夫人為三姨；秦國夫人為八姨。

　　（二）漢有蒲萄宮：舊題為王洙者於〈洗兵馬〉「京師皆騎汗血馬，回紇餒肉蒲萄宮」下注云「《三輔黃圖》曰：漢有蒲萄宮」[94]。趙次公反駁此說，並認為漢無蒲萄宮者，他說：「蒲萄宮，考之《長安志》，載有東、西蒲萄園。〈景龍文館記〉云：中宗召近臣騎馬入櫻桃園，馬上口摘櫻桃，遂宴東蒲萄園，奏以宮樂。則所謂蒲萄宮者，雖不指其東西，而謂此園耳。舊注作漢有蒲萄宮，考之漢宮室名，別無此名也。」[95]趙

　　仁編、黃鶴補註：《集千家註分類杜工部詩》（二），卷十一，頁736-737。

92　郭知達集註：《九家集註杜詩》（一），卷二，頁120；林繼中：《杜詩趙次公先後解輯校》，甲帙卷之三，頁66。另亦可參王十朋集註：《王狀元集百家注編年杜陵詩史》（上），卷二，頁129。

93　《舊唐書》（七冊），列傳第一，頁2178。另外，《新唐書·后妃傳》亦云：「玄宗貴妃楊氏，……。三姊皆美劭，帝呼為姨，封韓、虢、秦三國，為夫人。」（頁3493）

94　王十朋集註：《王狀元集百家注編年杜陵詩史》（上），卷六，頁304。闕名集註：《分門集註杜工部詩》（二），卷十四，頁1022。

95　郭知達集註：《九家集註杜詩》（一），卷四，頁326-327；林繼中：《杜詩趙次公先後解輯校》，乙帙卷之四，頁231-232。

次公考訂漢代宮室之名，認為漢並無蒲萄宮。

　　然趙次公謂漢無蒲萄宮之說實有誤，漢有蒲萄宮，譬如，《漢書・匈奴傳》說：

> 元壽二年，單于來朝，上以太歲厭勝所在，舍之上林苑蒲陶宮。[96]

又如，《三輔黃圖校釋》卷三亦云：

> 蒲萄宮，在上林苑西。漢哀帝元壽二年，單于來朝，以太歲厭勝所，舍之此宮。[97]

另外，《關中記輯注》「上林苑」下亦云：

> 上林苑，門十二，中有苑三十六，宮十二，觀二十五。建章宮、承光宮、包陽宮、儲元宮、尸陽宮、望遠宮、犬臺宮、宣曲宮、昭臺宮、蒲萄宮。[98]

《長安志》卷四「宮室二」「上林苑」下亦有「蒲萄宮」[99]。《冊府元龜》亦載元壽二年單于來朝舍於上林苑葡萄宮之事[100]。又，《歷代宅京記》卷四亦云：「葡萄宮在上林苑西。

96　《漢書》（十一冊），卷九十四，頁3817。
97　何清谷撰：《三輔黃圖校釋》，卷三，頁194。
98　劉慶柱輯注：《關中記輯注》，頁67。
99　宋敏求：《長安志》，卷四，頁47-48。
100　王欽若、楊億等奉敕撰：《冊府元龜》，見《四庫全書》，第919冊，卷九百九十九，頁634。

哀帝元壽二年，單于來朝，上以太歲厭勝所在，舍之上林苑葡萄宮。」[101] 此外，《關中勝蹟圖志》卷四亦云：「蒲萄宮，在盩厔縣境。《十道志》：蒲萄宮，上林苑西。」[102]《陝西通志》記載：「葡萄宮在盩厔縣境。葡萄宮在上林苑西，元壽二年，單于來朝，以太歲厭勝所在，舍之上林苑葡萄宮。」[103] 因此漢有蒲萄宮，趙次公之說有誤。

　　綜而言之，趙次公考訂杜詩舊注之錯謬，並獲致若干結論，以下依趙次公考訂舊注是否有說明所據而分為兩類敘述：首先，就考訂舊注而言，一、趙次公考訂舊本〈重過何氏五首〉之二「黃子陂」當作「皇子陂」；二、考訂〈橋陵詩三十韻因呈縣內諸官〉中之「赤縣」非指崑崙有赤縣，當指奉先縣；三、考訂〈天育驃騎歌〉「伊昔太僕張景順」，「張景順」非張萬歲之字，張景順本即其姓名；四、考訂〈北征〉詩中之「東胡」非指安祿山，當指安慶緒；五、考訂舊注於〈李監宅〉「屏開金孔雀」句下「隋長孫晟貴盛嘗畫二孔雀於屏間以擇婿」注語，發現史書並不載此事；六、考訂舊本〈北征〉「慘澹隨回鶻」，「回鶻」當作「回紇」；七、考訂舊注於〈兵車行〉「生男埋沒隨百草」句下所引「萬里猶比鄰」詩句，非為王粲詩，當為曹植詩句；八、考訂舊注於〈玄都壇歌寄元逸人〉詩句下所引「終南、太一，左右三十里內名福地」之語，非出自《三秦記》，當出自《關中記》；九、考訂舊注於〈曲江三章章

101　顧炎武著、于杰點校：《歷代宅京記》，卷四，頁71。
102　畢沅撰、張沛校點：《關中勝蹟圖志》，卷四，頁134。
103　沈青崖等編纂：《陝西通志》，見《四庫全書》，第555冊，卷七十二，頁346。

五句〉詩句下注引禰衡賦之「哀鴻感類」，當作「哀鳴感類」。

其次，就糾斥舊注而言，一、糾正舊注韓信說高祖燒絕棧道之說，當為張良；二、糾斥舊注「唐有三殿學士」之名；三、駁斥舊注「玄元皇帝廟」為「玄都觀」之說，並斥為妄注；四、駁斥舊注〈麗人行〉「炙手」兩句指元載之說。

最後，趙次公考訂有誤者至少有二：一、趙次公考漢宮室並無蒲萄宮之名，然漢確有蒲萄宮；二、趙注考大姨為秦國夫人、八姨為虢國夫人，然據〈后妃傳〉，大姨當為韓國夫人、三姨封為虢國夫人、八姨當為秦國夫人。

第四章

黃希、黃鶴

　　黃希，字仲得，一字夢得，號師心。黃鶴，字叔似，號牧隱。黃氏父子著有《補注杜詩》，《補注杜詩》為黃希原注，黃鶴續成者[1]。

　　黃鶴補注杜詩詳加考訂，或因人核時、蒐地校迹，或摘句辨事、即物求意，〈年譜辨疑後序〉說：「鶴不肖，常恐無以酬先志，乃取槧本集註，以遺蒙為之正定。……。每詩再加考訂，或因人以核其時，或蒐地以校其迹，或摘句以辨其事，或即物以求其意。」[2] 黃鶴於《補注杜詩》以訂正舊注編年之誤為其主要成就之一，此外，黃鶴亦刊正了舊注諸多的錯繆。

1　〈四庫全書提要〉說：「《補註杜詩》三十六卷，宋黃希原注，而其子鶴續成之者也。……。希以杜詩舊註每多遺舛，嘗為隨文補緝，未竟而歿；鶴因取槧本集註，即遺蒙為之正定。又益以所見，積三十餘年之力，至嘉定丙子始克成編。」（見《補注杜詩》，頁1）
2　黃希原注、黃鶴補注：《補注杜詩》，頁31。

第一節　舊注編年錯謬

一、駁梁權道編年之誤

（一）〈陪李北海宴歷下亭〉非作於天寶十一年：梁權道將
〈陪李北海宴歷下亭〉繫於天寶十一年作。

李北海乃指北海太守李邕，其卒於天寶六載（西元747
年），《新唐書・玄宗本紀》說：

> 六載正月辛巳，殺北海郡太守李邕、淄川郡太守裴敦
> 復。[3]

《舊唐書・玄宗本紀》亦云：

> 六載正月辛巳朔，北海太守李邕、淄川太守裴敦復並以
> 事連王曾、柳勣，遣使就殺之。[4]

另外，《資治通鑑》亦云：「（六載）春，正月，辛巳。李
邕、裴敦復皆杖死。」[5]又宋、袁樞《通鑑紀事本末》卷三十
一上亦云：「六載春正月辛巳，李邕、裴敦復皆杖死。」[6]

---

[3]　《新唐書》（一冊），本紀第五，頁145。
[4]　《舊唐書》（一冊），本紀第九，頁221。
[5]　《資治通鑑》（十冊），唐紀三十一，頁6875。

明、王禕《大事記續編》卷五十八亦云：「唐玄宗明皇帝，天寶六載春正月，殺北海太守李邕、淄川太守裴敦復。」[7]最後，《欽定續通志》卷七亦云：「六載春正月辛巳，殺北海太守李邕、淄川太守裴敦復。」[8]李邕既卒於天寶六載，李邕與杜甫的會面必在天寶六載正月辛巳以前，因此詩非作於天寶十一年，梁權道將此詩繫於天寶十一年明顯有誤。

黃鶴說：「李北海即李邕。按《新》、《舊史》：邕，廣陵人。開元二十三年為括州刺史，後歷淄、滑二州刺史。天寶初為汲郡、北海二太守。五載，姦贓事發。又嘗與柳勣、馬勣下獄，吉溫吏引邕，李林甫素忌邕，因傅以罪，詔祁順之、羅希奭就郡杖殺之，乃六載正月辛巳。……。梁權道編在天寶十一年者，非，蓋是年邕死已六年。」[9]

（二）〈奉先劉少府新書山水障歌〉[10]非作於至德二載：梁權道將〈奉先劉少府新書山水障歌〉繫於至德二載所作。

黃鶴提出的質疑是：杜甫於至德二載返回長安時，正值紛擾，劉少府豈有心情畫山水為障？且詩中不曾言及避亂與左拾遺事，因此詩非作於至德二載，梁權道所編有誤。黃鶴認為當是赴奉先縣時作，畫在安祿山未反之前，時在天寶十四年，故有「吾獨胡為在泥滓，青鞋布韤從茲始」之句。

---

6 袁樞：《通鑑紀事本末》，見《四庫全書》，第 348 冊，卷三十一上，頁 433。

7 王禕：《大事記續編》，見《四庫全書》，第 334 冊，卷五十八，頁 155。

8 嵇璜、曹仁虎等奉敕撰：《欽定續通志》，見《四庫全書》，第 392 冊，卷七，頁 92。

9 黃希原注、黃鶴補注：《補注杜詩》，卷一，頁 46。

10 此詩題《補注杜詩》作「奉先劉少府新書山水障歌」，錢本、朱本、仇本作「奉先劉少府新畫山水障歌」。

黃鶴說：「梁權道編在至德二年還京時作。公屬從肅宗歸京師時正紛擾，劉少府豈應畫山水為障？當是先赴奉先日作，畫在祿山未反前，是天寶十四年，故終曰『吾獨胡為在泥滓，青鞋布韈從茲始』，不曾言避亂與為拾遺也。」[11]

（三）〈湖城東遇孟雲卿復歸劉顥宅宿宴飲散因為醉歌〉非作於至德二載：梁權道將〈湖城東遇孟雲卿復歸劉顥宅宿宴飲散因為醉歌〉詩繫於至德二年歸長安作。

黃鶴認為當是乾元元年自華州遊東都所作，他說：「湖城屬虢州，詩首句云『疾風吹塵暗河縣』，指河南也。當是乾元元年自華遊東都作。梁權道以為至德二年歸長安時作，非。魯嘗知之，故年譜云『冬出潼關，東征洛陽道』，史不載，明年春末，方歸華。」[12]

詩云「天開地裂長安陌，寒盡春生洛陽殿」，朱鶴齡說：「二句言長安昔為賊陷，今則東都併收復也。」[13]仇兆鰲亦云：「天開地裂，傷長安昔陷。寒盡春生，比洛陽今復。」[14]依此，詩當作於收復兩京之後。而兩京收復於肅宗至德二載九月、十月，《舊唐書·肅宗本紀》說：

11　黃希原注、黃鶴補注：《補注杜詩》，卷四，頁114。筆者按：奉先即蒲城，《通典》「京兆府」下說「奉先，開元初，改同州蒲城縣置」（卷一百七十三，頁4512）；《元和郡縣圖志》「關內道一」亦云：「奉先縣，……，本屬同州，開元四年以縣西北三十里有豐山，於此置睿宗橋陵，改為奉先縣。」（卷一，頁9）而詩中有「反思前夜風雨急，乃是蒲城鬼神入」，當在天寶十四年冬，杜甫自京赴奉先時作，仇兆鰲《杜詩詳註》卷四亦云：「《草堂詩箋》編在自京赴奉先之後，以詩中有『蒲城』『風雨』句也。」（頁275）

12　黃希原注、黃鶴補注：《補注杜詩》，卷四，頁115。

13　朱鶴齡：《杜工部詩集》（上），卷五，頁482。

14　仇兆鰲：《杜詩詳註》（一），卷六，頁500。

　　（九月）癸卯，廣平王收西京。……。冬十月，……，
　　壬戌，廣平王入東京。[15]

《新唐書・肅宗本紀》則曰：

　　（九月）癸卯，復京師。……。（十月）壬子，復東
　　京。[16]

因此詩當作於至德二載九、十月兩京收復之後。

　　此外，蔡夢弼、劉辰翁、范梈、邵寶、朱鶴齡、仇兆鰲諸
本，題上皆有「冬末以事之東都」等字。那麼，詩當作於至德
二載九、十月收復兩京之後，且為「冬末以事之東都」所作。
目前可供選擇的答案只有兩個：一是至德二載（西元757年）
冬末至東都所作；二是乾元元年（西元758年）冬末至東都所
作。這是因為杜甫其後即西行，未嘗至東都的緣故。現在據
《杜甫傳記唐宋資料考辨》一書對〈臘日〉詩考證的結論：
「（至德二載）十二月十三日以前，杜甫必已回到長安。」[17]據
此，杜甫從鄜州返回長安，位列朝班，當在十二月十三日以
前，並於十三日受賜口脂面藥；冬末，杜甫再至洛陽的機會不
高。因此，此詩當是乾元元年杜甫貶為華州司功參軍後，冬末
間至洛陽時作。梁權道以為乃至德二年歸長安作，為非。

　　（四）〈閿鄉姜七少府設鱠戲贈長歌〉非作於至德二載：梁
權道將〈閿鄉姜七少府設鱠戲贈長歌〉編於至德二年所作。

15　《舊唐書》（一冊），本紀第十，頁247。
16　《新唐書》（一冊），本紀第六，頁159。
17　詳參陳文華老師：《杜甫傳記唐宋資料考辨》，第二篇，頁106。

　　黃鶴主要是依據「東歸貪路自覺難」，而認為此詩乃乾元元年冬自華州至東都作，他說：「閿鄉，屬虢州，即潼關在其邑，公乾元元年冬自華州至東都，故有『東歸貪路自覺難』，當是其年作。……梁權道又編在至德二年長安作。俱非。唯魯詧年譜知之。」[18]

　　依詩題「閿鄉」而言，〈閿鄉姜七少府設鱠戲贈長歌〉同時期之作品尚有〈戲贈閿鄉秦少府短歌〉[19]，〈戲贈閿鄉秦少府短歌〉詩有「去年行宮當太白」句，太白乃太白山，在郿縣東南五十里，屬鳳翔府，《元和郡縣圖志》「鳳翔府」「郿縣」下說：「太白山，在縣東南五十里。」[20]據《舊唐書‧肅宗本紀》與《資治通鑑》所載，肅宗於至德二載（西元757年）二月戊子幸鳳翔，至十月收復兩京後，始自鳳翔還京[21]。而詩既云「去年行宮當太白」，故詩當作於乾元元年（西元758年）。此外，〈閿鄉姜七少府設鱠戲贈長歌〉詩又云「姜侯設鱠當嚴冬」。因此，兩詩當作於乾元元年冬末至東都時作。

　　黃鶴說：「詩云『去年行宮當太白』，當是乾元元年，歸京師時作。」[22]洛陽雖是兩京之一，然黃鶴僅言「歸京師時作」恐易滋誤會，不如直言「歸東都時作」，更為清楚明白。

18　黃希原注、黃鶴補注：《補注杜詩》，卷四，頁115。
19　仇兆鰲《杜詩詳註》於〈戲贈閿鄉秦少府短歌〉題下說：「與上首同時之作。」（卷六，頁505）
20　李吉甫：《元和郡縣圖志》（上），卷二「關內道二」，頁43-44。《通典》（四）「郿縣」下亦云：「有太白山。」（卷一百七十三，頁4516）
21　《舊唐書》（一冊），本紀第十，頁245與248。《資治通鑑》（十冊），唐紀三十五與三十六，頁7017與7041。
22　黃希原注、黃鶴補注：《補注杜詩》，卷四，頁116。《補注杜詩》「去年行宮當太白」下亦注云：「鮑曰謂肅宗駐鳳翔也。《唐志》：鳳翔府郿縣有太白也。」（頁116）

（五）〈洗兵馬〉非作於乾元元年：梁權道將〈洗兵馬〉編在乾元元年。

黃希、黃鶴父子主要是據史載乾元二年（西元 759 年）春旱，而將〈洗兵馬〉繫於此年所作，《新唐書‧肅宗本紀》「乾元二年」說：

> 三月，……，丁亥，以旱降死罪，流以下原之。[23]

《舊唐書‧肅宗本紀》「乾元二年」亦云：

> 四月，……，癸亥，以久旱徙市，雩祈雨。[24]

《舊唐書‧肅宗本紀》既云「久旱」徙市，若再據《新唐書‧肅宗本紀》所云，可見乾元二年夏四月以前已旱。黃希依史而將〈洗兵馬〉繫於乾元二年春所作，他於「田家望望惜雨乾」句下說：「按《史》：乾元二年，春旱。乃作此詩云耳。」[25]黃鶴亦云：「此詩當是乾元二年春作。末云：『田家望望惜雨乾。』蓋二年春，無雨也。梁權道編在元年，恐非。」[26]〈肅宗本紀〉雖未云乾元二年一、二月是否亦有旱災，然據「久旱」二字，黃希、黃鶴之說是有可能的。

王洙、郭知達、蔡夢弼諸本題下皆有「收京後作」，那麼，〈洗兵馬〉應作於至德二載（西元 757 年）九、十月之後。詩中並云「祇殘鄴城不日得，獨任朔方無限功」，據史乾

23　《新唐書》（一冊），本紀第六，頁 161。
24　《舊唐書》（一冊），本紀第十，頁 255-256。
25　黃希原注、黃鶴補注：《補注杜詩》，卷四，頁 123。
26　黃希原注、黃鶴補注：《補注杜詩》，卷四，頁 121。

元元年（西元 758 年）十月郭子儀等敗安慶緒，拔衛州，追之
鄴，《資治通鑑》「乾元元年」說：

> 十月，……，子儀復引兵逐之，慶緒大敗。獲其弟慶
> 和，殺之。遂拔衛州。慶緒走，子儀等追之至鄴，許叔
> 冀、董秦、王思禮及河東兵馬使薛兼訓皆引兵繼至。[27]

《資治通鑑》所載此事即杜甫所云「祇殘鄴城不日得」[28]。依
此，此詩當可進一步確定乃作於乾元元年十月郭子儀追安慶緒
至鄴以後。

　　鄴縣屬於相州或鄴郡[29]。乾元元年十二月，「王師圍相
州，慶緒食盡，求於史思明率眾來援」[30]，乾元二年（西元
759 年）三月，史思明救相州，郭子儀等兵敗。《舊唐書‧史
思明傳》云：「（乾元二年）三月，引眾救相州，官軍敗而引
退。」[31] 若據「祇殘鄴城不日得」一句，亦可知杜甫作此詩時
並不知乾元二年三月郭子儀等兵敗而退之事。因此，此詩創作
的上限可斷於乾元元年十月郭子儀追敵至鄴後，下限可斷於乾
元二年三月官軍敗前。最後再據「田家望望惜雨乾，布穀處處
催春種」，〈洗兵馬〉當作於乾元二年春，九節度使兵敗之
前。因此，舊注編在乾元元年實誤。

　　（六）〈太子張舍人遺織成褥段〉非作於上元二年：梁權道

27　《資治通鑑》（十冊），唐紀三十六，頁 7062。
28　亦可參仇兆鰲：《杜詩詳註》（一），卷六，頁 515。
29　杜佑：《通典》（五），卷一百七十八，頁 4696-4697。李吉甫：
　　《元和郡縣圖志》（上），卷十六「河北道一」，頁 451-452。
30　《舊唐書》（一冊），本紀第十，頁 254。
31　《舊唐書》（十六冊），列傳第一百五十上，頁 5380。亦可參《舊唐
　　書》（一冊），本紀第十，頁 255。

將〈太子張舍人遺織成褥段〉詩編於上元二年成都作。

　　詩云「來瑱賜自盡，氣豪直阻兵」，又云「奈何田舍翁，受此厚貺情」。黃鶴據史所載：寶應二年（西元763年）正月來瑱賜死於路，因此，此詩上限可定於寶應二年正月來瑱死後。《舊唐書‧代宗本紀》「寶應二年」說：

　　　　二年春正月，……，穎國公來瑱削在身官爵，長流播
　　　　州，尋賜死于路。 [32]

《新唐書‧代宗本紀》說：

　　　　廣德元年正月……。壬寅，山陵使、山南東道節度使來
　　　　瑱有罪，伏誅。 [33]

明、王禕《大事記續編》卷六十亦云：「唐代宗皇帝廣德元年春正月，……，壬寅，流來瑱於播州，尋殺之。」[34] 依史，寶應二年七月壬子，始改元為廣德（西元763年）。因此《新唐書》、《大事記續編》所云「廣德元年正月」實應為「寶應二年正月」，因為正月時尚未改元。《舊唐書‧來瑱傳》即云：「寶應二年正月，貶播州縣尉員外置。翌日，賜死於鄂縣。」[35] 杜甫詩中既敘及來瑱賜死之事，則詩當作於寶應二年正月此事

32　《舊唐書》（二冊），本紀第十一，頁271。
33　《新唐書》（一冊），本紀第六，頁168。
34　王禕：《大事記續編》，見《四庫全書》，第334冊，卷六十，頁189。
35　《舊唐書》（十冊），列傳第六十四，頁3368。另亦可參仇兆鰲：《杜詩詳注》（二），卷十三，頁1160。

發生之後，因此，梁權道將此詩編於上元二年（西元761年）即有誤，因為上元二年來瑱尚在人世。

最後，黃鶴據「田舍翁」一詞，而認定詩乃廣德二年在成都作。黃鶴說：「梁權道編在上元二年成都作。然詩有云『來瑱賜自盡』，而瑱伏誅在廣德元年正月。當是廣德二年在成都作，公自謂『田舍翁』，則再歸草堂時也。」[36]

（七）〈冬狩行〉非作於寶應元年：梁權道將〈冬狩行〉編於寶應元年作。

詩云「天子不在咸陽宮」，自天寶十四年以來天子不在長安計有兩次：玄宗幸蜀與代宗幸陝，然詩又云「得不哀痛塵再蒙」，既言「塵再蒙」，當是代宗幸陝[37]。代宗幸陝自廣德元年冬十月丙子至十二月甲午，《舊唐書·代宗本紀》「廣德元年」云：

> 冬十月……。辛未，高暉引吐蕃犯京畿，……。丙子，駕幸陝州。……。戊寅，吐蕃入京師。……。辛巳，車駕至陝州。……。十二月，……。甲午，上至自陝州。[38]

《新唐書·代宗本紀》「廣德元年」亦云：

> 十月庚午，吐蕃陷邠州。辛未，寇奉天、武功，京師戒嚴。……。丙子，如陝州。……。戊寅，吐蕃陷京師。

---

36 黃希原注、黃鶴補注：《補注杜詩》，卷七，頁164。
37 朱鶴齡《杜工部集》（中）說：「玄宗幸蜀，今代宗又幸陝，故曰『塵再蒙』。」（卷十，頁912）
38 《舊唐書》（二冊），本紀第十一，頁273-274。

……。辛巳，次陝州。……。十二月，……。甲午，至
自陝州。 **39**

《冊府元龜》卷三百五十八亦載云：「廣德元年冬，吐蕃寇京
師，乘輿幸陝州。」**40** 歐陽修〈唐兵制〉亦曾云：「廣德元
年，代宗避吐蕃，幸陝。」**41** 因此，〈冬狩行〉應作於廣德元
年（西元 763 年）冬，而非寶應元年（西元 762 年）。

　　黃鶴說：「詩云『天子不在咸陽宮』，蓋指代宗幸陝，當
是廣德元年作。……。梁權道編在寶應元年，非。」**42**

　　（八）〈將適吳楚留別章使君留後兼幕府諸公得柳字韻〉非
作於寶應元年：梁權道將〈將適吳楚留別章使君留後兼幕府諸
公得柳字韻〉繫於寶應元年作。

　　詩云「所憂盜賊多，重見衣冠走。中原消息斷，黃屋今安
否」，此中「衣冠」本指穿衣戴帽，此借代為士大夫；「黃屋」
乃天子車蓋，此借指為天子。詩言代宗廣德元年冬避吐蕃幸陝
州之事，故言「重見」。《草堂詩箋》即曾說：「所憂者，盜
賊未平。衣冠之士，竄走避賊，了无定居也。衣冠嘗避祿山之
亂，今又避吐蕃，故云『重見』也。……。時吐蕃陷京師，代
宗臨幸陝，中原无消息，甫避寓一隅，不知天子安否？」**43** 故
梁權道將此詩編於寶應元年作即有誤，應是廣德元年冬作。

39　《新唐書》（一冊），本紀第六，頁 169。
40　楊億等撰：《冊府元龜》，見《四庫全書》，第 908 冊，卷三百五十
　　　八，頁 255。
41　唐順之編：《荊川稗編》，見《四庫全書》，第 955 冊，卷一百十
　　　五，頁 510。
42　黃希原注、黃鶴補注：《補注杜詩》，卷八，頁 171。
43　蔡夢弼：《草堂詩箋》（二），卷二十，頁 489。

　　黃鶴說：「詩云『重見衣冠走』、『黃屋今安否』，當是廣德元年十一月，代宗未還京時作。梁權道編在寶應元年，恐非。」[44]

　　（九）〈奉贈射洪李四丈〉非作於永泰元年：梁權道將〈奉贈射洪李四丈〉編在永泰元年作。

　　詩云「南京亂初定」，「南京」指蜀郡，蜀郡於至德二載十二月更名為南京，《舊唐書・肅宗本紀》「至德二載」說：

　　　　十二月戊午朔，上御丹鳳樓，下制大赦。……。改蜀郡
　　　　為南京，鳳翔府為西京，西京改為中京。[45]

《新唐書・肅宗本紀》「至德二載」亦云：

　　　　十二月丙午，上皇天帝至自蜀郡。……。戊午，大赦。
　　　　……。以蜀郡為南京，鳳翔郡為西京，西京為中京。[46]

《資治通鑑》「肅宗至德二載十二月」亦曾云：

　　　　戊午，上御丹鳳樓，赦天下。……。以蜀郡為南京，鳳
　　　　翔為西京，西京為中京。[47]

---

[44]　黃希原注、黃鶴補注：《補注杜詩》，卷八，頁 175。
[45]　《舊唐書》（一冊），本紀第十，頁 249-250。
[46]　《新唐書》（一冊），本紀第六，頁 159。
[47]　《資治通鑑》（十冊），唐紀三十六，頁 7045-7046。另外，仇兆鰲《杜詩詳註》（二）曾說：「明皇幸蜀，號成都為南京置尹，比兩都。」（卷十，頁 820）

另外，《通鑑紀事本末》卷三十一中亦載：「戊午，上御丹鳳樓，赦天下，……。以蜀郡為南京，鳳翔為西京，西京為中京。」[48] 此外，《玉海》卷十六「唐三都、五都」則亦曾云：「肅宗至德二載十二月戊午，以蜀郡為南京，鳳翔為西京，西京為中京。」[49] 宋、李上交《近事會元》卷四「西京、南京、中京」則亦云：「唐肅宗至德二載十二月，改蜀郡為南京，鳳翔為西京，西京為中京。」[50] 最後，《歷代宅京記》卷二亦云：「肅宗至德二載冬十二月，戊午朔，以蜀郡為南京，鳳翔府為西京，西京為中京。」[51] 依此，〈奉贈射洪李四丈〉詩應作於至德二載（西元 757 年）十二月改蜀郡為南京之後。

今再依詩所云南京「亂初定」，亂事指寶應元年（西元 762 年）七月徐知道反，亂平乃八月事，《新唐書·代宗本紀》「寶應元年」說：

> 癸巳，劍南西川兵馬使徐知道反。八月己未，知道伏誅。[52]

《資治通鑑》「寶應元年」亦云：

> 癸巳，劍南兵馬使徐知道反，以兵守要害，拒嚴武，武

48　袁樞：《通鑑紀事本末》，見《四庫全書》，第 348 冊，卷三十一中，頁 488。

49　王應麟：《玉海》，見《四庫全書》，第 943 冊，卷十六，頁 398。

50　李上交：《近事會元》，見《四庫全書》，第 850 冊，卷四，頁 289。

51　顧炎武著、于杰點校：《歷代宅京記》，卷二，頁 23。

52　《新唐書》（一冊），本紀第六，頁 167。

不得進。……。己未，徐知道為其將李忠厚所殺，劍南
悉平。[53]

今詩既云「南京亂初定」，因此詩當作於寶應元年初定徐
知道亂時，而非作於永泰元年（西元765年）。

黃鶴說：「梁權道編在永泰元年，逃亂至梓州作。然詩云
『南京亂初定，所向色枯槁。遊子無根株，茅齋付秋草』。『茅
齋』指草堂。當是寶應元年七月徐知道反，公避之至梓州，九
月歸成都，迎家居梓州，十一月嘗往射洪，有〈陳拾遺故宅〉
等詩，當是其時作。」[54]簡言之，「南京亂初定」乃徐知道亂
平之事，仇兆鰲即曾云：「亂定，徐知道已平。」[55]因此，詩
當作於寶應元年，而非作於永泰元年。

（十）〈大麥行〉非作於廣德元年：梁權道將〈大麥行〉編
在廣德元年作。

詩云「東至集壁西梁洋，問誰腰鐮胡與羌」，唐代梁州督
集壁梁洋四州，四州皆屬山南西道，《舊唐書·地理志》「山
南西道」「梁州興元府」下說：

六年，廢督都府。八年又置，依舊督梁、洋、集、壁四
州。十七年又罷。顯慶元年，復置都督府，督梁、洋、
集、壁四州。開元十三年，改梁州為襃州，依舊都督
府。二十年，又為梁州。天寶元年，改為漢中郡，仍為
都督府。乾元元年，復為梁州。興元元年六月，昇為興

53 《資治通鑑》（十冊），唐紀三十八，頁7130。
54 黃希原注、黃鶴補注：《補注杜詩》，卷九，頁182。
55 仇兆鰲：《杜詩詳註》（二），卷十一，頁953。

元府。[56]

《太平寰宇記》卷一百三十三「山南西道」「興元府」亦云：

> 六年，廢督都府。八年又置，依舊督梁、洋、集、壁四
> 州。開元十三年，改梁州為褒州，依舊都督府。二年，
> 又為梁州。天寶元年，改為漢中郡，仍為都督府。乾元
> 元年，復為梁州。德宗以朱泚之亂，幸梁。[57]

據史書所載，寶應元年羌、渾、奴剌等寇梁州，《新唐書·肅
宗代宗本紀》說：

> 寶應元年，……，建卯月，……。壬子，羌、渾、奴剌
> 寇梁州。……。建辰月，……，甲午，奴剌寇梁州。[58]

《舊唐書·肅宗本紀》亦云：

> 建辰月……。甲午，党項奴剌寇梁州，刺史李勉棄郡
> 走。[59]

《資治通鑑》「寶應元年」亦載：「奴剌寇成固。……。甲午，

---

[56] 《舊唐書》（五冊），志第十九，頁 1528。另亦可參仇兆鰲：《杜詩
詳註》（二），卷十一，頁 910。

[57] 樂史：《太平寰宇記》，見《四庫全書》，第 470 冊，卷一百三十
三，頁 291。《太平寰宇記》所云「二年，又為梁州」，今據《舊唐
書·地理志》，其「二」下奪一「十」字。

[58] 《新唐書》（一冊），本紀第六，頁 165。

[59] 《舊唐書》（一冊），本紀第十，頁 262。

奴剌寇梁州。」[60]《陝西通志》卷七十九亦載：「寶應元年建卯月，羌、渾、奴剌寇梁州。」[61]寶應元年不僅羌、渾、奴剌寇梁州，吐蕃亦曾陷成州，《新唐書・地理志》說：「成州同谷郡，……，寶應元年沒吐蕃。」[62]成州即同谷郡，位於梁洋集壁之西北，其距梁洋集壁不遠[63]。黃鶴因此認為：「問誰腰鎌胡與羌」當指寶應元年吐蕃、羌渾、奴剌之犯而言。也因此，梁權道編在廣德元年為非。

黃鶴說：「集壁梁洋四州，唐並屬山南西道。按《新》、《舊史》、《通鑑》：寶應元年建卯月，羌、渾、奴剌寇梁州；建辰月，奴剌寇洋州。〈地理志〉：成州以寶應元年沒吐蕃。成與前四州均為山南道。此詩當是指其年吐蕃、羌渾、奴剌而言。今云『大麥乾枯小麥黃』正是夏初事。」[64]因此，黃鶴將〈大麥行〉繫於寶應元年作，他說：「詳考詩中之事，當是寶

60　《資治通鑑》（十冊），唐紀三十八，頁 7119 與 7121。《資治通鑑》於「成固」下云：「成固縣，自漢以來屬漢中。」（頁 7119）然《舊唐書・地理志》（五）「山南西道」（頁 1528）與《通典》（五）「漢中郡」下皆作「城固」，其屬梁州，《通典》說：「漢中郡，……，今之梁州，……。秦置漢中郡，二漢因之。……領縣六：南鄭、褒城、城固、金牛、西縣、三泉。」（卷一百七十五，頁 4576-4578）

61　沈青崖等編纂：《陝西通志》，見《四庫全書》，第 555 冊，卷七十九，頁 741。

62　《新唐書》（四冊），志第三十，頁 1035。《舊唐書・代宗本紀》亦云：「是歲，……。吐蕃陷我臨、洮、秦、成、渭等州。」（本紀第十一，頁 271）

63　朱鶴齡於《杜工部詩集》（中）也曾說：「又按〈代宗紀〉：寶應元年，吐蕃陷秦、成、渭等州。成州與集、壁、梁、洋壤接。疑吐蕃是年入寇，亦在春夏之交，史不詳書，故無考耳。」（卷九，頁 802）

64　黃希原注、黃鶴補注：《補注杜詩》，卷九，頁 187。此段文獻中，黃鶴言「建辰月，奴剌寇洋州」，據《新》、《舊唐書》應是「寇梁州」；黃鶴言「成與前四州均為山南道」，可能是根據《新唐書・地理志》「地理四」所載之說（志第三十，頁 1027）。

應元年成都作。梁權道編在廣德元年梓州詩內。」[65]

（十一）〈贈韋左丞丈濟〉非作於天寶十一載：梁權道將〈贈韋左丞丈濟〉編於天寶十一載。

此詩作於何年呢？關鍵與首兩句「左轄頻虛位，今年得舊儒」有關。既云「今年得舊儒」，現在只要能確定韋濟於何年為左丞，即可知此詩作於何年了。那麼韋濟於何年為左丞呢？《舊唐書・韋濟傳》載：天寶七載，遷尚書左丞[66]。此外，宋、章定《名賢氏族言行類稿》亦曾云「韋濟」於「天寶中，授尚書左丞。」[67]此則雖僅言「天寶中」，而未明言「天寶七載」，然與《舊唐書・韋濟傳》所載相符。今據上述兩則，韋濟於天寶七載為尚書左丞，因此，詩當作於天寶七載，梁權道所編為非。

黃鶴說：「《舊史》：天寶七載，韋濟為河南尹，遷尚書左丞，見〈本傳〉。今詩云『左轄頻虛位，今年得舊儒』，即是其年作。梁權道編在十一載，非。」[68]

（十二）〈上韋左丞相二十韻〉[69]非作於天寶十一載：梁權道將〈上韋左丞相二十韻〉編於天寶十一載。

詩云「霖雨思賢佐，丹青憶老臣」，又云「韋賢初相漢，范叔已歸秦」，此指天寶十三載秋霖雨以韋見素同中書門下平章事而言，史書詳載此事，《舊唐書・玄宗本紀》「天寶十三載」說：

65　黃希原注、黃鶴補注：《補注杜詩》，卷九，頁187。
66　《舊唐書》（九冊），列傳第三十八，頁2874。
67　章定撰：《名賢氏族言行類稿》，見《四庫全書》，第933冊，卷四，頁61。
68　黃希原注、黃鶴補注：《補注杜詩》，卷十七，頁325。
69　題目仇本作〈上韋左相二十韻〉。

秋八月丁亥，以久雨，左相、許國公陳希烈為太子太
師，罷知政事；文部侍郎韋見素為武部尚書，同中書門
下平章事。是秋，霖雨積六十餘日，京城垣屋頹壞殆
盡，物價暴貴，人多乏食。[70]

《舊唐書·韋見素傳》亦云：

天寶十三載秋，霖雨六十餘日，京師廬舍垣墉頹毀殆
盡，凡一十九坊汙潦。天子以宰輔或未稱職，見此咎
徵，命楊國忠精求端士。……。國忠訪於中書舍人竇
華、宋昱等，華、昱言見素方雅，柔而易制。上亦以經
事相王府，有舊恩，可之。其年八月，拜武部尚書、同
中書門下平章事，充集賢院學士，知門下省事，代陳希
烈。[71]

《新唐書·韋見素傳》亦云：

十三載，玄宗苦雨潦閱六旬，謂宰相非其人，罷左相陳
希烈，詔楊國忠審擇大臣。……。謀於中書舍人竇華、
宋昱，皆以見素安雅易制，國忠入白帝，帝亦以相王府
屬，有舊恩，遂拜武部尚書、同中書門下平章事、集賢
院學士，知門下省事。[72]

[70] 《舊唐書》（一冊），本紀第九，頁229。
[71] 《舊唐書》（十冊），列傳第五十八，頁3275-3276。
[72] 《新唐書》（十四冊），列傳第四十三，頁4267。

又，《資治通鑑考異》「天寶十三載」亦云：「八月，陳希烈罷相，韋見素同平章事。」[73]《欽定續通志》卷七「天寶十三載」亦云：「秋八月丙戌，陳希烈罷，文部侍郎韋見素為武部尚書、同中書門下平章事，是秋霖雨，人多乏食。」[74]今詩既云「霖雨思賢佐」，又云「韋賢初相漢」，而韋見素於天寶十三載秋為相，因此詩當作於其時，舊注將詩繫於天寶十一載即有誤。

黃鶴說：「當是天寶十三載，見素同中書門下平章事時投之，故詩曰『韋賢初相漢』。……。梁權道編在十一載，是年見素未同平章。」[75]

（十三）〈贈特進汝陽王二十韻〉[76]非作於天寶十一載：梁權道將〈贈特進汝陽王二十韻〉編在天寶十一載。

詩題中之特進汝陽王乃李璡，而李璡卒於天寶九載，《舊唐書》說：

> 璡封汝陽郡王，歷太僕卿，……。天寶初，終父喪，加特進。九載卒，贈太子太師。[77]

何焯《義門讀書記》卷五十二〈贈太子太師汝陽郡璡王〉下亦云：「天寶九載卒。」[78]李璡若卒於天寶九載，則杜甫不可能

---

[73] 司馬光撰：《資治通鑑考異》，見《四庫全書》，第311冊，卷十四，頁151。

[74] 嵇璜、曹仁虎等奉敕：《欽定續通志》，見《四庫全書》，第392冊，卷七，頁94-95。

[75] 黃希原注、黃鶴補注：《補注杜詩》，卷十七，頁327。

[76] 題目仇本作〈贈特進汝陽王二十二韻〉。

[77] 《舊唐書》（九冊），列傳第四十五，頁3014。

[78] 何焯：《義門讀書記》，見《四庫全書》，第860冊，卷五十二，頁790。

於天寶十一載作此詩贈之，梁編有誤。

黃鶴說：「《舊史》云：天寶初，終父喪，加特進。九載卒。《新史》不言『加特進』。而梁權道編在十一載，非。」[79]

二、駁趙次公編年之誤

〈春望〉非作於天寶十五載正月：趙次公將此詩繫於天寶十五載正月，他說：「考此詩作於天寶十五載之正月，蓋安祿山反於十四載之十月，至是則『烽火連三月』。」[80]趙次公依安祿山反於天寶十四載十月，詩又云「烽火連三月」，即十一、十二、正月，因此趙注將詩繫於天寶十五載正月作。

黃鶴認為〈春望〉非作於天寶十五載正月，這主要是因為「國破」並不在十五載正月，其時尚有以兵討安祿山者，《新唐書·玄宗本紀》說：

> 十五載正月乙卯，東平郡太守嗣吳王祗以兵討安祿山。丙辰，李隨為河南節度使，以討祿山。……。癸亥，朔方軍節度副使李光弼為河東節度副大使，以討祿山。甲子，南陽郡太守魯炅為南陽節度使，率嶺南、黔中、山南東道兵屯于葉縣。乙丑，安慶緒寇潼關，哥舒翰敗

---

[79] 黃希原注、黃鶴補注：《補注杜詩》，卷十七，頁332。

[80] 林繼中輯校：《杜詩趙次公先後解輯校》（上），乙帙卷之一，頁157。另外，諸本載趙次公言「安祿山反」之月份不一，《分門集註杜工部詩》（一）云「祿山反於十四載之十一月」（頁265）；《集千家註分類杜工部詩》（二）云「祿山反於十四載之十二月」（頁673）。據史，當是反於十一月（見《新唐書》，本紀第五，頁150）。

之。丁丑，真源令張巡以兵討安祿山。[81]

「國破」當在十五載六月玄宗奔蜀、京師陷後，故詩當繫於十五載（西元756年）六月賊陷京師之後，而非作於十五載正月。如此，趙注所謂「十一、十二、正月」為「三月」之說實不可信。今再依「城春」與「三月」諸字，詩當作於十五載之明年三月，即至德二載（西元757年）春三月。

　　黃鶴針對趙次公將此詩編於「天寶十五載之正月」說：「天寶十五載正月，明皇未幸蜀，方且命嗣吳王祗、季隨、李光弼等討安祿山，安得謂之『國破』？是時公攜家在奉先，五月方入鄜，道路未絕，書非難達。趙注以十四載之十一月至次年正月為『三月』，失於不考。當是至德二載三月陷賊營時作。『三月』者，直指三月而云。」題下亦云：「詩云『國破山河在』，當是至德二載春作。梁亦編在此年，是時公陷賊中，故曰『城春草木深』。」[82]

三、駁師氏編年之誤

　　〈望嶽〉非作於安史亂時：師氏注於〈望嶽〉「會當凌絕頂，一覽眾山小」下云：「登臨山之絕頂，俯視眾山，其培塿歟，眾山知尊乎太岳？眾流知宗乎滄海？當安史之亂，僭稱尊號，天子蒙塵，其朝宗之義為如何？甫〈望岳〉之作，末章云『一覽眾山小』，固知安史之徒，乃培塿之細者，又何足以上抗

81　《新唐書》（一冊），本紀第五，頁151-152。
82　黃希原注、黃鶴補注：《補注杜詩》，卷十九，頁363。據史，「季隨」當作「李隨」，此應是傳寫之誤。

巖巖之大也哉！」[83]舊注認為〈望嶽〉詩「一覽眾山小」乃諷刺安史之徒。

黃鶴據〈壯遊〉詩「忤下考功第，獨辭京尹堂。放蕩齊趙間，裘馬頗清狂」等語，並認為杜甫下第在開元二十三年[84]，遂將此詩繫於開元二十四年左右。黃鶴於〈望嶽〉詩題下補注說：「按公詩云『忤下考功第』、『放蕩齊趙間』乃在開元二十四年後。」[85]

杜甫〈望嶽〉詩既是遊齊趙時所作，因此詩中即不可能預言天寶安史後事。且安史亂時，未聞杜甫嘗至齊，舊注有誤。因此黃希於「一覽眾山小」下云：「公為此詩時，安史未亂，師注未是。」[86]

四、駁諸家編年之誤

（一）〈奉贈韋左丞丈廿二韻〉非作於天寶六載、十一載或華州司功時：舊注或繫於天寶六載[87]，或編於天寶十一載，或

83　王十朋集注：《王狀元集百家注編年杜陵詩史》（上），卷一，頁64。闕名集註：《分門集註杜工部詩》（一），卷四，頁380。徐居仁編、黃鶴補註：《集千家註分類杜工部詩》（二），卷十三，頁830。

84　黃鶴〈年譜辨疑〉認為杜甫下第應在開元二十三年乙亥（頁19），然據陳文華老師的考證，認為其「下第至遲應在廿四年；廿三年當然也屬可能，但非必然」，詳參陳文華：《杜甫傳記唐宋資料考辨》，第二篇，頁61。

85　黃希原注、黃鶴補注：《補注杜詩》，卷一，頁45。

86　黃希原注、黃鶴補注：《補注杜詩》，卷一，頁45。

87　魯訔年譜將此詩繫於天寶六載，見闕名集註《分門集註杜工部詩》（一）卷首：「六載丁亥，公應詔退下。元結〈諭友〉曰：天寶六載，詔天下有一藝，詣轂下。李林甫相國命尚書省皆下之。遂賀野無遺賢于庭。公上韋左丞相曰：『主上頃見徵，欻然欲求伸。青冥却垂翅，蹭蹬無縱鱗。』」（頁83）

以為乃杜甫為華州司功後作此詩以辭韋左丞[88]。

今據「主上頃見徵，欻然欲求伸。青冥却垂翅，蹭蹬無縱鱗」諸句，詩當是天寶六年杜甫應詔退下不久在長安時所作[89]。另據詩題〈贈韋左丞丈濟〉，「韋左丞」乃指韋嗣立之子韋濟，韋濟於天寶七載時，遷尚書左丞，《舊唐書》說：

> 濟，早以辭翰聞。……。天寶七載，又為河南尹，遷尚書左丞。[90]

因此，〈奉贈韋左丞丈廿二韻〉乃韋濟為尚書左丞後作。因此，詩當繫於天寶七載。諸說皆有誤。

黃鶴說：「師云：是貶華州司功後作，則當在乾元元年。而梁權道編在天寶十一載。師注為非。若在乾元元年，不應詩中無一語及祿山之亂與夫為拾遺貶司功之意。魯訔年譜謂：此詩在天寶六載。而不知是年濟未拜左丞。按《舊史》：天寶七

---

[88] 徐居仁編、黃鶴補註《集千家註分類杜工部詩》（三）卷十九說：「杜甫生於睿宗先天元年，死於代宗大曆五年，年五十有九，歷睿宗、玄宗、肅宗、代宗凡四朝也。天寶十三載獻三賦，玄宗命宰相試以文章，授河西尉，不行。天寶十四載，安祿山亂，甫挈家避亂鄜州，陷賊中。肅宗至德二載，脫身歸鳳翔府，上謁肅宗。肅宗授以左拾遺，當是時房琯以宰相總兵與賊戰。琯，儒者，用春秋車戰之法，為賊所敗，由是得罪。甫上疏論琯不宜廢，肅宗怒，貶甫為華州司功。甫既不得志，聞李白在山東，將為山東之遊，遂作此詩，辭韋左丞，明己無罪而去。」（頁1134）另亦可參王十朋集注：《王狀元集百家注編年杜陵詩史》（上），卷二，頁103。闕名集註：《分門集註杜工部詩》（三），卷十七，頁1196。

[89] 杜甫參加天寶六載詔徵天下有一藝者詣京師就選之事，詳參陳文華：《杜甫傳記唐宋資料考辨》，頁55。

[90] 《舊唐書》（九冊），列傳第三十八，頁2874。《新唐書》（十四冊）列傳第四十一則云：「天寶中，授尚書左丞，凡三世居之。」（頁4234）

載，濟為河南尹，遷尚書左丞。公以天寶六載詔天下有一藝者，赴轂下，遂自河南歸應詔。而林甫忌人斥己，建言乞先下尚書省問，遂無一中者。公由是退下，故詩云『主上頃見徵』、『青冥却垂翅』，當是七載作。此詩只陳情，當在〈贈韋左丞丈〉詩之後。」[91]

　　（二）〈揚旗〉非作於大歷三年：徐俯將此詩繫於大歷三年作；王彥輔將此詩繫於三年作[92]。雖然王彥輔未明確指出年號，只云「三年夏六月」，但還是可以知道其應是指大歷三年。因為從至德至大歷之間有「三年」者計有：至德、乾元、廣德與大歷[93]。但是符合「三年夏六月」這個條件者只剩：大歷。因為至德三載二月即改為乾元元年；乾元三年閏四月改為上元元年；廣德三年春正月改為永泰元年。因此，從嚴格義來說，王彥輔所言「三年夏六月」應是指大歷三年而言。

　　黃鶴主要是依據二個理由來反駁〈揚旗〉作於大歷三年。首先，詩云「三州陷犬戎，但見西嶺青」，「三州」指松、維、保等州，據史所載，廣德元年十二月吐蕃陷松、維、保三州，《舊唐書·代宗本紀》云：

91　黃希原注、黃鶴補注：《補注杜詩》，卷一，頁37。另外，黃鶴〈年譜辨疑〉「天寶六載丁亥」下亦云：「魯譜謂〈上韋左丞〉詩在是年。不考，是年濟未拜左丞。」（見《補注杜詩》，頁22）

92　王十朋集注：《王狀元集百家注編年杜陵詩史》（下），卷二十，頁659。闕名集註：《分門集註杜工部詩》（二），卷十五，頁1105。徐居仁編、黃鶴補註：《集千家註分類杜工部詩》（一），卷五，頁431。

93　上元無三年，因為上元二年（西元761年）九月去「上元」號，稱元年。明年建巳月（即四月）改為寶應元年（西元762年），見《舊唐書·代宗本紀》，本紀第十，頁262與263；《新唐書·代宗本紀》，本紀第六，頁164與165；《資治通鑑》，唐紀三十八，頁7116、7118與7123；亦可參《唐大詔令集》，見《四庫全書》，第426冊，卷三十，頁165。

十二月……。吐蕃陷松州、維州、雲山城、籠城。[94]

《新唐書‧代宗本紀》亦云：

十二月……。吐蕃陷松、維二州。[95]

《新唐書‧地理志》又云：

維州……。廣德元年沒吐蕃。……。松州……。廣德元
年沒吐蕃。……。保州……。廣德元年沒吐蕃。[96]

《資治通鑑》「廣德元年」也說：

十二月，……。吐蕃陷松、維、保三州及雲山新築二
城。[97]

此外，《蜀鑑》亦曾云：「代宗廣德元年吐蕃陷松、維、保三
州。」[98]另外《通鑑紀事本末》亦云：「十二月，……。吐蕃
陷松、維、保三州及雲山新築二城。」[99]今據史，「三州陷犬
戎」當指廣德元年冬十二月吐蕃陷松、維、保三州之事。因

94　《舊唐書》（二冊），本紀第十一，頁274。
95　《新唐書》（一冊），本紀第六，頁169。
96　《新唐書》（四冊），志第三十二，頁1085-1087。
97　《資治通鑑》（十冊），唐紀三十九，頁7157-7158。
98　《蜀鑑》，見《四庫全書》，第352冊，卷十，頁590。
99　《通鑑紀事本末》，見《四庫全書》，第348冊，卷三十二下，頁
535。

此，詩當作於廣德元年（西元763年）冬十二月三州陷於吐蕃
之後。

其次，《舊唐書‧代宗本紀》與《資治通鑑》皆載：嚴武
卒於永泰元年（西元765年）夏四月 **100**，然詩云「江風颯長
夏，府中有餘清。我公會賓客，肅肅有異聲」，嚴武既卒於永
泰元年，何能於大歷三年（西元768年）會客呢？據此王彥
輔、徐俯之說有誤。詩當作於廣德元年冬十二月吐蕃陷三州後
至永泰元年四月嚴武死前之夏天，因此詩當繫於廣德二年（西
元764年）夏作。

〈揚旗〉題下云：「彥輔曰：三年夏六月，成都尹鄭公置
酒公堂，觀騎士，試新旗幟。俯曰：代宗大歷三年，甫離峽中
之荊南，夏六月，鄭公置酒公堂，觀騎士旗幟，將平吐蕃之
難，而作此詩。補注：鶴曰：詩云『三州陷犬戎』，蓋指廣德
元年十二月吐蕃陷松、維、保三州，則詩作于廣德二年。詩又
云『江雨颯長夏，府中有餘清』，蓋公是時在嚴武幕府故云。」
黃鶴又云：「按《史》：廣德元年十二月丙申，吐蕃陷松、維
二州；《唐志》：松、維、保三州，皆云『廣德元年沒吐
蕃』。《通鑑》云：吐蕃陷松、維、保三州及雲山松築二城，
西川節度使高適不能救，于是劍南山西諸州亦入于吐蕃。今詩
云『三州陷犬戎，但見西嶺青』，正謂此。如王彥輔、徐俯之
說皆非。且嚴武以永泰元年四月卒，安得更在大歷三年？若以
為在永泰元年，武未卒之前作，此詩中必言拔當、狗城、克
鹽、川城，何為却無一語及之？今詩又云『公來練猛士，欲奪
天邊城』謂欲攻吐蕃，是年九月果敗之。」**101**

---

100 《舊唐書》（二冊），本紀第十一，頁279。《資治通鑑》（十冊），
唐紀三十九，頁7174。

仇本〈揚旗〉題下亦云：「原注：二年夏六月，成都尹嚴公置酒公堂，觀騎士，試新旗幟。」[102] 因此詩當作於廣德二年夏。

第二節　杜詩編年原則

一、據史繫詩

黃鶴對杜詩編年的原則與方法主要是據史繫詩，亦即將詩中所敘之事或詩題內容與史書之記載兩相對照，若兩者相符相同，即將詩繫於史書記載事情發生之時間。譬如：

（一）黃鶴將〈秋雨歎三首〉繫於天寶十三載秋作：詩中敘述秋日長安霖雨傷稼及米價暴貴人多乏食事，所謂「禾頭生耳黍穗黑，農夫田父無消息。城中斗米換衾裯，相許寧論兩相直」。

史書曾記載天寶十三載秋，京城霖雨不止害稼乏食之事，《舊唐書·玄宗本紀》「天寶十三載」說：「是秋，霖雨積六十餘日，京城垣屋頹壞殆盡，物價暴貴，人多乏食。」[103] 《新唐書·五行志》亦載此事：

101　黃希原注、黃鶴補注：《補注杜詩》，卷十，頁198-199。黃鶴云
　　　「《通鑑》云：吐蕃陷松、維、保三州及雲山松築二城」，據《通鑑》
　　　應作「新築」。
102　仇兆鰲：《杜詩詳註》（二），卷十三，頁1139。
103　《舊唐書》（一冊），本紀第九，頁229。另亦可參《舊唐書》（十
　　　冊），列傳第五十八，頁3275。

十三載秋，大霖雨，害稼，六旬不止。九月，閉坊市北
門，蓋井，禁婦人入街市，祭玄冥太社，縈明德門，壞
京城垣屋殆盡，人亦乏食。[104]

《資治通鑑》記載此事並云：「上憂雨傷稼，國忠取禾之善者
獻之，曰：『雨雖多，不害稼也。』」[105]黃鶴據史書記載天寶
十三載秋日長安霖雨事與〈秋雨歎三首〉內容相符，因此將
〈秋雨歎三首〉繫於天寶十三載作。

黃鶴說：「天寶十三載秋，大霖雨，六旬不止，帝憂，楊
國忠取禾之善者獻之，曰：『雨雖多，不害稼也。』〈五行志〉
云：天寶十三載秋，大霖雨。又云：以苦雨潦罷陳希烈，相韋
見素。此詩當是其年作。」[106]黃鶴於「城中斗米換衾裯」下
亦云：「鶴曰《舊史》：天寶十三載秋，霖雨積六十餘日，物
價暴貴，人多乏食。」[107]此即黃鶴據史繫詩之例。

此外，黃鶴據天寶十三載秋京城霖雨不止與傷稼乏食事而
將杜詩繫於此時者，又如〈苦雨奉寄隴西公兼呈王徵士〉，詩
云「今秋乃淫雨，仲月來寒風。羣木水光下，萬家雲氣中。所
思礙行潦，九里信不通。悄悄素滻路，迢迢天漢東」，此言秋
日苦於寒風淫雨，事與史書記載天寶十三載秋京師霖雨未已事
相符，黃鶴遂將此詩繫於天寶十三載作。

---

[104] 《新唐書》（三冊），志第二十四，頁876。
[105] 《資治通鑑》（十冊），唐紀三十三，頁6928。另外，《文獻通考》
亦云：「（天寶）十三載秋，大霖雨，害稼，六旬不止。九月，閉坊
市北門，蓋井，禁婦人入街市，祭元冥太社，縈明德門，壞京城垣
屋殆盡，人亦乏食。」（見《四庫全書》，第616冊，卷三百三，頁
61）
[106] 黃希原注、黃鶴補注：《補注杜詩》，卷一，頁55。
[107] 黃希原注、黃鶴補注：《補注杜詩》，卷一，頁56。

黃鶴說：「此詩當在天寶十三載。〈五行志〉云：天寶十三載苦雨潦。詩云『仲月來寒風』，即是其年九月。」[108]

又如〈九日寄岑參〉，詩云「出門復入門，雨腳但如舊。所向泥活活，思君令人瘦。……。吁嗟乎蒼生，稼穡不可救。安得誅雲師，疇能補天漏」。黃鶴依詩云秋日淫雨害稼，與史書記載相同，遂將此詩繫於天寶十三年作。

黃鶴說：「詩中言雨傷稼，當是天寶十三載作。」[109]

又如〈橋陵詩三十韻因呈縣內諸官〉，詩云「荒歲兒女瘦，暮途涕泗零。主人念老馬，廨宇容秋螢」。黃鶴以「荒歲兒女瘦」、「廨宇容秋螢」諸句與詩未言安史之事，因而據史將詩繫於天寶十三載秋物價暴貴時作。

黃鶴說：「此詩云『廨宇容秋螢』，又不言祿山之事，但言『荒歲兒女瘦』，當是十三載，物價暴貴，人多乏食時，往見諸官而作此詩。」[110]

又如〈承沈八丈東美除膳部員外郎阻雨未遂馳賀奉寄此詩〉，詩云「清秋便寓直，列宿頓輝光」，又云「貧賤人事略，經過霖潦妨」。黃鶴以「清秋」、「霖潦」事與史書記載相同，而將詩繫於十三載作。

黃鶴說：「今詩云『清秋便寓直』、『經過霖潦妨』。當是天寶十三載作，是年九月淫雨不止。」[111]

（二）黃鶴將〈戲作花卿歌〉繫於上元二年作：詩云「綿州副史著柘黃，我卿掃除即日平。子璋髑髏血模糊，手提擲還

108　黃希原注、黃鶴補注：《補注杜詩》，卷一，頁 61。
109　黃希原注、黃鶴補注：《補注杜詩》，卷一，頁 64。
110　黃希原注、黃鶴補注：《補注杜詩》，卷二，頁 78。
111　黃希原注、黃鶴補注：《補注杜詩》，卷十八，頁 357。

崔大夫」，此乃詩言花驚定討平段子璋事。

　　段子璋於上元二年（西元761年）夏四月壬午反，五月伏
誅，《舊唐書・肅宗本紀》「上元二年」說：

> 夏四月，……。壬午，梓州刺史段子璋叛，襲破遂州，
> 殺刺史嗣虢王巨。東川節度史李奐戰敗，奔成都。五
> 月，……，乙未，劍南節度使崔光遠率師與李奐擊敗段
> 子璋於綿州，擒子璋殺之，綿州平。[112]

《新唐書・肅宗本紀》「上元二年」亦云：

> （四月），……，壬午，劍南東川節度兵馬使段子璋反，
> 陷綿州，遂州刺史嗣虢王巨死之，節度使李奐奔于成
> 都。五月……，劍南節度使崔光遠克東川，段子璋伏
> 誅。[113]

另外，《資治通鑑》「上元二年」亦云：

> （夏，四月）壬午，梓州刺史段子璋反。子璋驍勇，從
> 上皇在蜀有功，東川節度使李奐奏替之，子璋舉兵，襲
> 奐於綿州，道過遂州，刺史虢王巨蒼黃帥屬郡禮迎之，
> 子璋殺之。李奐戰敗，奔成都，子璋自稱梁王，改元黃
> 龍，以綿州為龍安府，置百官，又陷劍州。……。乙
> 未，西川節度使崔光遠與東川節度使李奐共攻綿州，庚

112　《舊唐書》（一冊），本紀第十，頁261。
113　《新唐書》（一冊），本紀第六，頁164。

子，拔之，斬段子璋。[114]

段子璋亂，李奐敗後奔成都，崔光遠、花驚定等討平之。《舊唐書・崔光遠傳》云：「及段子璋反，東川節度使李奐敗走，投光遠，率將花驚定等討平之。」[115]

　　黃鶴據史將此詩繫於上元二年作。黃鶴說：「按《史》：上元二年四月壬午，段子璋反。此詩當是其年成都作。」[116]

　　（三）黃鶴將〈奉寄河南韋尹丈人〉繫於天寶七載作，詩題「河南韋尹丈人」與《舊唐書・韋濟傳》記載韋濟於「天寶七載為河南尹」相符。韋濟任河南尹事既在天寶七載，故詩當作於是年。因此黃鶴於詩題下云「天寶七載作」。

　　黃鶴說：「按《舊史・韋濟傳》：天寶七載，為河南尹，遷左丞。」[117]

二、據詩編年

　　「據詩編年」是指黃鶴依據詩中杜甫所云的歲數，推算杜詩創作的時間，或依據詩中所言的時間，而直接將詩繫於該年。

　　譬如〈百憂集行〉，詩云「即今倏忽已五十，坐臥只多少

114　《資治通鑑》（十冊），唐紀三十八，頁 7113-7114。另外，《欽定續通志》云：「壬午，梓州刺史段子璋反，陷遂州。刺史嗣虢王巨死之。五月，……，乙未，劍南節度使崔光遠克東川，段子璋伏誅。」（見《四庫全書》，第 392 冊，卷八，頁 108）
115　《舊唐書》（十冊），列傳第六十一，頁 3319。
116　黃希原注、黃鶴補注：《補注杜詩》，卷七，頁 159。
117　黃希原注、黃鶴補注：《補注杜詩》，卷十八，頁 339。

行立」。這個問題較為複雜，得先確定杜甫生於何年。黃鶴據杜甫〈朝獻太清宮賦〉所云「冬十有一月，天子既納處士之議，……。明年孟諏，將擴大禮」，提出天寶九載庚寅預獻賦之說。問題是杜甫預獻賦時幾歲呢？今據杜甫〈進三大禮賦表〉所云：「臣生長陛下淳樸之俗，行四十載矣。」黃鶴在詮釋這段文獻時，隱含認定「行」乃指將要之意[118]，其時年三十九，因此，黃鶴認為天寶九載杜甫預獻賦時值三十九歲。

　　黃鶴之前，趙次公已經提出這個相關的看法了，他說：「天寶九載冬，公預獻〈三大禮賦〉。」[119]又云：「公於天寶九載三十九歲之冬，預獻明年〈三大禮賦〉，表云：甫行四十載矣，沉埋盛時。」[120]又：「公於天寶九載三十九歲，冬末獻〈三大禮賦〉，預言明年之事。」[121]由於黃鶴注本中有時亦載有趙注之語，換言之，黃鶴實見過趙注，因此可以斷定上述黃鶴的看法明顯是承繼趙次公而來的。

　　黃鶴又提出另一個輔助性旁證，杜甫〈秋述〉云「秋，杜子臥病長安旅次，多雨生魚，青苔及榻。……。我，棄物也，四十無位」，杜甫所言與《舊唐書‧玄宗本紀》「天寶十載」所載「是秋，霖雨積旬，牆屋多壞，西京尤甚」[122]相合。因此，天寶十載（西元751年）時杜甫四十歲。那麼，杜甫當生於先天元年（西元712年）。黃鶴〈年譜辨疑〉「睿宗先天元年壬子」下即云：「魯又引公上〈大禮賦表〉云『臣生陛下淳樸

---

118 「行四十載」指「未滿四十」，以及杜甫生卒，詳參陳文華：《杜甫傳記唐宋資料考辨》，第二篇，頁49-52。
119 林繼中：《杜詩趙次公先後解輯校》，甲帙卷之四，頁99。
120 林繼中：《杜詩趙次公先後解輯校》，甲帙卷之二，頁52。
121 林繼中：《杜詩趙次公先後解輯校》，戊帙卷之七，頁1063。
122 《舊唐書》（一冊），本紀第十，頁225。

之俗，行四十載矣』。……。案：〈朝獻太清宮賦〉首云『冬十一月，天子納處士之議』，又云『明年孟陬，將攄大禮』，則是九載庚寅預獻賦，故年三十九，〈表〉宜云「行四十載」。又按《舊史》：天寶十載云『是秋，霖雨積旬，墻屋多壞，西京尤甚』。公作〈秋述〉云『秋，杜子臥病長安旅次，多雨生魚，青苔及榻』；又云『我，棄物也，四十無位』。則是十載年四十，其生於是年又無疑。」[123]

由於杜甫生於先天元年（西元 712 年）壬子，而詩云「即今倏忽已五十」，故上元二年（西元 761 年）杜甫五十歲，也因此黃鶴將〈百憂集行〉繫於上元二年作。黃鶴說：「詩云『即今倏忽已五十』，當是上元二年辛丑作。公生於壬子，至是年恰五十。」[124]此即黃鶴據詩編年之例。

又如〈戲贈二友〉，詩云「元年建巳月，郎有焦校書」，又云「元年建巳月，官有王司直」。史云「肅宗去上元三年號，止稱元年」[125]。黃鶴今據詩中所言的時間，遂將詩繫於元年（西元 762 年）作。

黃鶴說：「詩云『元年建巳月』，其年公在成都，是月玄宗升遐，焦校書、王司直，當是居于成都，公故與之友善，詩作於其年。」[126]

123　黃希原注、黃鶴補注：《補注杜詩》，頁 17。
124　黃希原注、黃鶴補注：《補注杜詩》，卷七，頁 165。
125　詳參《新唐書》（一冊），本紀第六，頁 166；《舊唐書》（一冊），本紀第十，頁 262。
126　黃希原注、黃鶴補注：《補注杜詩》，卷十，頁 200。

三、詩、史編年

「詩、史編年」是指據杜詩與史書的相關資料而將杜詩定於何年、何時所作，此包含「據史繫詩」與「據詩編年」。亦即：黃鶴一方面將詩中之事與史書記載兩相對照，倘兩者相同相符，即將詩繫於史書記載事情發生之時間，此即「據史繫詩」；另一方面亦依杜詩中所敘明之時間，而將杜詩繫於其時所作，此即「據詩編年」。譬如：

（一）黃鶴將〈哀江頭〉繫於至德二載春作：詩有「少陵野老吞聲哭，春日潛行曲江曲」，又云「黃昏胡騎塵滿城，欲往城南望城北」諸句。

曲江在長安，《長安志》卷九「南昇道坊」說：

> 西北隅龍華尼寺，寺東侍中李日知宅，寺南曲江。[127]

程大昌《雍錄》卷六「唐曲江」亦云：

> 唐曲江本秦隑州，至漢為宣帝樂遊廟，亦名樂遊苑，亦名樂遊原，基地最高，四望寬敞。……地在城東南昇道坊龍花寺之南。[128]

曲江既在長安，而長安於天寶十五年（西元756年）六月失陷[129]，一直到至德二載（西元757年）九月始收復長安，《舊唐

---

[127] 宋敏求：《長安志》，卷九，頁119。
[128] 程大昌：《雍錄》，卷六，頁132-133。

書‧肅宗本紀》說：「（九月）癸卯，廣平王收西京。……。冬十月，……，壬戌，廣平王入東京。」[130]《新唐書‧肅宗本紀》則曰：「（九月）癸卯，復京師。……。（十月）壬子，復東京。」[131] 又據「黃昏胡騎塵滿城」一語，可知此詩乃杜甫敘述其陷於賊中之作，換言之，單就上述的資料而言，此詩可編於天寶十五年六月後至至德二載九月收復長安前。然而更確切的時間為何呢？黃鶴另據「春日」一詞，遂將詩繫於至德二載春作。此即「詩史編年」之例。

　　黃鶴說：「至德二載九月癸卯復京師，十月壬子復東京，而是詩云『春日潛行曲江曲』，當是作於是年春。蓋謂之『潛行』，又謂『黃昏胡騎塵滿城』，乃陷賊時所作，明矣。梁權道亦編在是年。」[132]

　　（二）黃鶴將〈述懷〉繫於至德二載夏作：詩云「去年潼關破，妻子隔絕久。今夏草木長，脫身得西走。麻鞋見天子，衣袖見兩肘。朝廷愍生還，親故傷老醜。涕淚受拾遺，流離主恩厚」。

　　詩云「去年潼關破」，據史書潼關陷於天寶十五年（西元756年）六月，因此今年當為至德二年（西元757年）；黃鶴又據詩中「今夏」「得西走」與「涕淚受拾遺」等，而將此詩繫於至德二年夏拜左拾遺後作。此亦「詩史編年」之例。

　　黃鶴說：「公以至德元載陷賊，今詩云『去年潼關破』，又云『今夏』『得西走』，當是二年夏拜拾遺後作，故又有『涕

129　《新唐書》（一冊），本紀第五，頁152-153。
130　《舊唐書》（一冊），本紀第十，頁247。
131　《新唐書》（一冊），本紀第六，頁159。
132　黃希原注、黃鶴補注：《補注杜詩》，卷二，頁88。

淚受拾遺』之句。」[133]

四、詩從舊次

倘若杜詩沒有明顯的線索以作為編年之依據，或繫詩的意見與古人相同時，黃鶴繫詩即從舊次。

譬如〈夜聽許十誦詩愛而有作〉，黃鶴說：「天寶十四載，長安作，從舊次。」[134]

又如〈聽楊氏歌〉，黃鶴說：「詩云『江城帶素月，況乃清夜起。老夫悲暮年，壯士淚如水』，當是在夔州，從舊次及梁權道，編為大歷元年作。」[135]

又如〈溪漲〉，黃鶴說：「舊次在〈戲贈友〉之前，〈戲贈友〉云『元年建巳月』，則此作于寶應元年亦無疑。」[136]

以上為黃鶴杜詩繫年之原則。

---

[133] 黃希原注、黃鶴補注：《補注杜詩》，卷三，頁 92。

[134] 黃希原注、黃鶴補注：《補注杜詩》，卷二，頁 77。

[135] 黃希原注、黃鶴補注：《補注杜詩》，卷十三，頁 247。另外，仇兆鰲《杜詩詳註》卷十七亦云：「鶴注從舊次編在大曆元年。」（頁 1480）

[136] 黃希原注、黃鶴補注：《補注杜詩》，卷十，頁 199。

第三節　考訂舊注人物與史事之錯謬

一、糾考人物事蹟與人名之誤

（一）人物事蹟之誤

1、嚴武欲殺之說不可信：師注認為〈貧交行〉乃為嚴武而作，他說：「甫之作此，為嚴武而作也。甫與嚴武素相厚善，及武鎮西川，甫往依之。常醉登其床，曰：『嚴挺之乃有是兒！』武仗劍欲殺之，母救，止。夫武始待甫甚厚，今以小嫌欲殺之，其輕薄如此，何足數乎？」[137]

針對師注所言杜甫醉登武床與嚴武欲殺之舉，黃鶴提出的反例有二：一是〈八哀詩〉中之〈贈左僕射鄭國公嚴公武〉詩；二是〈哭嚴僕射歸櫬〉詩。前者有所謂的「鄭公瑚璉器，華岳金天晶。昔在童子日，已聞老成名。嶷然大賢後，復見秀骨清。開口取將相，小心事友生」等語。後者有所謂的「一哀三峽暮，遺後見君情」等語。杜甫對嚴武頌揚既至，死後更有稱述。據此，嚴武欲殺之說不可信。

黃鶴於〈貧交行〉題下補注說：「師云：公作此詩，為嚴

---

137 王十朋集注：《王狀元集百家注編年杜陵詩史》（上），卷四，頁207。闕名集註：《分門集註杜工部詩》（三），卷二十五，頁1699。徐居仁編、黃鶴補註：《集千家註分類杜工部詩》（三），卷二十五，頁1539-1540。

武者。非。」138《補注》又云：「廣德二年，武再鎮蜀，公又依之。雖《新史》有『登床瞪視』之語，而《舊史》獨無。《新史》止據范攄《雲溪友議》而云。觀公〈八哀詩〉，其為武而作者，稱述既至；而哭其歸櫬者，又有『遺後見君情』之句。使公果有憾於武，則身後不復更有稱述矣。」139

2、高適未嘗為安西都護或副都護：師注認為〈高都護驄馬行〉中的「都護」乃高適，他說：「高適為哥舒翰掌書記，甫嘗送以詩云『十年出幕府，自可持旌麾』。至是為安西都護，其言豈不有徵？」140

據《舊唐書》、《新唐書》本傳141，高適官職計有：封丘尉、左驍衛兵曹、書記、左拾遺、監察御史、侍御史、諫議大夫、侍史大夫、揚州大都督府長史、淮南節度使兼採訪使142、太子少詹事、蜀彭二州刺史、成都尹、劍南西川節度使、刑部侍郎、散騎常侍、加銀青光祿大夫、渤海縣侯等。然《新》、《舊唐書》本傳皆未言高適嘗為安西都護或副都護。

唐代安西都護並無姓高者143，嘗為安西副都護且姓高者僅有高仙芝，《舊唐書・高仙芝傳》云：

138　黃希原注、黃鶴補注：《補注杜詩》，卷一，頁 50。
139　黃希原注、黃鶴補注：《補注杜詩》，卷一，頁 50。
140　王十朋集注：《王狀元集百家注編年杜陵詩史》（上），卷四，頁213。闕名集註：《分門集註杜工部詩》（三），卷二十三，頁1607。徐居仁編、黃鶴補註：《集千家註分類杜工部詩》（三），卷十七，頁 1096。
141　《舊唐書》（十冊），列傳第六十一，頁 3328-3331。《新唐書》（十五冊），列傳第六十八，頁 4679-4681。
142　高適嘗任「淮南節度使兼採訪使」，參《舊唐書》（一冊），本紀第十，頁 244。
143　筆者據「瀚典資料庫」查尋。

開元末，為安西副都護。 144

《新唐書·高仙芝傳》亦云：「開元末，表為安西副都護。」
145 另外《新唐書·玄宗本紀》「天寶六載」說：

是歲，安西副都護高仙芝及小勃律國戰，敗之。 146

《新唐書·西域下》亦云：

西北二十餘國皆臣吐蕃，貢獻不入，安西都護三討之無
功。天寶六載，詔副都護高仙芝伐之。 147

《資治通鑑》卷二百一十五亦云：

初，將軍高仙芝，本高麗人，從軍安西。仙芝驍勇，善
騎射，節度使夫蒙靈詧屢薦至安西副都護、都知兵馬
使，充四鎮節度副使。 148

嘗為安西副都護者乃高仙芝，依此，「安西都護胡青驄，聲
價歘然來向東」之「安西都護」應指高仙芝。舊注有誤。
　　黃鶴說：「按《新》、《舊史》：適未嘗為安西都護，乃
高仙芝。按〈本傳〉：開元末為安西副都護，四鎮都知兵馬

144　《舊唐書》（十冊），列傳第五十四，頁3203。
145　《新唐書》（十五冊），列傳第六十，頁4576。
146　《新唐書》（一冊），本紀第五，頁146。
147　《新唐書》（二十冊），列傳第一百四十六下，頁6251。
148　《資治通鑑》（十冊），卷二百一十五，頁6884。

使。」[149]另外，何焯亦以為〈高都護驄馬行〉乃指高仙芝，《義門讀書記》說：「【高都護驄馬行】唐書高仙芝傳。仙芝少隨父至安西。累擢副都護。」[150]

3、蘇源明與鄭虔酒錢非在安史亂後：舊注於〈戲簡鄭廣文虔兼呈蘇司業源明〉「近有蘇司業，時時與酒錢」詩句，下云：「虔始為廣文館學士，性嗜酒，不治事，數為官長所訶，怡然不以為意。祿山反，陷于賊，受祿山偽署，後竄歸，坐免官，故至貧窶。惟蘇源明重其才，時時給餉之。杜詩云『得錢即相覓，沽酒不復疑』，蓋謂此也。」[151]舊注認為：蘇源明時時與鄭虔酒錢當在安史之亂後。

另外，《新唐書·元結傳》亦說：「結少不羈，十七乃折節向學，事元德秀。天寶十二載舉進士，禮部侍郎陽浚見其文，曰：『一第愿子耳，有司得子是賴！』果擢上第。復舉制科。會天下亂，沈浮人間。國子司業蘇源明見肅宗，問天下士，薦結可用。」[152]據此，蘇源明於安史後亂仍為國子司業，舊注之說或有可能。

蘇源明為國子司業是否始於安史亂前呢？明、康海《武功縣志》卷三曾記載蘇源明生平，其云：

> 蘇源明，初名預，字弱夫。少孤，寄居徐兗，工文辭，有名。天寶間，及進士第，更試集賢院，累遷太子諭

---

149 黃希原注、黃鶴補注：《補注杜詩》，卷一，頁52。

150 何焯：《義門讀書記》（北京：中華書局），卷五十一，頁991。

151 王十朋集注：《王狀元集百家注編年杜陵詩史》（上），卷二，頁123。徐居仁編、黃鶴補註：《集千家註分類杜工部詩》（三），卷十九，頁1185。

152 《新唐書》（十五冊），列傳第六十八，頁4682。

德。出為東平太守。召為國子司業。祿山陷京師，源明
以病不受偽官。肅宗復兩京，擢考功郎中知制誥。 153

依此，蘇源明為國子司業當在安祿山陷京師之前。今據史書，
安史亂前蘇源明議廢濟陽郡，後召為國子司業，安祿山陷京師
時，以病不受偽署，肅宗復兩京後，擢為考功郎，《新唐書·
文藝中》：

> 出為東平太守。是時，濟陽郡太守李俊以郡瀕河，請增
> 領宿城、中都二縣以紓民力。二縣，隸東平、魯郡者
> 也。於是源明議廢濟陽，析五縣分隸濟南、東平、濮
> 陽。詔河南採訪使會濮陽太守崔季重、魯郡太守李蘭、
> 濟南太守田琦及源明、俊五太守議于東平，不能決。既
> 而卒廢濟陽，以縣皆隸東平。召源明為國子司業。安祿
> 山陷京師，源明以病不受偽署。肅宗復兩京，擢考功郎
> 中知制誥。 154

廢濟陽郡，事在天寶十三載六月，《舊唐書·玄宗本紀》「天
寶十三載」即云：「六月，……。廢濟陽郡，以所領五縣隸東
平郡。」 155 因此，天寶十三載六月廢濟陽郡後，召蘇源明為
國子司業，京師失陷以病不受偽署，至德二載十月收復兩京
後，拔擢為考功郎中知制誥。據此，蘇源明為國子司業在安史
亂前。

---

153 《武功縣志》，見《四庫全書》，第 494 冊，卷三，頁 36。
154 《新唐書》（十八冊），列傳第一百二十七，頁 5772。
155 《舊唐書》（一冊），本紀第九，頁 228。

又，天寶九載七月玄宗置廣文館[156]，以鄭虔為廣文館博士。安祿山反，授虔為水部郎中。賊平後，免死，貶為台州司戶參軍事。《新唐書·文藝中》說：

> 玄宗愛其才，欲置左右，以不事事，更為置廣文館，以虔為博士。……。初，虔追紬故書可誌者得四十餘篇，國子司業蘇源明名其書為《會粹》。……。安祿山反，遣張通儒劫百官置東都，偽授虔水部郎中，……。賊平，與張通、王維並囚宣陽里。三人者，皆善畫，崔圓使繪齋壁，虔等方悸死，即極思祈解於圓，卒免死，貶台州司戶參軍事，維止下遷。後數年卒。[157]

另外，宋、王溥《唐會要》卷六十六「廣文館」亦曾云：

> 天寶九年七月十三日置，領國子監進士業者，博士、助教各一人，品秩同太學，以鄭虔為博士，至今呼鄭虔為鄭廣文。[158]

那麼，鄭虔為廣文博士在安史亂前。今依詩題〈戲簡鄭廣文虔兼呈蘇司業源明〉，既曰「廣文」又云「司業」，則詩當作於安史未亂以前。舊注云：安祿山反，鄭虔陷賊中受偽署，後因賊

平免官致貧寠，蘇源明時時給餉之。此說為非。

　　黃鶴說：「按《唐史》：蘇源明以太子諭德，出為東平太守。時濟陽太守李陵，請增領二縣，詔河南採訪使與五太守議，不能決，卒廢濟陽。志云：天寶十三載廢，召源明為國子司業。祿山陷京師，源明不受偽署。肅宗復兩京，擢考功郎。則為司業在祿山未亂之前。今詩題云『蘇司業』，當是十四載作。師注謂：虔受偽署，竄歸免官，時源明給餉之。非。」[159]

　　4、賈至轉禮部侍郎非為寶應初：舊注於〈別唐十五誡因寄禮部侍郎賈〉下云：「賈至本傳：寶應初，轉禮部侍郎。」[160] 舊注認為賈至於寶應初轉為禮部侍郎。

　　《新唐書·賈至傳》說：「寶應初，召復故官，遷尚書左丞。……。轉禮部侍郎，待制集賢院。」[161]《新唐書》本傳對賈至的記載非常簡潔，年月皆被省略。舊注可能就是受了《新唐書》本傳記載的影響，而注曰「寶應初，轉禮部侍郎」。然《舊唐書·文苑中》卻說：「廣德二年，轉禮部侍郎。……。永泰元年，加集賢院待制。」[162] 問題是：《新唐書》與《舊唐書》本傳何者較為可信呢？今按《舊唐書·代宗本紀》「廣德二年九月」云：

　　　尚書左丞楊綰知東京選，禮部侍郎賈至知東都舉，兩都

159　黃希原注、黃鶴補注：《補注杜詩》，卷二，頁 74-75。

160　王十朋集注：《王狀元集百家注編年杜陵詩史》（上），卷十三，頁497。闕名集註：《分門集註杜工部詩》（三），卷二十，頁 1427。徐居仁編、黃鶴補註：《集千家註分類杜工部詩》（三），卷二十二，頁 1345。題目仇本作〈別唐十五誡因寄禮部賈侍郎〉。

161　《新唐書》（十四冊），列傳第四十四，頁 4299。

162　《舊唐書》（十五冊），列傳第一百四十中，頁 5031。

分舉選，自此始也。[163]

另外，《新唐書·選舉志》亦云：

> 代宗廣德二年，詔曰：「古者設太學，教胄子，雖年穀
> 不登，兵革或動，而俎豆之事不廢。頃年戎車屢駕，諸
> 生輟講，宜追學生在館習業，度支給廚米。」是歲，賈
> 至為侍郎。[164]

據此，賈至最遲至廣德二年九月已轉為禮部侍郎了。那麼，廣
德二年（西元764年）九月前賈至是否可能已轉為禮部侍郎
呢？據《舊唐書·禮儀志》：

> 寶應二年六月，……。詔下朝臣集議，中書舍人賈至
> 議，請依縉奏。[165]

寶應二年七月改元廣德，那麼，寶應二年（西元763年）六月
時賈至為中書舍人，未為禮部侍郎可知，故舊注云「寶應初，
轉禮部侍郎」即明顯有誤，轉禮部侍郎應是廣德二年（西元
764年）之事。

何以知《新唐書》本傳的敘述較為簡省呢？因為賈至待制
集賢院乃永泰元年三月之事，而《新唐書》本傳卻省略了年
月，《舊唐書·代宗本紀》「永泰元年」云：「三月壬辰朔，

163　《舊唐書》（二冊），本紀第十一，頁276。
164　《新唐書》（四冊），志第三十四，頁1165。
165　《舊唐書》（三冊），志第四，頁921-922。

詔左僕射裴冕、右僕射郭英乂、太子少傅裴遵慶、檢校太子少
保白志貞、太子詹事臧希讓、左散騎常侍暢璀、檢校刑部尚書
王昂高昇、檢校工部尚書崔渙、吏部侍郎李季卿王延昌、禮部
侍郎賈至、涇王傅吳令瑤等十三人，並集賢院待詔。」[166]由
於《新唐書・賈至傳》敘述賈至轉禮部侍郎時省略了年月，致
使舊注對賈至的理解有誤。

　　黃鶴說：「按《史》：廣德二年，轉禮部侍郎。永泰元
年，加集賢院待制。」[167]

　　5、越王貞未為綿州刺史、「顯慶」亦非中宗年號：舊注
於〈越王樓歌〉「綿州州府何磊落，顯慶年中越王作」下注
云：「太宗子，越王貞也。顯慶中，為綿州刺史，創此樓。
『顯慶』，中宗年號。」[168]舊注認為越王貞於顯慶中曾為綿州
刺史。

　　《新》、《舊唐書》本傳皆未言李貞嘗為綿州刺史，《舊唐
書》本傳說：「越王貞，太宗第八子也。貞觀五年，封漢王。
七年，授徐州都督。十年，改封原王，尋徙封越王，拜揚州都
督，賜實封八百戶。十七年，轉相州刺史。二十三年，加實封
滿千戶。永徽四年，授安州都督。咸亨中，復轉相州刺史。…
…。則天臨朝，加太子太傅，除蔡州刺史。」[169]《新唐書》本
傳則說：「越王貞，始王漢，後徙原，已乃封越。……。武后

166　《舊唐書》（二冊），本紀第十一，頁278。
167　黃希原注、黃鶴補注：《補注杜詩》，卷十，頁193。
168　王十朋集注：《王狀元集百家注編年杜陵詩史》（上），卷十六，頁
　　　551。闕名集註：《分門集註杜工部詩》（一），卷五，頁435。徐居
　　　仁編、黃鶴補註：《集千家註分類杜工部詩》（二），卷十四，頁
　　　883。
169　《舊唐書》（八冊），列傳第二十六，頁2661。

初，遷累太子太傅、豫州刺史。」[170]另外，「顯慶」乃唐高宗之年號，非中宗年號，於永徽之後，龍朔之前，共五年。舊注有誤。

黃鶴說：「按《新》、《舊史》：越王貞，太宗第八子，未嘗為綿州，第始封漢王，漢與綿為鄰耳。……。且『顯慶』，非中宗年號，乃高宗年號。凡五年，在龍朔之前。王注為非。」[171]

6、李之芳未嘗為齊州司馬：舊題為王洙者於李邕之〈登歷下古城員外新亭〉下云：「時李之芳自尚書郎出齊州司馬，作此亭。」[172]舊注認為李之芳為齊州司馬時作此新亭。

王洙謂李之芳時出齊州，此說恐有誤，理由有二：首先，史書只言其於開元末為駕部員外郎，未言其嘗任齊州司馬。《舊唐書》說：「開元末為駕部員外郎。天寶十三載，安祿山奏為范陽司馬。及祿山起逆，自拔歸西京，授右司郎中，歷工部侍郎、太子右庶子。廣德元年，兵革未清，吐蕃又犯邊，侵軼原、會，乃遣之芳兼御史大夫，使吐蕃，被留境上二年而歸。除禮部尚書，尋改太子賓客。」[173]其次，李邕〈登歷下古城員外新亭〉與杜甫〈同李太守登歷下古城員外新亭〉詩題皆稱「員外新亭」，而不稱為「司馬」，因此李之芳製此亭時非為司馬。

黃鶴說：「按《新》、《舊史》：之芳未嘗為齊州司馬。

170　《新唐書》（十二冊），列傳第五，頁 3575。

171　黃希原注、黃鶴補注：《補注杜詩》，卷十，頁 202。

172　闕名集註：《分門集註杜工部詩》（一），卷五，頁 469。徐居仁編、黃鶴補註：《集千家註分類杜工部詩》（二），卷十四，頁 917。

173　《舊唐書》（八冊），列傳第二十六，頁 2660。

開元末為駕部員外郎。天寶十三載，祿山奏為范陽司馬。及祿山起逆，自拔歸西京。今題云『員外新亭』亦初不指其為『司馬』。」[174]

（二）人物姓名之誤

1、花驚定非作花敬定：舊注將花驚定寫為花敬定，「彥輔曰：〈高適傳〉：梓州副使段子璋反，以兵攻東川節度李奐，適率州兵與西川節度使崔光遠攻子璋，斬之。西川牙將花敬定者，恃勇，既誅子璋，大掠東蜀，天子怒之。」[175]另外，楊慎於《升庵詩話》中亦作「花敬定」，《升庵詩話》卷八說：「『錦城絲管日紛紛，半入江風半入雲。此曲只應天上有，人間能得幾回聞。』花卿名敬定，丹稜人，蜀之勇將也。恃功驕恣，杜公此詩譏其僭用天子禮樂也。」[176]

若據《唐書》，花驚定之名僅出現於《舊唐書·崔光遠傳》與《舊唐書·高適傳》中，吳曾《能改齋漫錄》卷四即曾說：

> 鮑彪譜，論杜詩〈戲作花卿歌〉云：「花卿，舊注名驚定。新、舊史無其人。」予考《舊史·崔光遠傳》：「光遠為成都尹。及段子璋反，東川節度使李奐敗走，投光遠，率將花驚定等討之。……。」〈高適傳〉：「花驚定者，勇將。誅子璋，大掠東蜀。天子怒光遠不能戢軍，乃罷之，以適代光遠為成都尹。」惟新史不見

174　黃希原注、黃鶴補注：《補注杜詩》，卷一，頁46。
175　徐居仁編、黃鶴補註：《集千家註分類杜工部詩》（一），卷五，頁422。
176　楊慎：《升庵詩話》，見《明詩話全編》，第三冊，頁2633。又，見《歷代詩話續編》（中），卷一，頁644。

花驚定名字，鮑彪不讀舊史故耳。[177]

吳曾考得《舊唐書》作「花驚定」，《新唐書》則不見其名。
此外，《四川通志》卷七上與《氏族大全》卷七皆載有其人，
並作「花驚定」[178]。最後，吳騫《拜經樓詩話》亦曾云：

> 少陵〈戲作花卿歌〉曰：「成都猛將有花卿，學語小兒
> 知姓名。」按：花卿即花驚定，為成都尹崔光遠部將。
> ……。今丹陵縣有花卿塚，過者多題詩，黃魯直所謂
> 「至有英氣血食其鄉」者。按：李蘭肸《元一統志》
> 云：「花驚定入蜀充牙將。先討叛將段子璋，有功。後
> 征南蠻，又有功。」[179]

　　總之，《舊唐書‧崔光遠傳》與《舊唐書‧高適傳》兩處
皆作「花驚定」，而非「花敬定」。王彥輔所引〈高適傳〉乃出
於《舊唐書》，《舊唐書‧高適傳》本云：「梓州副史段子璋
反，以兵攻東川節度使李奐，適率州兵從西川節度使崔光遠攻
子璋，斬之。西川牙將花驚定者，恃勇，既誅子璋，大掠東
蜀。」[180]其作「花驚定」而非「花敬定」，王彥輔誤「驚」作
「敬」字。黃鶴對此說：「舊史俱作花驚定。」[181]
　　2、李公非指李白：舊注認為〈夏日李公見訪〉中的「李

[177] 吳曾：《能改齋漫錄》，卷四，頁73。
[178] 《四川通志》，見《四庫全書》，第559冊，卷七上，頁305。《氏
族大全》，見《四庫全書》，第952冊，卷七，頁243。
[179] 吳騫：《拜經樓詩話》，見《清詩話》，卷二，頁685。
[180] 《舊唐書》（十冊），列傳第六十一，頁3331。
[181] 黃希原注、黃鶴補注：《補注杜詩》，卷七，頁159。

25

公」乃指李白，其於「遠林暑氣薄，公子過我遊」下云：
「『公子』指李白也。」**182**

　　杜甫在詩中指李白者，計有：李、李生、李白、李十二白
與李侯。稱「李」者譬如〈昔遊〉：「昔者與高李，晚登單父
臺。」又如〈遣懷〉：「懷與高李輩，論交入酒壚。」或稱
「李生」，譬如〈不見〉「不見李生久，佯狂真可哀。世人皆欲
殺，吾意獨憐才」；或稱為「李白」，於詩題中者，譬如〈贈
李白〉、〈送孔巢父謝病歸遊江東兼呈李白〉、〈夢李白二
首〉、〈冬日有懷李白〉、〈春日憶李白〉、〈天末懷李白〉等
等。於詩中者，譬如〈送孔巢父謝病歸遊江東兼呈李白〉「南
尋禹穴見李白，道甫問訊今何如」（一作「若逢李白騎鯨魚，
道甫問訊今何如」），又如〈飲中八仙歌〉「李白一斗詩百篇，
長安市上酒家眠」，又如〈薛端薛復筵簡薛華醉歌〉「近來海內
為長句，汝與山東李白好」；或稱「李十二白」，譬如〈與李
十二白同尋范十隱居〉、〈寄李十二白二十韻〉；或稱「李
侯」，譬如〈與李十二白同尋范十隱居〉中的「李侯有佳句，
往往似陰鏗」，又如〈贈李白〉中的「李侯金閨彥，脫身事幽
討」等。

　　杜甫用「李公」，或指李光弼，譬如〈八哀詩〉序中所言
的「李公」，序曰：「傷時盜賊未息，興起王公、李公，嘆舊
懷賢，終於張相國。」以及〈故司徒李公光弼〉；或指李邕，
譬如〈贈祕書監江夏李公邕〉「憶昔李公存，詞林有根柢」。

---

182 王十朋集注：《王狀元集百家注編年杜陵詩史》（上），卷三，頁
　　200。闕名集註：《分門集註杜工部詩》（三），卷二十，頁1378。
　　徐居仁編、黃鶴補註：《集千家註分類杜工部詩》（三），卷二十
　　二，頁1300。

　　杜甫用「公子」，或指隴西公，亦即漢中王瑀[183]，譬如〈苦雨奉寄隴西公兼呈王徵士〉「劃見公子面，超然歡笑同」；或指楊長史[184]，譬如〈樂遊園歌〉「公子華筵勢最高，秦川對酒平如掌」；或指裴虬、李勉、楊子琳[185]，譬如〈舟中苦熱遣懷奉呈陽中丞通簡臺省諸公〉「驅馳數公子，咸願同伐叛」；或指駙馬輩[186]，譬如〈奉陪鄭駙馬韋曲二首〉之二「誰能與公子，薄暮欲俱還」；或指韋贊善，譬如〈贈韋七贊善〉「洞庭春色悲公子，蝦菜忘歸范蠡船」；有時指某些貴公子，譬如〈陪諸貴公子丈八溝攜妓納涼晚際遇雨二首〉之一「公子調冰水，佳人雪藕絲」。歸納地說，杜甫未有稱李白為「李公」或「公子」者。據此，舊注之說實有誤。

　　黃鶴說：「李白雖是興聖皇帝九世孫，然公凡與之詩，未嘗稱之為『公子』，亦未嘗題曰『李公』。」[187]

　　3、〈百憂集行〉中之「主人」非指郭英乂：舊注認為「坐臥只多少行立，強將笑語供主人」中之「主人」指郭英乂，「師曰：主人指郭英乂，英乂鎮成都，甫依之」[188]。

　　黃鶴考證杜甫生於先天元年（西元712年）壬子，今詩云「即今倏忽已五十」，因此〈百憂集行〉作於上元二年（西元761年）。

---

[183] 仇兆鰲《杜詩詳註》（一）說：「原注：隴西公，即漢中王瑀。」（卷三，頁214）

[184] 仇兆鰲《杜詩詳註》（一）說：「公子，指楊長史。」（卷二，頁102）

[185] 仇兆鰲：《杜詩詳註》（三），卷二十三，頁2076。

[186] 仇兆鰲：《杜詩詳註》（一），卷三，頁166。

[187] 黃希原注、黃鶴補注：《補注杜詩》，卷二，頁75。

[188] 徐居仁編、黃鶴補註：《集千家註分類杜工部詩》（三），卷二十五，頁1533。

　　詩既作於上元二年，而詩中「主人」若如舊注所言乃指郭
英乂，則上元二年郭英乂時當鎮成都。然而舊注之說有誤，理
由有二：

　　首先，郭英乂為成都尹、劍南節度使乃在永泰元年（西元
765 年）五月。《舊唐書·代宗本紀》「永泰元年」說：

> 夏四月，……，庚寅，劍南節度使、檢校吏部尚書嚴武
> 卒。五月癸丑，以尚書右僕射、定襄郡王郭英乂為成都
> 尹，御史大夫、充劍南節度使。[189]

《資治通鑑》「永泰元年」亦云：

> 五月，癸丑，以右僕射郭英乂為劍南節度使。[190]

另外，《舊唐書·郭英乂傳》亦云：「會劍南節度使嚴武卒，
載以英乂代之，兼成都尹，充劍南節度使。」[191] 因此，永泰
元年五月郭英乂為成都尹、劍南節度使，其鎮成都非在上元二
年。

　　其次，據史乾元三年三月至上元二年鎮成都者有：李若
幽，崔光遠與高適等人。李若幽於乾元三年三月（西元 760 年）
壬申為成都尹、劍南節度使，《舊唐書·肅宗本紀》說：

> 三月壬申，以京兆尹李若幽為成都尹、劍南節度使。[192]

189　《舊唐書》（二冊），本紀第十一，頁 279。
190　《資治通鑑》（十冊），唐紀三十九，頁 7175。
191　《舊唐書》（十冊），列傳第六十七，頁 3397。
192　《舊唐書》（一冊），本紀第十，頁 258。

《欽定續通志》卷八「上元元年」亦云：「三月壬申，京兆尹李若幽為成都尹、劍南節度使。」[193]《欽定續通志》云「上元元年」有誤，應作「乾元三年」，因為乾元三年三月尚未改元，閏四月始改為上元元年。上元二年二月癸亥，崔光遠為成都尹，《舊唐書·肅宗本紀》「上元二年」說：

> 二月，……。癸亥，以鳳翔尹崔光遠為成都尹、劍南節度度支營田觀察處置等使。[194]

《舊唐書·崔光遠傳》亦云：「（上元）二年，兼成都尹，充劍南節度營田觀察處置使。」[195]李若幽鎮成都可能自乾元三年三月至上元二年二月癸亥崔光遠上任之前，而崔光遠可能就是接替李若幽而鎮成都者。上元二年四月，段子璋反，五月崔光遠與李奐、高適等討平段子璋，其後花驚定大掠東蜀，肅宗怒，罷崔光遠，以高適代崔光遠為成都尹、劍南西川節度使，《舊唐書·高適傳》說：「天子怒光遠不能戢軍，乃罷之，以適代光遠為成都尹、劍南西川節度使。」[196]至於高適為成都尹、劍南西川節度使至何時，則史未言及。

依據上述這兩個理由，郭英乂時鎮成都之說實有誤。黃鶴於「坐臥只多少行立，強將笑語供主人」句下補注說：「是年英乂未鎮成都。」[197]另外黃鶴於題下亦云：「上元元年三

193　《欽定續通志》，見《四庫全書》，第 392 冊，卷八，頁 106。

194　《舊唐書》（一冊），本紀第十，頁 260。

195　《舊唐書》（十冊），列傳第六十一，頁 3319。

196　《舊唐書》（十冊），列傳第六十一，頁 3331。另亦可參《新唐書》（十五冊），列傳第六十八，頁 4681。

197　黃希原注、黃鶴補注：《補注杜詩》，卷七，頁 166。

月，以京兆尹李若幽尹成都。若幽後賜名國楨。二年三月，以崔光遠尹成都，與高適共討段子璋。《史》云：花驚定既誅子璋，大掠東蜀，天子怒，以高適代光遠。」[198] 最後，黃鶴云「二年三月，以崔光遠尹成都」，據〈肅宗本紀〉應為「二年二月」，非「三月」。

二、糾考史事之誤

1、九節度之師非潰於乾元元年：舊注認為乾元元年九節度使於相州兵圍安慶緒，大敗而還，其於〈新安吏〉題注下云：「肅宗於至德二載改元乾元，時九節度兵圍安慶緒于相州，大敗而還。」[199]

九節度之師非潰於乾元元年，而是兵潰於乾元二年三月壬申，《舊唐書・肅宗本紀》「乾元二年」說：

> 三月，……，壬申，相州行營郭子儀等與賊史思明戰，王師不利，九節度兵潰，子儀斷河陽橋，以餘眾保東京。[200]

《舊唐書・史思明傳》亦云：「（乾元二年）三月，引眾救相州，官軍敗而引退。」[201]《資治通鑑》卷二百二十一「乾元二

---

198 黃希原注、黃鶴補注：《補注杜詩》，卷七，頁 165。
199 王十朋集注：《王狀元集百家注編年杜陵詩史》（上），卷八，頁 348。闕名集註：《分門集註杜工部詩》（二），卷十四，頁 1010。徐居仁編、黃鶴補註：《集千家註分類杜工部詩》（一），卷四，頁 341。
200 《舊唐書》（一冊），本紀第十，頁 255。
201 《舊唐書》（十六冊），列傳第一百五十上，頁 5380。

年」亦云：

> 郭子儀等九節度使圍鄴城，築壘再重，寄塹三重，壅漳
> 水灌之。城中井泉皆溢，構棧而居，自冬涉春，安慶緒
> 堅守以待史思明，……。思明乃自魏州引兵趣鄴。…
> …。三月，壬申，官軍步騎六十萬陳於安陽河北，思明
> 自將精兵五萬敵之，諸軍望之，以為遊軍，未介意。思
> 明直前奮擊，李光弼、王思禮、許叔冀、魯炅先與之
> 戰，殺傷相半；魯炅中流矢，郭子儀承其後，未及布
> 陳，大風忽起，吹沙拔木，天地晝晦，咫尺不相辨，兩
> 軍大驚，官軍潰而南，賊潰而北，棄甲仗輜重委積於
> 路。子儀以朔方軍斷河陽橋保東京。[202]

另外，《太平御覽》卷一百一十二亦云：「十月，郭子儀領九
節度圍相州，安慶緒偷道求救思明，思明懼軍威之盛，不敢
進。十二月，蕭華以魏州歸順，詔遣崔光遠替之。思明擊而拔
其城，光遠脫身南渡。思明于魏州殺三萬人，流血數日，乾元
二年正月一日，思明于魏州北設壇，僭稱為大聖周王，建元應
天，以周贄為行軍司馬。三月，引眾救相州，官吏敗而引
退。」[203]據此，九節度之師是潰於乾元二年三月，舊注之說
有誤。

黃鶴於〈新安吏〉題下補注說：「師云：乾元元年九節度
敗。……。按《舊史》：二年三月壬申，九節度使兵潰。」[204]

---

[202] 《資治通鑑》（十冊），唐紀三十七，頁 7068-7069。

[203] 《太平御覽》，見《四庫全書》，第 894 冊，卷一百一十二，頁
182。

[204] 黃希原注、黃鶴補注：《補注杜詩》，卷三，頁 99。

此外，肅宗非以至德二載改元乾元，而是改至德三載為乾元元年，《舊唐書‧肅宗本紀》說：「二月，……，丁未，御明鳳門，大赦天下，改至德三載為乾元元年。」[205]《新唐書‧肅宗本紀》亦云：「二月，……，丁未，大赦，改元。」[206] 肅宗乃於至德三載春二月丁未，改元為乾元元年，舊注之說有誤。

　　2、史思明與崔旰之亂非同時：舊題為王洙者於〈贈蘇徯〉之「巴蜀倦剽劫，下愚成土風」下注云「崔旰之亂也」，又於「幽薊已削平，荒徼尚彎弓」下注云「時思明未平」[207]。

　　上元二年（西元 761 年）三月，史思明為史朝義所殺，《舊唐書‧肅宗本紀》「上元二年」云：「三月甲子，史朝義率眾夜襲我陝州，衛伯玉逆擊敗之。戊戌，史思明為其子朝義所殺。」[208]《新唐書‧肅宗本紀》「上元二年」亦云：「三月甲午，史朝義寇陝州，神策軍節度使衛伯玉敗之。戊戌，史朝義弒其父思明。」[209] 而史朝義於廣德元年（西元 763 年）春正月

205　《舊唐書》（一冊），本紀第十，頁 251。
206　《新唐書》（一冊），本紀第六，頁 160。另亦可參《資治通鑑》（十冊），唐紀三十六，頁 7052。
207　王十朋集注：《王狀元集百家注編年杜陵詩史》（下），卷二十九，頁 1004。闕名集註：《分門集註杜工部詩》（三），卷十七，頁 1249。徐居仁編、黃鶴補註：《集千家註分類杜工部詩》（三），卷十九，頁 1180。此外，題目仇本作〈贈蘇四徯〉。
208　《舊唐書》（一冊），本紀第十，頁 261。
209　《新唐書》（一冊），本紀第六，頁 163。另外，《資治通鑑》記載此事更詳：「三月，甲午，朝義兵至礓子嶺，衛伯玉逆擊，破之。朝義數進兵，皆為陝兵所敗。思明退屯永寧，以朝義為怯，曰：『終不足成吾事！』欲按軍法斬朝義及諸將。戊戌，命朝義築三隅城，欲貯軍糧，期一日畢。朝義築畢，未泥，思明至，詬怒之，令左右立馬監泥，斯須而畢。思明又曰：『俟克陝州，終斬此賊。』朝義憂懼，不知所為。思明在鹿橋驛，令腹心曹將軍將兵宿衛；朝義宿於逆旅。其部將駱悅、蔡文景說朝義曰：『悅等與王，死無日矣！自古有廢立，請召曹將軍謀之。』朝義俛首不應。悅等曰：

自殺,《新唐書‧代宗本紀》「廣德元年」云:「甲午,史朝義自殺。」[210] 而據《新》、《舊唐書‧代宗本紀》,崔旰之亂在永泰元年閏十月[211]。據此,史思明與崔旰之亂非同時,其事不相值。

黃鶴說:「王注既以『巴蜀剽劫』為崔旰之亂,又云『時思明未平』,何不考之甚也。廣德元年,史朝義已縊死矣,安得思明尚未平?」[212]

第四節　黃鶴考據之缺失

一、舉證有誤者:譬如〈貧交行〉,黃鶴於「翻手作雲覆手雨,紛紛輕薄何須數」下補注說:「廣德二年,武再鎮蜀,

『王苟不許,悅等今歸李氏,王亦不全矣。』朝義泣曰:『諸君善為之,勿驚聖人!』悅等乃令許叔冀之子季常召曹將軍,至,則以其謀告之;曹將軍知諸將盡怨,恐禍及己,不敢違。是夕,悅等以朝義部兵三百被甲詣驛,宿衛兵怪之,畏曹將軍,不敢動。悅等引兵入至思明寢所,值思明如廁問左右,未及對,已殺數人,左右指示之。思明聞有變,踰垣至廄中,自輔馬乘之,悅傔人周子俊射之,中臂,墜馬,遂擒之。思明問:『亂者為誰?』悅曰:『奉懷王命。』思明曰:『我朝來語失,宜其及此。然殺我太早,何不待我克長安!今事不成矣。』悅等送思明於柳泉驛,囚之。……。悅等恐眾心未壹,遂縊殺思明。」(唐紀三十八,頁 7106-7108)又,《大事記續編》「上元二年」亦云:「三月甲午,史思明遣其子朝義寇陝州,衛伯玉敗之。戊戌,史朝義弒其父思明稱帝。」(見《四庫全書》,第 334 冊,卷五十九,頁 185)

210　《新唐書》(一冊),本紀第六,頁 168。另亦可參《資治通鑑》(十冊),唐紀三十八,頁 7138-7139。

211　《舊唐書》(二冊),本紀第十一,頁 281。《新唐書》(一冊),本紀第六,頁 172。

212　黃希原注、黃鶴補注:《補注杜詩》,卷十四,頁 287。

公又依之，雖《新史》有『登床』『瞪視』之語，而《舊史》獨無。」[213]

　　按《舊唐書》與《新唐書》本傳皆有「登床」「瞪視」之語。《舊唐書‧文苑傳》說：

> 武與甫世舊，待遇甚隆。甫性褊躁，無器度，恃恩放恣，嘗憑醉登武之牀，瞪視武曰：「嚴挺之乃有此兒！」[214]

《新唐書‧文藝傳》說：

> 武以世舊，待甫甚善，親入其家。甫見之，或時不巾，而性褊躁傲誕，嘗醉登武牀，瞪視曰：「嚴挺之乃有此兒！」[215]

據此，《舊唐書》、《新唐書》皆有「登床」「瞪視」之語，黃鶴舉證之內容有誤。

　　又如〈憶昔二首〉，黃鶴於題下云：「詩云『犬戎直來坐御床，百官跣足隨天王』，謂廣德二年吐蕃陷京師，代宗幸陝。當是作於廣德二年，故有『願見北地傅介子』之句。」[216] 然吐蕃陷京師，代宗幸陝，乃在廣德元年冬十月，非在廣德二年。

　　《舊唐書‧代宗本紀》「廣德元年」云：「冬十月……。辛

213　黃希原注、黃鶴補注：《補注杜詩》，卷一，頁 50。
214　《舊唐書》（十五冊），列傳第一百四十下，頁 5054。
215　《新唐書》（十八冊），列傳第一百二十六，頁 5738。
216　黃希原注、黃鶴補注：《補注杜詩》，卷八，頁 170。

未，高暉引吐蕃犯京畿，寇奉天、武功、盩厔等縣。蕃軍自司竹園渡渭，循南山而東。丙子，駕幸陝州。……。戊寅，吐蕃入京師。……。辛巳，車駕至陝州。」[217]《資治通鑑》「廣德元年」亦云：「冬，十月，吐蕃寇涇州，刺史高暉以城降之，遂為之鄉導。……。上方治兵，而吐蕃已度便橋，倉猝不知所為，丙子，出幸陝州。……。辛巳，上至陝。」[218] 因此，吐蕃陷京師，代宗幸陝，非在廣德二年，乃在廣德元年冬十月。黃鶴所舉代宗幸陝之時間有誤。

又如〈王命〉，詩云「牢落新燒棧，蒼茫舊築壇」，黃鶴於題下曰：「詩云『牢落新燒棧』，謂廣德元年燒大散關。」[219] 然據史，燒大散關事在上元二年二月，非在廣德元年，《新唐書・肅宗本紀》「上元二年」說：

> 二月己未，奴剌、党項羌寇寶雞，焚大散關，寇鳳州，刺史蕭拽死之，鳳翔尹李鼎敗之。[220]

又《新唐書・党項傳》也說：

> 二年，與渾、奴剌連和，寇寶雞，殺吏民，掠財物，焚大散關，入鳳州，殺刺史蕭拽，節度使李鼎追擊走之。[221]

---

[217] 《舊唐書》（二冊），本紀第十一，頁273。另外，《新唐書・代宗本紀》亦云：「（廣德元年）十月庚午，吐蕃陷邠州。辛未，寇奉天、武功，京師戒嚴。……。丙子，如陝州。……。戊寅，吐蕃陷京師。……。辛巳，次陝州。」（頁169）

[218] 《資治通鑑》（十冊），唐紀三十九，頁7150-7152。

[219] 黃希原注、黃鶴補注：《補注杜詩》，卷二十四，頁463。

[220] 《新唐書》（一冊），本紀第六，頁163。

[221] 《新唐書》（二十冊），列傳第一百四十六上，頁6216。

另外，《資治通鑑》「上元二年」亦云：

> 二月，奴剌、党項寇寶雞，燒大散關，南侵鳳州，殺刺
> 史蕭拽，大掠而西，鳳翔節度使李鼎追擊，破之。[222]

依此，黃鶴舉「廣德元年燒大散關」以說明「牢落新燒棧」，
明顯有誤。朱鶴齡於〈王命〉詩末即引《資治通鑑》以說明事
在上元二年[223]。

　　二、推論有誤者：譬如〈自平〉，黃鶴於題下曰：「按
《舊史》：廣德元年十二月甲辰，宦官市舶使呂太一逐廣南節
度張休，縱兵大掠廣州。今詩云『自平宮中呂太一，收珠南海
十餘日』，則詩當作於大曆二年，蓋自廣德元年十二月太一方
反，平之必在二年，至大曆二年為三年，故曰『千餘日』也。」
[224]

　　黃鶴據《舊唐書·代宗本紀》而云：呂太一反於廣德元年
十二月。然《新唐書·代宗本紀》「廣德元年」說：「十一月
壬寅，廣州市舶使呂太一反，逐其節度使張休。」[225]黃鶴僅
依《舊唐書·代宗本紀》而云「自廣德元年十二月太一方
反」，並進一步推論說「平之必在二年」。然此與《資治通鑑》
所載又不符，《資治通鑑》「廣德元年」云：

> 十一月，……。宦官廣州市舶使呂太一發兵作亂，節度

222　《資治通鑑》（十冊），唐紀三十八，頁 7105。
223　朱鶴齡：《杜工部詩集》（中），卷十，頁 921。
224　黃希原注、黃鶴補注：《補注杜詩》，卷十一，頁 213-214。
225　《新唐書》（一冊），本紀第六，頁 169。

使張休棄城奔端州。太一縱兵焚掠，官軍討平之。[226]

另外，《御批資治通鑑綱目》卷四十五上「廣德元年」云：「宦官呂太一反廣州，討平之。」[227] 據此，官軍平呂太一在廣德元年，而非廣德二年。

三、誤文為詩：黃鶴於〈病後過王倚飲贈歌〉題下引〈秋述〉為證時，誤寫〈秋述〉為詩，黃鶴說：「梁權道雖編在至德二年，自行在還長安時作。然詩中略不及遭亂而病之意，終云『但使殘年飽喫飯，只願無事長相見』，蓋傷為時輩所忽。按公〈秋述〉詩云：秋，杜子臥病長安旅況，多雨，當時車馬之客，雨不來。又云：四十無位。」[228] 杜甫〈秋述〉其本是文，非為詩。此恐是刊刻筆誤所致。

綜而言之，黃鶴考據舊注錯誤，並獲致若干結論，主要有下列數端：首先是考訂舊家編年之誤，就梁權道而言，一、考訂梁權道將〈陪李北海宴歷下亭〉繫於天寶十一年作為非；二、考訂梁權道將〈奉先劉少府新畫山水障歌〉繫於至德二載作為非，詩當作於天寶十四載；三、考訂梁權道將〈湖城東遇孟雲卿復歸劉顥宅宿宴飲散因為醉歌〉繫於至德二載作為非，詩當作於乾元元年；四、考訂梁權道將〈閿鄉姜七少府設鱠戲贈長歌〉繫於至德二載作為非，詩當作於乾元元年；五、考訂梁權道將〈洗兵馬〉繫於乾元元年作為非，詩當作於乾元二年

226　《資治通鑑》（十冊），唐紀三十九，頁 7156-7157。

227　《御批資治通鑑綱目》，見《四庫全書》，第 691 冊，卷四十五上，頁 403。

228　黃希原注、黃鶴補注：《補注杜詩》，卷四，頁 113。

春；六、考訂梁權道將〈太子張舍人遺織成褥段〉繫於上元二
年作為非，詩當作於廣德二年；七、考訂梁權道將〈冬狩行〉
繫於寶應元年作為非，詩當作於廣德元年；八、考訂梁權道將
〈將適吳楚留別章使君留後兼幕府諸公得柳字韻〉繫於寶應元
年作為非，詩當作於廣德元年；九、考訂梁權道將〈奉贈射洪
李四丈〉繫於永泰元年作為非，詩當作於寶應元年；十、考訂
梁權道將〈大麥行〉繫於廣德元年作為非，詩當作於寶應元
年；十一、考訂梁權道將〈贈韋左丞丈濟〉繫於天寶十一載作
為非，詩當作於天寶七載；十二、考訂梁權道將〈上韋左丞相
二十韻〉繫於天寶十一載作為非，詩當作於天寶十三載；十
三、考訂梁權道將〈贈特進汝陽王二十韻〉繫於天寶十一載作
為非。

　　就趙次公言，考訂梁權道將〈春望〉繫於天寶十五年正月
作為非，詩當作於至德二載春；就師氏言，考訂師氏將〈望嶽〉
繫於安史亂時作為非；就諸家言，考訂舊家將〈奉贈韋左丞丈
廿二韻〉繫於天寶六載，或繫於天寶十一載作為非，詩當作於
天寶七載；考訂舊家將〈揚旗〉繫於大曆三年作為非，詩當作
於廣德二年。

　　黃鶴於《補注杜詩》中編年杜詩的原則有四：一是「據史
繫詩」，這是將詩中所敘之事或詩題內容，與史書記載相互比
對，倘若兩者相似相同，即將該詩繫於史書記載事情發生之時
間；二是「據詩編年」，這是根據詩中杜甫所言的歲數，推算
杜詩創作的時間，甚至依據詩中所言的時間，而直接將詩繫於
該年；三是「詩、史編年」，這是依據杜詩與史書記載，而將
杜詩定於何年、何時所作，這包括了「據史繫詩」與「據詩編
年」兩者。也就是說，將詩中之事與史書記載相對照，倘若這

兩者相似相同，即將詩繫於史書記載事情發生之時間，此即「據史繫詩」；同時，也依據杜詩中所敘明的時間，而將杜詩繫於其時所作，此即「據詩編年」；四是「詩從舊次」，如果杜詩中沒有明顯的線索可作為杜詩編年之依據，或當繫詩的意見與古人相同時，黃鶴編年即從舊次。

其次是糾考人物與史事之誤，就考訂舊注人物事蹟之誤而言，一、舊注謂〈高都護驄馬行〉中之「都護」乃指高適，黃鶴考訂「都護」當指高仙芝；二、舊注於〈戲簡鄭廣文虔兼呈蘇司業源明〉詩中注謂：蘇源明時與鄭虔酒錢乃在安史亂後，黃鶴考訂詩當作於安史亂前；三、舊注於〈別唐十五誡因寄禮部賈侍郎〉詩下注謂賈至於寶應初轉禮部侍郎，黃鶴考訂事當在廣德二年。就糾斥舊注人物事蹟之誤而言，一、舊注於〈貧交行〉詩下引史謂嚴武嘗欲殺杜甫，並為嚴武而作此詩，黃鶴糾考此說不可信；二、舊注於〈越王樓歌〉下注謂顯慶中越王貞為綿州刺史，黃鶴糾考此說有誤；三、舊注於〈登歷下古城員外新亭〉題下謂：李之芳出為齊州司馬時作員外新亭，黃鶴糾考此說有誤。

就考訂舊注人名之誤而言，舊注將「花驚定」作「花敬定」，黃鶴考訂當作「花驚定」。就糾斥舊注人物姓名之誤而言，舊注謂〈夏日李公見訪〉中之「李公」乃指李白，黃鶴糾考此說有誤；舊注謂〈百憂集行〉中之「主人」乃指郭英乂，黃鶴糾考此說有誤。

就糾考舊注史事之誤而言，一、舊注於〈新安吏〉下謂：九節度使敗於乾元元年，黃鶴考訂當敗於乾元二年；二、舊注於〈贈蘇徯〉詩下既注「崔旰之亂也」又注「時思明未平」，黃鶴考訂崔旰之亂與史思明之亂並非同時，舊說有誤。

第五章

錢謙益*

錢謙益，字受之，號牧齋，自稱牧翁，又自號蒙叟、敬他老人、東澗遺老。著有《讀杜小箋、二箋》與《錢牧齋先生箋註杜工部集》等書。

錢謙益在箋注杜詩時構作了杜詩考據理論，並將杜詩考據提昇至理論層次，這是錢謙益在杜詩考據上的重要成就。錢謙益的杜詩考據理論，主要是針對宋代杜詩箋注所出現的若干錯訛舛陋的現象，譬如某些舊家援引的偽歐注、《東坡杜詩故事》與蜀人師古注等等。對於古人這些偽注繆解，如果在詮釋杜詩時不能加以審鑑取捨，這往往會使得杜詩的詮釋出現踳駁的說明。事實上，注家解杜所產生的錯謬現象一直為前人所留意，其中進一步提出理論來說明者，當屬清代錢謙益的《杜詩錢注》(《錢牧齋先生箋註杜工部集》)，錢謙益的《杜詩錢注》、《讀杜小箋、二箋》與〈注杜詩略例〉實為杜詩學中考證的重要成果之一，因此，本章嘗試探究錢謙益箋注杜詩所構作的考據理

* 本章筆者曾以〈《杜詩錢注》中的考據理論——杜詩詮釋的基礎〉之名，刊載於《慈濟技術學院學報》第七期（2005年9月）。本書即是筆者於前文的基礎上發展而成，今本章再對前文稍事增刪。

論，一方面說明錢氏何以提出考據之道；另一方面探討杜詩舊注訛誤的產生因素，並嘗試進一步說明錢氏針對舊注所使用的考訂原則，即所謂的辨訛方法或刊削之道。

第一節　考信古人，箴砭俗學

錢謙益提出注重證據的考據之學主要是針對某些創仞揣測、傳訛無稽的學術風氣。這可從經學、史學與杜詩箋注等三個方面來進行說明。首先，就經學而言，錢謙益認為：由於宋代儒者掃除章句之學，歸諸身心性命，近代儒者承繼宋儒之風，遂以講道為能事，於是經學中出現不傳之學，而與章句之儒兩相分途，甚至流而為俗學。然而以講道為能事者有時未必如章句之學，有表可循，有坊可止，有所據依。〈新刻十三經注疏序〉說：

> 序曰：《十三經》之有傳注、箋解、義疏也，肇于漢、晉，粹于唐，而是正于宋。歐陽子以謂諸儒章句之學，轉相講述，而聖道麤明者也。熙寧中，王介甫憑藉一家之學，創為新義，而經學一變。淳熙中，朱元晦折衷諸儒之學，集為傳注，而經學再變。介甫之學，未百年而熸，而朱氏遂孤行于世。我太祖高皇帝設科取士，專用程、朱，成祖文皇帝詔諸儒作《五經大全》，于是程、朱之學益大明。然而再變之後，漢、唐章句之學，或幾乎滅熄矣。……。宋之學者，自謂得不傳之學于遺經，掃除章句，而胥歸之于身心性命。近代儒者，遂以講道

為能事，其言學愈精，其言知性知天愈眇，而窮究其指
歸，則或未必如章句之學，有表可循，而有坊可止也。
漢儒謂之講經，而今世謂之講道。聖人之經，即聖人之
道也。離經而講道，賢者高自標目，務勝于前人；而不
肖者汪洋自恣，莫可窮詰。則亦宋之諸儒掃除章句者，
導其先路也。修《宋史》者知其然，于是分〈儒林〉
〈道學〉，釐為兩傳，儒林則所謂章句之儒也；道學則所
謂得不傳之學者也。儒林與道學分，而古人傳注、箋
解、義疏之學轉相講述者，無復遺種。此亦古今經術升
降絕續之大端也。經學之熄也，降而為經義；道學之偷
也，流而為俗學。胥天下不知窮經學古，而冥行擿埴，
以狂瞽相師。馴至于今，輕材小儒，敢於嗤點六經，訾
毀三傳，非聖無法，先王所必誅不以聽者，而流俗以為
固然。生心而害政，作政而害事，學術蠱壞，世道偏
頗，而夷狄寇盜之禍，亦相挺而起。孟子曰：我亦欲正
人心。君子反經而已矣。誠欲正人心，必自反經始；誠
欲反經，必自正經學始。[1]

---

[1]　錢謙益：《初學集》，卷二十八，見《錢牧齋全集》第二冊，頁850-
851。「章句之學」與「推闡義理」實為儒家詮釋經典的兩個主要
方式，漆永祥於《乾嘉考據學研究》說：「在中國兩千年儒學發展
史上，儒家經典的詮釋與流布，主要以兩種方式進行：即考據訓詁
的方式，推闡義理的方式。有了文字，有了書籍，有了對書籍的闡
釋，考據與義理兩種訓釋方式便同時並生，共存發展，且互為消
長。」（頁3）錢謙益所推揚的章句之學，大抵即所謂的章句訓詁之
學，其用以注釋經籍，為儒家解釋經義的方式之一。現在的問題
是：章句之學何以與考據有關呢？主要是因為章句訓詁要求文字的
訓詁須有證據，不能出於杜撰。陳居淵《清代樸學與中國文學》上
編第一章說：「眾所周知，漢代經學研究的基本方法，便是所謂的
章句訓詁之學。章句訓詁，是注釋經典的一種體式。所謂『章句』，

　　隨著經學分歧為「儒林」與「道學」兩途，明代正德、嘉靖以來，士人以通經為迂，轉相抄襲傳訛；萬曆之季，士人甚至以讀書為諱，妄誕無稽相誇。錢謙益在〈蘇州府重修學志序〉一文中說：「自『儒林』『道學』之歧分，而經義帖括之業盛，經術之傳，漫非古昔。然而勝國國初之儒者，其舊學猶在，而先民之流風餘韻猶未泯也。正、嘉以還，以勦襲傳訛相師，而士以通經為迂。萬曆之季，以繆妄無稽相誇，而士以讀書為諱。馴至于今，俗學晦蒙，繆種膠結，胥天下為夷言鬼語，而不知其所從來。」[2]也就是說，就經學而言，由於天下不知窮經學古，士人以狂瞽相師，於是流而為俗學，形成勦襲繆妄、傳訛無稽的學術風氣。針對這種虛浮不實之風，錢謙益因此主張君子讀書學古，反於經、正經學，推揚講求證據、疏通證明的章句訓詁之學，欲以考信古人，箴砭流俗，以免經學徒於空衍義理，沒有據依，而病於無根。

　　其次，就史學而言，錢謙益以為：史家於史書須能考覈其真偽，鑒如金石，如此始能據事跡而定褒貶，然而當世史學卻

───────────────

就是離章辨句的意思，在解釋詞義之外，再串講文章大意。它淵源于對《詩經》的解釋，後來才逐步擴展至《易》、《尚書》、《禮》、《春秋》及《楚辭》等古代經典性著述的研究。……。毛奇齡提出注經『必藉實據』的主張。所謂『實據』，是專指文字的訓詁必須有證據，不能以己意杜撰，自造訓詁。……。毛奇齡主張文字的訓詁必須以經書或字書為據，注經應該從文字的訓詁中去詮釋經義。」（頁36-38）另外，江藩於《經解入門》卷五「有訓詁之學第三十四」也說：「訓詁者，必古有是訓，碻而見之故書，然後引而釋經，不附會，不穿鑿，不憑空而無據。兩漢諸儒類皆明於訓詁，故其立說切實可靠，不同宋人之以空言說理者。」（頁133）由於章句訓詁要求文字的詁訓須有援據，因此章句訓詁與考據之學有關，而屬於考據學的範圍之一，可合稱為「考據訓詁」。

2　錢謙益：《初學集》，卷二十八，見《錢牧齋全集》第二冊，頁853。

淪墜於謬偽訛誤之地。這主要是因為史料耆碩，或蕩為灰燼、委諸草野，或竄伏沈淪、委身道路，因此，學士大夫各以己意為記注，誷人瞞天，世臣子弟各以私家為掌故，誑生誣死，甚至以己意為信史，這使得國史、家史與野史趨入訛偽之境。〈啟禎野乘序〉說：

> 史家之難，其莫難於真偽之辨乎？史家之取徵者有三：國史也，家史也，野史也。於斯三者，考覈真偽，鑿鑿如金石，然後可以據事跡，定褒貶。而今則何如也？自絲綸之簿，左右史之記，起居召對之籍，化為煨爐，學士大夫各以己意為記注，憑几之言可以增損，造膝之語可以竄易，死君亡父，瞞天誷人，而國史偽。自史館之實錄，太常之謚議，琬琰獻徵之記載，委諸草莽，世臣子弟各以私家為掌故，執簡之辭不必登汗青，裂麻之奏不必聞朝著，飛頭借面，欺生誣死，而家史偽。自貞元之朝士，天寶之父老，桑海之遺民，一一皆沈淪竄伏，委巷道路，各以胸臆為信史，于是國故亂于朱紫，俗語流為丹青，循蟪蛄以尋聲，傭水母以寄目，黨枯仇朽，雜出于市朝，求金索米，公行其剽刦。才華之士，不自貴重，高文大篇，可以數縑邀取，鴻名偉伐，可以一醉博易，而野史偽。[3]

錢謙益接著更進一步提出史家審鑑真偽之道，其方法至少有二：一為博求，一為虛己。[4]這是要求對史事的考核須廣求

---

3 錢謙益：《有學集》，卷十四，見《錢牧齋全集》第五冊，頁686。
4 錢謙益於〈啓禎野乘序〉接著又說：「梁谿鄒流綺氏，名家俊民，

援據，切實求是，不可以己意妄加測度，以避免欺誣虛妄訛偽，也因此在史學上，錢謙益要求史家須能捃史摭傳，蒐討舊聞，講求援據。5

事實上，無論是在經學或者史學上，錢謙益認為近代士人往往都沾染訛繆無稽的積習，〈賴古堂文選序〉說：「近代之文章，河決魚爛，敗壞而不可救者，凡以百年以來，學問之繆種，浸淫于世運，熏結于人心，襲習綸綸，醞釀發作，以至于此極也。蓋經學之繆三：一曰解經之謬，以臆見考《詩》、《書》，以杜撰竄三《傳》，鑿空瞽說，則會稽季氏本為之魁；二曰亂經之繆，石經託之賈逵，詩傳儗諸子貢，矯誣亂真，則四明豐氏坊為之魁；三曰侮經之繆，詞〈虞書〉為俳偶，摘〈雅〉、〈頌〉為重複，非聖無法，則餘姚孫氏鑛為之魁。史學之繆三：一曰讀史之謬，目學耳食，踵溫陵卓吾之論，而漫無折衷者是也；二曰集史之繆，攘遺捨瀋，昉毗陵荊川之集錄，而茫無鈞貫者是也；三曰作史之繆，不立長編，不起凡例，不

衒華佩實，恥國史之淪墜，慨然引為己任。先後纂述有成編矣，而又不自滿假，以余為守藏舊老，不擇其曠瞽而問道焉。余敢以兩言進，一則曰博求，二則曰虛己。夫子作《春秋》，使子夏行求十有四國寶書，此博求也。其定禮也，一曰吾聞諸老聃，再曰吾聞諸老聃，此虛己也。太史公於《國語》、《世本》、虞卿、陸賈之書，無不攬採，敘荊軻、留侯事，徵諸侍醫，徵諸畫工，亦此志也。」（頁686-687）

5　另外，錢謙益於《初學集》卷二十八〈皇明開國功臣事略序〉中又說：「古之史家，必先網羅放失舊聞，摭經采傳，孔子行求七十二國寶書，太史公採《世本》、《國語》，司馬光修《通鑑》，先令其屬官草《長編》。今簡牘浩煩，是非漫漶，一無所援據，而儼然以作者自命，攀遷、固而駕壽、曄，非愚則誣也。」（見《錢牧齋全集》第二冊，頁844-845）錢謙益以為，今之史家面對浩繁史料，倘若無援據，則成欺罔誣妄。換言之，為了避免流於誣妄欺罔，今之史家須有所援據。

譖典要，腐于南城《皇明書》，蕪于南潯《大政記》，踳駁于晉江《名山藏》，以至于盲瞽僭亂，蟪聲而蝸鳴者皆是也。」[6]也因此，錢氏提出倘欲振興風氣，區別優劣，立永恆不滅之大業，那麼只有正學反經，以端正人心。就經學而言，務求析義窮理，鑿乎有所據，能疏通證明其所以然；就史學而言，須能發凡起例，定立長編，文直事核如遷、固，虛己蒐求，無不攬采，鑿鑿如金石。〈答徐巨源書〉說：「今誠欲回挽風氣，甄別流品，孤撐獨樹，定千秋不朽之業，則惟有反經而已矣。何謂反經？自反而已矣。吾之于經學，果能窮理析義、疏通證明，如鄭、孔否？吾之于史學，果能發凡起例、文直事核如遷、固否？」[7]概括地說，錢謙益以為治學不求證據，易形成訛繆欺妄的風氣；反之，治學為免淪墮於譌繆之地，須有所據。

　　第三，就杜詩箋注而言，錢謙益認為：杜詩的真面目不能自出，主要是由於注家各創仞其所解以為杜詩，或假事偽注，或竊義改辭，或連綴歲月、剝字割句等等，這使得杜詩的箋注鄙陋下乘。換言之，為呈現杜詩的真實面目，注家不能臆測其解以為杜詩，須有所據，徵之覈之，援之訂之。〈吳江朱氏杜詩輯注序〉說：

> 自昔箋注之陋，莫甚于杜詩。偽注假事，如鬼馮人；剝義竄辭，如蟲食木。而又連綴歲月，剝割字句，支離覆逆，交跖旁午。如鄭卬、黃鶴、蔡夢弼之流，向有條例

6　錢謙益：《有學集》，卷十七，見《錢牧齋全集》第五冊，頁768。
7　錢謙益：《有學集》，卷三十八，見《錢牧齋全集》第六冊，頁1314。

破斥，亦趣舉一二而已。今人視宋，學益落，智益篋，
影明隙見，熏染於嚴儀、劉會孟之邪論，其病屢傳而滋
甚。人各仞其所解以為杜詩，而杜詩之真面目，盤回于
洄淵漩渡，不能自出。間嘗與長孺論之，「勃律天西采
玉河，堅昆碧盌近來多」，記事之什也。以〈西域記〉
徵之，象人馬寶之主，分一閻浮提為四界，西方寶主之
疆域，是兩言如分封埈也。「身許雙峯寺，門求七祖
禪」，歸心之頌也。以《傳燈》書叢之，能、秀、會、
寂之門，爭一屈昫衣如敵國。二宗衣缽之源流，是兩言
如按譜系也。……。長孺聞之，放筆而歎，蓬蓬然如有
所得也。其刊定是編也，齊心被身，端思勉擇，訂一字
如數契齒，援一義如徵丹書。寧質無夸，寧拘無佪，寧
食雞跖，無啖龍脯，寧守兔園之冊，無學邯鄲之步，斤
斤焉取裁于《騷》之逸，《選》之善，罔敢越軼。[8]

　　簡言之，由於某些杜集的箋注毫無援據，創仞揣測，穿鑿
附會而曲為之說，這使得杜集舊注出現踳駁錯誤的情形[9]，而
杜詩的真面目不能自出。針對杜詩舊注這種偽訛踳駁的現象

---

[8]　錢謙益：《有學集》，卷十五，見《錢牧齋全集》第五冊，頁699-
　　700。
[9]　陳居淵於《清代樸學與中國文學》上編第二章說：「錢謙益的《杜
　　工部集箋注》，通過對歷史的鈎稽和對詩人交游、地理職官和典章制
　　度等方面的箋釋，進而推求杜詩的本事和內容，援引材料翔實，論
　　證精當，並且指出宋人『注家錯繆，不可悉數』者有九類，如『偽
　　托古人』、『偽造故事』、『附會前史』、『偽撰人名』、『改竄古
　　書』、『顛倒事實』、『強釋文義』、『錯亂地理』、『妄繫譜牒』，顯
　　然這些都是疏于考據所造成的結果。因此，『取偽注之紕繆，舊注
　　之踳駁者，痛加繩削』成為錢氏箋杜的主要特徵。」（頁95）

10，錢謙益主張：考信杜詩及其箋注。落實於具體的實踐之中，錢氏在箋注杜詩方面，撰寫了《讀杜小箋》、《讀杜二箋》等等的著作，這一方面是為了稍存杜陵的面目，另一方面即是為了刊削杜詩的偽注繆解。〈草堂詩箋元本序〉說：「余為《讀杜箋》，應盧德水之請也。孟陽曰：『何不遂及其全？』于是取偽注之紕繆，舊注之踳駁者，痛加繩削。」**11** 此外，〈復吳江潘力田書〉也曾說：「僕之箋杜詩，發端于盧德水、程孟陽諸老，云『何不遂舉其全？』遂有《小箋》之役。大意尚為刊削有宋諸人偽注繆解煩仍蝥駁之文，冀少存杜陵面目。偶有詮釋，但據目前文史，提撮綱要，寧略無煩，寧疏無漏。」**12** 此中，錢謙益箋注杜詩、斧削杜詩舊注的踳駁偽注，其主要的方式之一，即是採行考訂之道 **13**，或考舊注以正年譜，或訂斥人名地理之譌偽。〈草堂詩箋元本序〉說：

　　　族孫遵王謀諸同人，曰：「《草堂箋注》元本具在，若

10　另外，錢謙益於《有學集》卷十二〈秋日雜詩二十首〉中，也曾提及杜詩箋注中有若干的錯誤，他說：「唐天憎杜陵，流落窮白頭。又令箋注徒，千載生瘢疣。至今餕腐儒，鑽穴死不休。」（見《錢牧齋全集》第五冊，頁 585）

11　錢謙益：《有學集》，卷十五，見《錢牧齋全集》第五冊，頁 701。

12　錢謙益：《有學集》，卷三十九，見《錢牧齋全集》第六冊，頁 1350。此外，《有學集》卷五〈冬夜假我堂文宴詩序〉也曾說：「杜陵箋注，刊削豕魚。……余則虞山錢謙益也。」（見《錢牧齋全集》第四冊，頁 213）

13　簡明勇《杜甫詩研究》曾說：「該書據吳若本，加以詮訂箋釋。訓釋詳明，考證精當。」（頁三-45）。另外，周采泉於《杜集書錄》內編卷四中也曾說：「錢氏熟精唐史，其所考證，引據詳明，筆陣縱橫，不愧為精闢之史論。」（頁 160）此外，張忠綱等人編著的《杜集書目提要》也曾說：「錢箋杜詩，側重以史證詩，以鉤稽考核歷史事實，探揣作意闡明詩旨為務。」（頁 123）

〈玄元皇帝廟〉、〈洗兵馬〉、〈秋興〉、〈諸將〉諸箋，
鑿開鴻濛，手洗日月，當大書特書，昭揭萬世。而今珠
沉玉錮，晦昧于行墨之中，惜也。考舊注以正年譜，倣
蘇注以立詩譜，地理姓氏，訂譌斥偽，皆吾夫子獨力創
始。」[14]

　　錢謙益所主張的考據之道並不僅止於杜詩箋注、史學及經
學的範圍而已，實際上，錢氏的治學之道即是要求必須鑿鑿乎
有所援據，以考訂糾繆；講求證據，以疏通證明所以然，因
此，基本上錢謙益是以考據為其讀書要法。錢謙益於〈頤志堂
記〉一文中說：「讀書之法無他，要以考信古人，箴砭俗學而
已。……。俗學之敝，莫甚於今日。」[15]簡言之，對於俗學某
些浮泛無稽、偽託傳訛之時弊，錢氏即是力主讀書之法在於稽
考以信之，以為箴砭治敝之道。此外，錢謙益於〈王淑士墓誌
銘〉一文中，也曾讚揚王志堅讀書講求證據的方法，他說：

　　而其讀書，最為有法。先經而後史，先史而後子集。其
　　讀經，先箋疏而後辨論；讀史，先證據而後發明；讀
　　子，則謂唐以後無子，常取說家之有禆經史者以補子之
　　不足；讀集，則刪定秦、漢以後古文為五編，尤用意於
　　唐、宋諸家碑誌，援據史傳，摭採小說，以參覈其事之
　　同異，文之純駁。蓋淑士深痛嘉、隆來俗學之敝，與近
　　代士子苟簡迷謬之習，而又恥於插齒牙，樹壇墠，以明

---

[14]　錢謙益：《有學集》，卷十五，見《錢牧齋全集》第五冊，頁702。
[15]　錢謙益：《初學集》，卷四十三，見《錢牧齋全集》第二冊，頁
　　1115-1116。

　　與之爭，務以編摩繩削為易世之質的。[16]

　　由於錢謙益的讀書要法以考信為主，也因此，錢氏治詩也講求考據之法，肯認考據為治詩之道，錢氏於〈馮已蒼詩序〉一文中曾說：「吾黨馮生已蒼，早謝舉子業，枕經藉史，肆志千古。其為學尤專于詩，其治詩尤長於搜討遺佚，編削譌繆，一言之錯互，一字之異同，必進而抉其遯隱，辨其根核。……。蓋本朝之論詩，所推專門肉譜，無如楊用修。已蒼獨能抉摘其蹖駁，曰此偽撰也，曰此假託也，鑿鑿乎有所援據，而疏通證明其所以然。雖用修復起，不能自解免也。若近世之《詩歸》，錯解別字，一一舉正。賓筵客座，辨論鋒起，援古證今，矯尾厲角，自以為馮氏一家之學，論者無以難也。」[17] 錢謙益的治詩之法既以考據為主，也因此，錢氏箋注杜詩亦以考訂糾繆為其要務之一。

　　總而言之，針對某些士人染有舛繆無稽、偽訛臆測之習，誤入浮夸偪側之徑，流而為俗學，錢謙益於是提出興振學風，反經正學，匡濟人心的主張。他要求治學為免淪墜於訛繆無稽，那麼，讀書須能廣蒐援據，以考信為要法[18]，實事求是，

16　錢謙益：《初學集》，卷五十四，見《錢牧齋全集》第二冊，頁1352。

17　錢謙益：《初學集》，卷四十，見《錢牧齋全集》第二冊，頁1086-1087。

18　錢謙益實可稱為考據學者，漆永祥《乾嘉考據學研究》說：「到了清初，承明末之風，從事考據的學者遠盛于前，就地域而言已散布南北，如蘇州惠有聲、昆山顧炎武、餘姚黃宗羲、虞山錢謙益、嘉定嚴衍、江都焦源、濟陽張爾歧等等，繼之而起者則有惠周惕、閻若璩、胡渭、臧琳、何焯、顧祖禹、黃儀、張弨、馬驌、牟應震等，他們直接推動了乾嘉時期考據學全盛期的到來。」（頁19）

務求能稽考糾繆，疏通證明所以然。由於錢謙益以考據為其治學之道，因此，表現在治詩上，錢謙益也以考據為其基石，也因此，錢氏在箋注杜詩及其舊注時，即以匡正錯解、刊削豕魚為其主旨之一。

第二節　注家錯謬原因

考據又可稱為考證、考訂與考信，它主要是對人、物、書籍等的稽考取信，包括文字、聲韻、訓詁、辨偽、校勘等等的學科門類。[19] 這個「稽考以據信」即是錢謙益用以箋注杜詩及繩削舊注舛陋錯謬的主要方式。一方面，這可以避免箋注杜詩時歧入錯謬無稽之境，重蹈前人之覆轍；另一方面，這也是為了駁正舊注之紕誤，實事以求是。實際上，錢氏的考據之道實為一考據理論，它至少包含兩個部分：一是注家錯謬原因；二是刊削之道。前者是為了解釋舊注錯謬現象產生的原因[20]；後

19　漆永祥於《乾嘉考據學研究》中說：「考據又稱考證、考正、考核、考信、考訂、考鑑等，其初義是指對人或事物進行稽考取以據信，如《禮・學記》『中年考校』，《禮運》『以考其信』等；後引申為對書籍的考辨校訂，如《史記・伯夷列傳》『夫學者載籍極博，猶考信於六藝』，《南史・蕭子顯傳》『考正同異，為一家之言』等。而以其為學術之專名，則始于宋人。如朱熹〈答孫季和〉信中論『讀書玩理外，考證又是一種工夫，所得無幾而費力不少。』……。如果總前人之論及乾嘉考據學家所治之學來看，筆者認為，考據學是對傳統古文獻的考據之學，包括對傳世古文獻的整理、考訂與研究，是古文獻學的主幹學科。其學包括文字、音韻、訓詁、目錄、版本、校勘、辨偽、輯佚、注釋、名物典制、天算、金石、地理、職官、避諱、樂律等學科門類，相對于古文獻學而言，考據學一般不包括義理之學，但比今天學術界所常說的考據學廣泛複雜得多。」（頁 1-2）

者即是錢氏的辨訛方法，它同時也是錢氏考訂斧正的原則。這兩個部分即是錢謙益考據理論的主要內容。

關於注家錯繆原因，錢謙益在〈注杜詩略例〉一文中認為造成舊注錯繆訛偽的原因，至少有下列數端：

一、偽託古人而錯繆：這是指舊注或託於古人姓名以注杜，所形成的錯繆。

錢謙益在〈注杜詩略例〉中即曾說：「偽託古人：世所傳偽蘇注，即宋人《東坡事實》，朱文公云：『閩中鄭昂偽為之也。』宋人注太白詩即引偽杜注以注李，而類書多誤引為故實。如〈贈李白〉詩：『何當拾瑤草？』注載東方朔〈與友人書〉。元人編《真仙通鑑》，近時人編尺牘書記並載入矣。洪容齋謂疑誤後生者此也。又注家所引《唐史拾遺》，唐無此書，亦出諸人偽撰。」[21] 偽託古人姓名以注杜，除了偽託蘇東坡注杜詩外，至少尚有偽託歐陽修注杜詩等等。然而無論如何，「偽撰」的本身即企圖挾偽為真，非切實求是，而為一種繆

---

[20] 考據何以能解釋注家錯謬產生的原因呢？這是由於考據為一治學方法，它可以透過歸納法來概括出通則，並以此來作為基本預設，然後再藉由演繹法來闡釋注家錯訛的現象。關於考據是種可從歸納而演繹的治學方法，林慶彰於《明代考據學研究》曾說：「考據既為一種治學方法，則必有其論辨之程序。此種程序，即為考據方法。其法每因考據之對象或材料而有所異同，然必有其共通之原則，茲敘之如左：(1)資料之蒐集：考據既為一種文獻工作，則資料愈多，證據也愈堅強。前代考據家每有抄書之說，即蒐集資料之一法也。(2)資料之檢覈：引用原始資料應注意真偽問題。引用他人資料，則檢查是否與原書相符？其解釋是否周延？(3)歸納與演繹：將許多同類之事例，比較參究，尋出通則，是為歸納之應用。然於尋得某些類例後，亦可預作假設，然後找類例以證成之，此即演繹法之應用也。歸納與假設時交相為用，並非孤立之方法。此即考據論辨方法之程序也。」（頁2-3）

[21] 錢謙益：《錢牧齋先生箋註杜工部集》，見《續修四庫全書》，1308冊，頁11。

妄。

二、偽造故事而錯繆：這是藉杜甫現成詩句增減成文，杜撰故事，託為古人之事，進而用以箋注杜詩，所形成的錯妄。

首先，就師古注而言，譬如〈奉贈韋左丞丈二十二韻〉「王翰願卜鄰」一句，師古注即偽造杜華母卜居，使華與王翰為鄰，他說：「王翰，文士也。杜華嘗與遊從，華母崔氏云：『吾聞孟母三徙，吾今欲卜居，使汝與王翰為隣。』」[22] 此事出於杜撰。又如〈飲中八仙歌〉「焦遂五斗方卓然，高談雄辯驚四筵」兩句，師古注所引焦遂平時口吃，醉後雄辯之事，即屬偽託妄撰，他說：「《唐史拾遺》云：遂與李白號為酒八仙，口吃對客不出一言，醉後酬結如注射，時目為酒吃。」[23] 又如〈答楊梓州〉，其首兩句「悶到房公池水頭，坐逢楊子鎮東州」，師古即偽造楊梓州先人鑿池之說，他說：「楊梓州先人嘗守鑿池一百頃，引水為農田利，今在梓州青溪之西，號楊公池。」[24] 對於此事，在錢謙益以前，黃希也曾疑之：「鑿池百頃為農田利，史必書之，而志皆不載，不知師注何所本？」[25] 此皆為師古注杜妄撰之例。

其次，就偽蘇注而言，譬如〈空囊〉詩，其末兩句「囊空恐羞澀，留得一錢看」，偽蘇注以為「一錢看囊」用阮孚事，

22　闕名集註：《分門集註杜工部詩》（三），卷十七，頁 1198。對此，《錢牧齋先生箋註杜工部集》卷一曾說：「王翰，字子羽，并州晉陽人，見《唐書‧文苑傳》。舊注載《唐史拾遺》：杜華母使華與王翰卜鄰事，偽書杜撰，今削去。」（頁 43）
23　闕名集註：《分門集註杜工部詩》（二），卷十，頁 767。
24　闕名集註：《分門集註杜工部詩》（二），卷十，頁 744。對此，《錢牧齋先生箋註杜工部集》卷十三說：「師古本，『房公池』誤作『楊公』，又造楊梓州先人鑿池之說，舊注已匡其繆矣。」（頁 224）
25　黃希原注、黃鶴補注：《補注杜詩》，卷二十四，頁 450。

他說：「晉阮孚山野自放，嗜酒，日持一皂囊遊會稽。客問囊中何物？但一錢看囊，庶免其羞澀。」[26] 又如，〈柏學士茅屋〉的「碧山學士焚銀魚」詩句，偽蘇注說：「張褒梁天監中不供學士職，御史欲彈劾，褒曰：『碧山不負吾。』乃焚章長嘯而去。」[27] 另外，〈涪城縣香積寺官閣〉的「昏黑應須到上頭」詩句，偽蘇注說：「常琮侍煬帝遊寶山，帝曰：『幾時到上方？』琮曰：『昏暗應須到上頭。』」[28] 事實上，上述這些偽蘇注中所言及的「碧山學士」、「昏黑上頭」等事，在錢謙益之前，楊慎也曾駁斥之，楊慎於《升庵詩話》卷八說：「偽蘇註中，……，又謂『碧山學士』為梁章褒，又『昏黑應須到上頭』為隋常琮語，併人名亦杜撰之。」[29] 此皆為偽蘇注妄撰之例。

對此，錢謙益在〈注杜詩略例〉中說：「偽造故事：本無是事，反用杜詩見句增減為文，而傅以前人之事，如偽蘇注『碧山學士』之為張褒；『一錢看囊』之為阮孚；『昏黑上頭』

26　闕名集註：《分門集註杜工部詩》（二），卷十三，頁947。另外，呂祖謙亦曾云：「【一錢看囊】晉阮孚山野自放，嗜酒，日挑一皂囊遊會稽。客問囊中何物？孚曰：俱無物，但一錢看囊，庶免其羞澀耳。故杜子美云：『囊空恐羞澀，留得一錢看。』」（見《杜甫卷》，第三冊，頁681）對此，《錢牧齋先生箋註杜工部集》卷十說：「趙壹詩：『文籍雖滿腹，不如一囊錢。』偽蘇注：『阮孚事。』類書多誤載，宜削。」（頁187）

27　闕名集註：《分門集註杜工部詩》（二），卷七，頁578。

28　闕名集註：《分門集註杜工部詩》（二），卷八，頁635。另外，呂祖謙亦曾云：「【淳古君子】隋常琮侍煬帝遊寶山寺，帝問曰：卿幾時到上方？琮對曰：昏暗應須到上頭。左右失笑。帝曰：淳古君子也。杜公〈遊香積寺官閣〉末句有『昏黑應須到上頭』，全用也。」（見《杜甫卷》，第三冊，頁673）

29　吳文治主編：《明詩話全編》（三），頁2637。另亦可參《歷代詩話續編》（中冊），卷六，頁758。

之為常琮是也。蜀人師古注尤可恨，『王翰卜鄰』則造杜華母命華與翰卜鄰之事；『焦遂五斗』則造焦遂口吃醉後雄譚之事。流俗互相引據疑誤弘多。」[30] 這些實例大都是增減杜甫詩句，偽造故事，而與不相聯的古人兩相聯繫，以箋注杜詩，半偽半真，紛亂惑眾，而形成錯繆。

三、傅會前史而錯繆：這是將杜詩中的語詞與本無相關的古人相聯繫，並用以箋注杜詩，所形成的繆誤。譬如，〈送賈閣老出汝州〉「人生五馬貴，莫受二毛侵」兩句，舊注曰：「晉王羲之出守永嘉，庭列五馬，後人皆援為太守事。」[31] 太守的美稱為五馬[32]，然而，王羲之未嘗守永嘉，因此，舊注實

30　錢謙益：《錢牧齋先生箋註杜工部集》，頁 11。另外，胡震亨《唐音癸籤》卷三十二也曾說：「東坡《杜詩故事》，乃閩人鄭印所為，造偽古人名，偽古人事，增減杜詩見句附合之，而不能言所自出之書。朱晦庵、洪容齋、嚴滄浪諸公皆詳辨之。今行世千家註中，尚淘汰未盡。祝和父、陳晦伯類書中亦誤引一二，流傳亂真，蓋最可恨者。祝《事文類聚》，如學士類蕭梁之碧山學士；陳《天中記》，如陶侃之海山使者、胡奴，不一而足。又焦弱侯《筆乘》亦引阮孚看囊錢、崔浩詩瘦等，皆《偽蘇註》所誤也。」（見《明詩話全編》，第七冊，頁 7096-7097）

31　徐居仁編、黃鶴補註：《集千家註分類杜工部詩》（三），卷二十三，頁 1367。

32　《墨客揮犀》卷四「太守五馬」則云：「世謂太守為五馬，人罕知其故事。或言《詩》云：『孑孑干旟，在浚之都。素絲組之，良馬五之。』鄭注謂《周禮》州長建旟，漢太守比州長，法御五馬，故云。後見龐幾先朝奉，云：『古乘駟馬車，秦至漢時太守出，則增一馬。事見《漢官儀》也。』」（頁 318-319）《潘子真詩話》「五馬」則云：「《禮》：『天子六馬，左右驂；三公九卿駟馬，右騑。』漢制：九卿則中二千石亦右騑；太守〔相〕駟馬而已。其有〔功德〕加秩中二千石〔及使〕者，乃〔有〕右騑，故以五馬為太守美稱，〈羅敷艷歌〉云『使君從南來，五馬立踟躕』也。柳景元兄弟並為太守，時人語曰『柳氏門庭，五馬逶迤』，亦原於此。」（見《宋詩話輯佚》，卷上，頁 299-300）。胡震亨《唐音癸籤》亦曾云：「唐人詠太守，多用五馬。如『人生五馬貴』、『五馬爛生光』之類甚多。或

不得謂王羲之「庭列五馬」。

又如〈惜別行送向卿進奉端午御衣之上都〉，其「尚書勳業超千古，雄鎮荊州繼吾祖」句下，舊注曰：「尚書指向卿之父珣鎮荊南，昔向秀繼杜預節鎮于此，故云『繼吾祖』。」[33] 對此，首先，錢謙益考得唐人無所謂向珣者；其次，晉朝向秀史稱在朝不任職，因此，向秀何能鎮荊州？第三，錢謙益認為鎮荊州者應為衛伯玉。錢謙益說：「廣德元年，衛伯玉拜江陵尹兼御史大夫、荊南節度使，尋加檢校工部尚書，封陽城郡王。此云『鎮荊州』，知為伯玉也。『繼吾祖』者，杜預以鎮南大將軍都督荊州諸軍事也。『向卿』者，尚書將命之人也。舊注：『尚書』指『向卿』之父『珣』。又云：向秀『繼杜預鎮荊州』。唐人無所謂『向珣』者。向秀在晉朝，史稱其在朝不任職，容迹而已，安得有繼杜預鎮荊之事。舊注無稽偽撰，皆此類也。」[34] 這些都是因為傅會前史而錯繆。

錢謙益於〈注杜詩略例〉說：「傅會前史：注家引用前史，真偽雜互，如王羲之未嘗守永嘉，而曰『庭列五馬』。向秀在朝本不任職，而曰『繼杜預鎮荊』。此類如盲人囈說，不知何所自來？而注家猶傳之。」[35] 部分舊注使用前史，真偽參

引詩『子子干旟』，『良馬五之』，以太守比州長之建旟為解，則本篇『四之』、『六之』，又何獨不用也？宋龐機先云：古制，朝臣乘駟馬車。漢時，太守出，則增一馬。《邇齋閒覽》及《學林新編》引之，然不如潘子真之說為確。子真云：《禮》：『天子六馬，左右驂。三公九卿駟馬，右驂。』漢制：九卿秩中二千石，亦右驂；太守則駟馬而已。其有功德加秩中二千石者，亦右驂。故以五馬為太守之美稱云。」（見《明詩話全編》，第七冊，頁 6979）。或參仇兆鰲《杜詩詳註》（一），卷六，頁 444。

33　闕名集註：《分門集註杜工部詩》（三），卷二十五，頁 1688。
34　錢謙益：《錢牧齋先生箋註杜工部集》，卷八，頁 144-145。
35　錢謙益：《錢牧齋先生箋註杜工部集》，頁 11。

半，穿鑿杜詩隻字片言，曲說注杜，因而流為錯妄。

四、偽撰人名而錯繆：這是指鑿空撰造人名，所形成的錯
繆。它至少有下列三種情形：

首先是杜詩中有本無其名，而舊注偽撰以實之者。譬如
〈贈衛八處士〉，師古說：「按《唐史拾遺》：甫與李白、高
適、衛賓相友善，時賓年最少，號小友。今據杜詩〈贈衛八〉
云『昔別君未婚』，知此詩乃贈衛賓也。」[36] 處士本為隱者之
號[37]，而題中的衛處士於詩中本無其名，師古引偽書《唐史拾
遺》杜撰以實之[38]，因而形成訛繆。又如〈幽人〉「往與惠荀
輩，中年滄洲期」兩句，舊注以為惠、荀乃為惠昭、荀珏[39]。
黃希也曾對舊注此說感到懷疑，他說：「歐注以為惠遠、許詢
為『惠詢』；師注以惠昭、詢珏為『惠詢』，雖未能辨，然詩
言『蓬萊池』、『扶桑日』與夫『把東皇衣』皆是言東遊時，
恐惠遠、許詢之說，非。」[40] 錢謙益以為舊注於此仍以偽撰之
法實詩中惠、荀之名[41]，舊說非是。又如〈杜鵑〉「西川有杜
鵑，東川無杜鵑」兩句，或以為「東川無杜鵑」如杜克遜在梓
州[42]，錢謙益認為杜克遜既不見於史傳，乃為子虛亡是之流，

36　徐居仁編、黃鶴補註：《集千家註分類杜工部詩》（三），卷十九，
　　頁1177。
37　徐居仁編、黃鶴補註：《集千家註分類杜工部詩》（三），卷十九，
　　頁1177。
38　朱鶴齡：《杜工部詩集》（上）卷五說：「衛處士，未詳。師古引
　　《唐史拾遺》作衛賓，乃偽書杜撰，今削之。」（頁479）
39　徐居仁編、黃鶴補註：《集千家註分類杜工部詩》（二）卷九說：
　　「（黃）希曰：歐注以惠遠、許詢為惠、詢；師註以惠昭、荀珏為
　　惠、詢。」（頁621）。
40　黃希原注、黃鶴補注：《補注杜詩》，卷五，頁127。
41　錢謙益：《錢牧齋先生箋註杜工部集》卷三說：「舊注：惠昭、荀
　　珏，固屬偽撰。而以為惠遠、許詢，亦謬。」（頁77）

出於後人偽撰實之[43]，舊說為非。另外，〈三絕句〉「前年渝州殺刺史，今年開州殺刺史」兩句，師古對此注說：「步將吳璘殺渝州刺史劉卞以反，杜鴻漸討平之。又部卒翟封殺開州刺史蕭崇之以叛，楊子琳討平之。」[44]師古於此是藉杜詩而曲為之說，並杜撰吳璘姓名以惑人[45]。上述此類大體皆詩中本無是名，而舊注偽撰實之者。

其次是杜詩中有本非其人，而注家妄引以當之者。譬如〈送韋十六評事充同谷郡防禦判官〉，舊注以為韋十六即韋宙[46]，然而，韋宙乃宣宗時人，非題中所送之人，舊注妄引當

42　或參王十朋集注：《王狀元集百家注編年杜陵詩史》（上），卷十二，頁468。

43　錢謙益《讀杜二箋》卷下〈杜鵑〉說：「《東坡外集》載〈辨王誼伯論杜鵑〉云：子美蓋譏當時之刺史，有不禽鳥若也。嚴武在蜀，雖橫斂刻薄，而實資中原，是『西川有杜鵑』。其不虔王命，擅軍旅絕貢賦以自固，如杜克遜在梓州，是『東川無杜鵑』耳。涪、萬、雲安刺史，微不可考。『其尊君者』為『有』，『懷貳者』為『無』，不在夫杜鵑真有無也。案：杜克遜事，《新》《舊》兩書俱無可考。嚴武在東川之後，節制東川者，李奐、張獻誠也。其以梓州反者，段子璋也。梓州刺史見杜集者，有李梓州、楊梓州、章梓州，未聞有杜也。既曰『譏當時刺史』，不應以嚴武並列也。逆節之臣，前有段子璋，後有崔旰、楊子琳，不當舍之而刺涪、萬之刺史微不可考者也。所謂杜克遜者，既不見史傳，則亦子虛亡是之流，出後人偽譔耳。其文義舛錯鄙倍，必非東坡之言。」（頁64-65）

44　徐居仁編、黃鶴補註：《集千家註分類杜工部詩》（一），卷四，頁376。

45　《錢牧齋先生箋註杜工部集》卷五說：「師古云：『吳璘殺渝州刺史劉卞，杜鴻漸討平之。翟封殺開州刺史蕭崇之，楊子琳討平之。』黃鶴云：『事在大歷元年與三年。』考〈杜鴻漸傳〉，無討平吳璘事；大歷三年，楊子琳攻成都，為崔寧妾任氏所敗，何從討平開州？天寶亂後，蜀中山賊塞路，渝、開之亂，史不及書，而杜詩載之。師古妄人，因杜詩而曲為之說，并吳璘等姓名，皆師古偽撰以欺人也。注杜者之可恨如此。」（頁108）

46　闕名集註：《分門集註杜工部詩》（三）卷二十，題下曰：「洙曰：安祿山大亂，甫與韋宙同陷賊後。」（頁1416）

之，誤矣[47]。又如〈苦戰行〉，其首二句「苦戰身死馬將軍，自云伏波之子孫」，舊注以馬將軍為馬璘[48]，當有訛誤。按：上元二年（西元761年）段子璋反，陷遂州，遂州在涪江少南，故曰江南。而本詩曰「去年江南討狂賊」，故詩應作於寶應元年（西元762年）。且據「苦戰身死馬將軍」一語，換言之，馬將軍當死於上元二年（西元761年），然而，據《新唐書》馬璘死於大曆十一年[49]，據《舊唐書》馬璘死於大曆十二年[50]，然而，無論如何，馬璘與馬將軍死不同時，非同一人可知[51]。杜詩中的馬將軍與舊注所謂的馬璘本非同一人，舊注疏於考證，妄引當之，因而形成錯繆。又如〈醉歌行贈公安顏少府請顧八題壁〉，舊注以為「君不見東吳顧文學」中的「顧文學」為顧況[52]，錢謙益與朱鶴齡皆以為顧文學應是顧八分文

---

[47]　闕名集註：《分門集註杜工部詩》（三）卷二十，題下又說：「鮑曰：注以為宙，宙乃丹之子，仕宣宗時，非此所送人也。」（頁1416）另亦可參仇兆鰲《杜詩詳註》（一），卷五，頁354。

[48]　徐居仁編、黃鶴補註：《集千家註分類杜工部詩》（一）卷四說：「師曰：馬援為伏波將軍，嘗云：大丈夫當死邊野，以馬革裹尸而歸。唐馬璘讀《漢書》至此，嘆曰：使吾祖勳業墜地乎？時馬璘與吐蕃戰沒失國家壯士，甫是以傷之。」（頁372）另外，劉克莊亦曾云：「〈苦戰行〉云：『苦戰身死馬將軍，云是伏波之子孫。』任馬璘也。」（見《杜甫卷》，第三冊，頁848）

[49]　《新唐書》（十五冊），列傳第六十三，頁4618。

[50]　《舊唐書》（十二冊），列傳第一百二，頁4066。

[51]　《錢牧齋先生箋註杜工部集》卷四說：「『馬將軍』舊注指馬璘，大謬。璘以大曆十二年卒也。遂州在涪江少南，故曰『江南』，蓋必死于段子璋之亂者。」（頁96）另外，黃希原注、黃鶴補註《補注杜詩》卷九題下曰：「段子璋以上元二年又陷遂州、綿州。遂在涪江之南，今詩云：『去年江南討狂賊。』當是寶應元年作。」（頁187）也就是說，馬將軍約死於上元二年，馬璘約死於大曆十二年左右，因此，馬璘就不可能是「苦戰身死馬將軍」。

[52]　闕名集註：《分門集註杜工部詩》（三）卷二十五說：「洙曰：顧況，吳人。」（頁1688）

學，並非吳人顧況[53]，舊注妄引實之。又如〈洗兵馬〉，其
「關中既留蕭丞相，幕下復用張子房」兩句，舊注以為蕭丞相
當為蕭華[54]，錢謙益認為此本非其人，舊注妄引當之。

　　另外〈已上人茅齋〉，偽歐注曰僧齊己[55]。劉績即曾對此
說感到懷疑，《劉績詩話》說：

> 少陵〈已上人茅齋〉，六一居士謂僧齊己也。按：齊
> 己，南唐人，姓胡氏，家益陽，出家於大偽山寺，性耽
> 吟咏而項有瘤贅，時號詩囊。樂山水不事請謁，與鄭
> 谷、沈彬、僧虛中同時，去少陵遠甚。歐公一代偉人，
> 不應如此謬誤，恐別是一人。[56]

劉績認為倘若〈已上人茅齋〉所言為齊己，然齊己為南唐人，
其時去杜甫甚遠，所謂「六一居士謂僧齊己」者，此恐別是另
一人所言，而非出於歐陽修之語。另外，胡應麟亦持相同看
法，《詩藪》說：

> 〈已上人茅齋〉註：「歐陽公云齊己也。」按：己與貫
> 休同出晚唐，政鄭谷輩同時，何緣與杜相值？此不必

53　朱鶴齡：《杜工部詩集》）（下）卷十九說：「按：顧八即後顧八分
　　文學也。舊注謂吳人顧況，千家本又系以公自注，其妄甚明。」（頁
　　1632與1633）另外，《錢牧齋先生箋註杜工部集》卷八也說：「即
　　『顧八分文學』也，舊註以為顧況，甚誤。」（頁145）
54　蔡夢弼：《草堂詩箋》（一）卷十一說：「賊平，帝以蕭華留守，故
　　比之蕭何也。」（頁276）另亦可參仇兆鰲《杜詩詳註》（一），卷
　　六，頁518。
55　闕名集註：《分門集註杜工部詩》（二）卷八，題下說：「歐陽脩
　　曰：僧齊己也。」（頁618）
56　《劉績詩話》，見《明詩話全編》，第一冊，頁599。

辨，但偽託六一語，聊為洗之。[57]

　　錢謙益與朱鶴齡皆以為繆，因為齊己身處晚唐與杜甫不相
值。[58]上述這類皆詩中本非其人，而舊注妄引當之者。

　　第三是杜詩中本有其名，而舊注妄撰以當之者。譬如〈自
平〉，其首兩句「自平宮中呂太一，收珠南海千餘日」，師古妄
引《拾遺》言呂寧即太一宮使，師古說：「東坡嘗云：讀杜詩
不識太一之義，及覽《拾遺》，見有呂寧為太一宮使，領廣南
市舶，逐刺史張休而叛，乃曉太一非人名，官號也。」[59]錢謙
益認為太一本其名號，《拾遺》與所載之呂寧，乃舊注妄撰
[60]。此為詩中本有是名，注家妄撰當之者。

　　錢謙益在〈注杜詩略例〉說：「偽撰人名：有本無其名而
偽撰以實之者，如『衛八處士』之為『衛賓』，『惠、荀』之
為『惠昭、荀珏』，『向卿』之為『向詢』是也；有本非其人
妄引以當之者，如『韋使君』之為『韋宙』，『馬將軍』之為
『馬璘』，『顧文學』之為『顧況』，『蕭丞相』之為『蕭華』，
『已公』之為『齊己』是也。至『前年渝州殺刺史』一首，注

57　胡應麟：《詩藪》，外編四‧唐下，頁 565。
58　錢謙益：《錢牧齋先生箋註杜工部集》，卷九，頁 163。另見朱鶴齡
　　《杜工部詩集》（上），卷一，頁 101。
59　徐居仁編、黃鶴補註：《集千家註分類杜工部詩》（一），卷四，頁
　　365。
60　《錢牧齋先生箋註杜工部集》卷五說：「《舊書》：廣德元年，宦官
　　市舶使呂太一，逐廣南節度使張休，縱下大掠廣州。〈韋倫傳〉：
　　代宗即位，中官呂太一于嶺南矯詔，募兵為亂。《通鑑》：張休棄
　　城走端州，太一縱兵焚掠，官軍討平之。黃鶴曰：考舊史，當作中
　　官呂太一。師古注云：《拾遺》有呂寧為太一宮使。唐未有此官，
　　號太一，即人名也，亦初不云呂寧。按：鶴注良是，所謂《拾遺》
　　者即師古輩妄撰，如偽蘇注之類。」（頁 107）

家妄撰渝、遂刺史及叛賊之名，而單復《讀杜愚得》遂繫之于譜，尤為可笑。」[61] 上述這些例子都是舊注偽撰妄引古人姓名以實杜詩，因而產生的錯誤。

五、改竄古書而錯繆：這是指注家改易古書文字，用以箋注杜詩，而形成的錯繆。這至少可分為兩類：

首先是引用古文而添改者，譬如，〈今夕行〉「憑陵大叫呼五白，袒跣不肯成梟盧」兩句，舊注引史書「樗蒲得盧」事，而添加「袒跣大叫」等字[62]，實則《晉書・慕容垂傳》說：「初，寶在長安，與韓黃、李根等因讌樗蒲，寶危坐整容，誓之曰：『世云樗蒱有神，豈虛也哉！若富貴可期，頻得三盧。』於是三擲盡盧，寶拜而受賜，故云五木之祥。」[63] 原文中並無「袒跣大叫」諸字，此當舊注添加。又如，〈房兵曹胡馬〉「驍騰有如此，萬里可橫行」兩句，舊注引顏延年〈赭白馬賦〉，注云「品藝驍騰」[64]，實則原文應是「料武藝，品驍騰」[65]，此為舊注引用古文而改易者。又如〈戲題寄上漢中王三首〉之二，「蜀酒濃無敵，江魚美可求」，舊注說「〈蜀都賦〉：觴以醻青，一醉累月」[66]，實則〈蜀都賦〉原文為「觴

61　錢謙益：《錢牧齋先生箋註杜工部集》，頁 11。

62　蔡夢弼：《草堂詩箋》（一）卷二說：「又慕容寶與韓黃、李根等樗蒲，誓之曰：世云樗蒲有神，若富貴可期，願得三盧。於是三擲盡盧，袒跣大叫。」（頁 29）另亦可參仇兆鰲《杜詩詳註》，卷一，頁 60。

63　《晉書》（第十冊），載記第二十三，頁 3080。

64　蔡夢弼：《草堂詩箋》（一）卷一說：「顏延年〈赭白馬賦〉：品藝驍騰。」（頁 12）另亦可參仇兆鰲《杜詩詳註》（一），卷一，頁 19。

65　蕭統選輯、李善注釋：《文選》，卷十四，頁 205。另亦可參仇兆鰲《杜詩詳註》（一），卷一，頁 19。

66　徐居仁編、黃鶴補註：《集千家註分類杜工部詩》（二），卷八，頁 560。

以清醥，鮮以紫鱗，羽爵執競，絲竹乃發，巴姬彈弦，漢女擊節。……。合樽促席，引滿相罰，樂飲今夕，一醉累月」⁶⁷，由於舊注為湊近蜀酒詩句，因而截取原文並加以改易，形成錯繆。

其次是引用古詩而竄易者，譬如，〈九日楊奉先會白水崔明府〉「坐開桑落酒，來把菊花枝」兩句，舊注引用庾信〈從蒲州使君乞酒〉「蒲城桑落酒，灞岸菊花天」⁶⁸，以說明杜詩，其實庾信原來的詩句應是「蒲城桑葉落，灞岸菊花秋」⁶⁹，此為舊注引用古詩而加以改易之例。又如〈天末懷李白〉首兩句「涼風起天末，君子意如何」，舊注引陸機詩「借問欲何為？涼風起天末」⁷⁰，然而，陸機〈為顧彥先贈婦二首〉之二，其詩歌原句應為「借問歎何為？佳人眇天末」⁷¹，此皆舊注引用古詩而改易者。

錢謙益在〈注杜詩略例〉說：「改竄古書：有引用古文而添改者，如慕容寶『撝蒲得盧』，添『祖跣大叫』四字，〈赭白馬賦〉用『品萟驍騰』為句，而〈蜀都賦〉『觴以縹青，一醉累月』，斷裂上下文，以就蜀酒之句也；有引用古詩而竄易者，如庾信『蒲城桑葉落』，改為『蒲城桑落酒』，陸機『佳人

67　蕭統選輯、李善注釋：《文選》，卷四，頁79-80。
68　闕名集註：《分門集註杜工部詩》（一）卷三說：「庾信有〈從蒲州使君乞酒〉詩亦云：『蒲城桑落酒，灞岸菊花天。』」（頁349）另外，呂祖謙亦曾云：「【桑落河酒】《世說》：桑落河多美酒，晉宣帝時羌人來獻，帝以九日賜百寮飲。故庾信〈嘗從蒲州使君乞酒〉詩云：『蒲城桑落酒，灞岸菊花天。』而杜詩亦云：『坐聞桑落酒，來把菊花枝。』皆用此也。」（見《杜甫卷》，第三冊，頁680）
69　庾信：《庾子山集注》（上冊），卷四，頁345。
70　徐居仁編、黃鶴補註：《集千家註分類杜工部詩》（三），卷二十一，頁1293。
71　蕭統選輯、李善注釋：《文選》，卷二十四，頁349。

眇天末』，改為『涼風起天末』是也。此類文義違反，大誤後
學，然而為之者亦愚且陋矣。」[72] 這些都是由於注家點竄古書
文字，所形成的錯繆。

　　六、顛倒事實而錯繆：這是指將事情發生的先後次序倒
置，並用以箋注杜詩所形成的錯繆。這至少可分為兩類：

　　首先是把前事誤為後事，譬如〈白絲行〉，該詩約作於天
寶十二載左右，舊注以為是譏刺竇懷貞[73]，對此，黃鶴曾質疑
說：竇懷貞伏誅於開元元年，其時杜甫兩歲，距天寶十二載，
已四十年矣，為何會遽作此詩？[74] 錢謙益認為這是由於舊注誤
前事為後事，所產生的繆誤。

　　又如〈遣興五首〉之三，其末兩句「赫赫蕭京兆，今為人
所憐」，偽蘇注以為是蕭至忠[75]，《漁隱叢話》即曾說：「東
坡云：明皇雖誅蕭至忠，然嘗懷之。侯君集云：蹭蹬至此。至
忠亦蹭蹬者邪，故子美亦哀之，『赫赫蕭京兆，今為時所
憐』。苕溪漁隱曰：余以《唐書》考之，蕭至忠未嘗歷京兆
尹。王原叔杜詩注，以謂蕭望之嘗為左馮翊，後被讒自殺。
《復齋漫錄》亦謂如此，疑坡誤也。」[76] 蕭至忠既未曾為京兆

72　錢謙益：《錢牧齋先生箋註杜工部集》，頁11。
73　闕名集註《分門集註杜工部詩》（三）卷二十五說：「師曰：按《唐
　　史》，竇懷貞右相德玄之子。少敦儉，不為豪侈事。後娶韋后乳媼
　　王，所謂莒夫人者，故蠻婢也。世謂媼婿為阿父者，軒然不慙，以
　　自婿於后。又附宗楚客、安樂公主以取貴仕，為素議所斥。韋氏
　　敗，太平公主干政，又傾己附離，素節盡矣。故甫作此以譏之。」
　　（頁1689）
74　黃希原注、黃鶴補注：《補注杜詩》，卷一，頁54。《新唐書》（十
　　三冊）列傳第三十四，〈竇懷貞傳〉說：「與太平公主謀逆，既
　　敗，投水死。」（頁4101）
75　闕名集註：《分門集註杜工部詩》（二），卷十二，頁918。
76　胡仔：《漁隱叢話》（五），後集，卷八，頁1345。

尹，實不得謂「蕭京兆」。

　　錢謙益對此亦曾辨曰：「東坡曰：明皇雖誅蕭至忠，然甚懷之。侯君集云：蹉跌至此。至忠亦蹉跌者耶，故子美亦哀之。案：蕭至忠未嘗官京兆尹，不當曰蕭京兆。若以蕭望之比至忠，則望之為左馮翊，未嘗為京兆也。天寶八年，京兆尹蕭炅，坐贓左遷汝陰太守，史稱其為林甫所厚，為國忠誣奏譴逐，則所謂蕭京兆，蓋炅也。」[77] 錢謙益考得蕭至忠與蕭望之皆未嘗官京兆尹，故蕭至忠與蕭望之皆不當謂蕭京兆。且蕭至忠約死於先天二年（西元713年）[78]，其時杜甫尚幼，距舊注編此詩約乾元元年或二年（西元758或759年）所作[79]已四十多年，杜甫又為何會遽作此詩呢，錢氏以為這是因為舊注誤前事為後事，而造成的錯繆，並認為「赫赫蕭京兆」，當為蕭炅。

　　其次是把後事誤為前事，譬如〈悲青坂〉，部分舊家注此詩的錯繆至少有二：一、舊注將乾元元年（西元758年）冬郭子儀、李光弼等圍鄴城之役以為是至德元年（西元756年）十月房琯敗於叛軍的青坂之戰，舊注說：「時肅宗已復兩京。史思明，祿山故將也，連結吐蕃數入寇，帝命郭子儀、李光弼禦之，屯軍於青坂。」[80] 二、前述舊注中所謂的「時肅宗已復兩京」是至德二年（西元757年）之事，舊注誤以為是發生於至德元年的青坂之戰，這些都是因為注家誤以後事為前事，所造成的錯繆。

77　錢謙益：《讀杜二箋》，卷上，頁52。
78　《舊唐書》（九冊），列傳第四十二，頁2971；或參《新唐書》（十四冊），列傳第四十八，頁4373。
79　黃希原注、黃鶴補注：《補注杜詩》，卷五，頁133。
80　蔡夢弼：《草堂詩箋》（一），卷九，頁205。

又如〈漁陽〉，舊注說：「祿山已破，而朝廷不能革其積
敝，復以盧龍授蕃鎮，故李懷仙、朱滔之屬得以跋扈竟不為朝
廷所有也。」[81]此詩約作於寶應元年（西元762年），而安祿
山反於天寶十四年（西元755年），至廣德元年（西元763年）
餘眾始滅，故作此詩之時其亂尚在。又朱滔反於德宗建中三年
（西元782年），李懷光反於德宗興元元年（西元784年），寶
應元年雍王為兵馬元帥，進討史朝義，此實與舊注所言之朱
滔、李懷光事無關，舊注誤以後事為前事。對此，錢謙益曾
說：「趙傁曰：公初聞雍王統兵，作此詩以諷河北諸將，謂飄
然而來，猶恐後時，乃擁兵不入本朝，豈高計乎？故又舉祿山
往事以戒之。舊注以後事傅會，非公本意也。」[82]

另外，錢謙益在〈注杜詩略例〉也曾說：「顛倒事實：有
以前事為後事者，如〈白絲行〉以為刺寶真；『蕭京兆』以為
哀蕭至忠是也；有以後事為前事者，如〈悲青坂〉而以為鄴城
之役，『雍王節制』而以為朱滔、李懷仙之屬是也。」[83]舊注
顛倒事實，或誤前事為後事，或誤後事為前事，以注釋杜詩，
而流為錯繆。

81　闕名集註：《分門集註杜工部詩》（二），卷十四，頁1034。
82　錢謙益：《讀杜小箋》，卷中，頁22。另外，《杜詩趙次公先後解
　　輯校》也曾說：「舊注模稜其說，以雍王迕領范陽、盧龍節制，而
　　不出閣。又云：祿山已破云云，皆非。祿山死在至德元載，繼有子
　　慶緒，又繼之以史思明，思明子朝義。自祿山天寶十四載反，至廣
　　德元年正月安、史併滅。今於雍王為兵馬元帥時，謂之安、史併滅
　　可也，豈得止為祿山平乎？朱滔反，又是德宗建中三年時事，李懷
　　光反，又是德宗興元元年時事，豈所謂『不入本朝』邪？」（丙帙卷
　　之七，頁531）
83　錢謙益：《錢牧齋先生箋註杜工部集》，頁11。錢謙益於「寶」下
　　奪一「懷」字，即應作「〈白絲行〉以為刺寶懷真」，而非「〈白絲行〉
　　以為刺寶真」。

七、強釋文義而錯繆：這是指勉強對文義進行解釋所形成的錯繆。譬如〈題省中壁〉，舊家注釋「掖垣竹埤梧十尋」一句為「垣竹埤梧皆長十尋也」[84]，針對此類詮解，王嗣奭曾說：「『垣之竹、埤之梧皆長十尋』豈成句法？亦安有十尋之竹？大抵掖垣乃省院外牆，內有竹埤，梧高十尋。」[85]延續王嗣奭對此類舊注的看法，錢謙益認為舊家所謂的「垣竹埤梧皆長十尋」是屬於強釋文義之錯誤。又如〈奉和賈至舍人早朝大明宮〉，舊家注釋「九重春色醉仙桃」一句，云：「『醉仙桃』，言入朝飲酒，其色如春。」[86]然而，這句應是描寫春色之穠，桃花如醉，因在禁內，故稱仙桃[87]

錢謙益於〈注杜詩略例〉中說：「強釋文義：如『掖垣竹埤梧十尋』，解之曰：『垣之竹、埤之梧長皆十尋。』有是句法乎？如『九重春色醉仙桃』，解之曰：『入朝飲酒，其色如春。』有此文理乎？此類皆足以疑誤末學，削之不可勝削也。」[88]簡言之，錢謙益認為：由於某些注家勉強詮釋杜甫詩義，因而造成錯繆。

八、錯亂地理而誤繆：這是指舊家注釋杜詩的地理位置，因為顛倒錯亂而產生的錯誤。譬如〈遊龍門奉先寺〉，或引

---

[84] 蔡夢弼：《草堂詩箋》（二），卷十二，頁290。

[85] 王嗣奭：《杜臆》，見《續修四庫全書》，第1307冊，卷二，頁414。

[86] 徐居仁編、黃鶴補註：《集千家註分類杜工部詩》（一），卷六，頁446；闕名集註：《分門集註杜工部詩》（一）卷六，「『春色醉仙桃』言入朝飲酒其色如桃」（頁482）。

[87] 朱鶴齡：《杜工部詩集》（上），卷四，頁411。另外，顏廷榘《杜律意箋》也曾說：「『九重春色醉儂桃』言禁苑之桃紅如醉也。」（卷上，頁52）

[88] 錢謙益：《錢牧齋先生箋註杜工部集》，頁11。

〈禹貢〉之龍門[89]，然而，朱鶴齡說：龍門，即伊闕。《元和郡縣志》：伊闕山，在河南府伊闕縣北四十五里[90]。此龍門在洛陽附近，非〈禹貢〉的龍門。另外，〈垂老別〉中的土門、杏園，或以為是長安的土門、杏園[91]，錢謙益以為土門、杏園應在河南，舊注錯繆。另外〈遣興〉三首中的馬邑，舊注以為是在雁門[92]，錢謙益以為其當在成州附近，他說：「《唐志》：馬邑州，開元十七年置，在秦、成二州山谷間。寶應元年，徙于成州之鹽井，故城隸秦州都督府。……。鮑欽止注此詩云：馬邑州在成州界。舊注：『馬邑在雁門。』與子美作詩處，全無關涉。」[93]詩中的馬邑非指雁門，因為馬邑在秦、成附近，而本詩約作於乾元二年客居秦州時，詩中有「高秋登寒山，南望馬邑州」之語，故馬邑當在秦、成附近，非在雁門。

　　錢謙益在〈注杜詩略例〉說：「錯亂地理：如注『龍門』，則旁引〈禹貢〉之龍門，不辨其在洛陽也。注『土門、杏園』，則槩舉長安之土門、杏園，不辨其在河南也。注『馬邑』，則槩舉雁門之馬邑，不辨其在成州也。」[94]這是注家誤將地理位置顛倒錯亂，而形成的錯繆。

　　錢謙益在〈注杜詩略例〉裡，解釋杜詩舊注錯繆的原因有上述數端。此外在《錢牧齋先生箋註杜工部集》中，錢謙益認為注家錯繆訛偽的原因，尚有下列幾個原因，以下分述之：

89　或參蔡夢弼：《草堂詩箋》（一），卷一，頁1。
90　朱鶴齡：《杜工部詩集》（上），卷一，頁93。
91　或參蔡夢弼：《草堂詩箋》（二），卷十三，頁323。
92　闕名集註：《分門集註杜工部詩》（二），卷十五，頁1086。
93　錢謙益：《錢牧齋先生箋註杜工部集》，卷三，頁76。亦可參《新唐書》（四冊），志第三十三卷下，頁1132。
94　錢謙益：《錢牧齋先生箋註杜工部集》，頁12。

九、妄添題下注而錯繆：這是指舊家在題下妄添注語，使後人以為是杜甫自注，而形成的錯繆。譬如〈相從歌贈嚴二別駕〉，舊注題下注曰：「時方經崔旰之亂。」[95]對此錢謙益說：「陳浩然本及草堂諸本，題下並注云：『時方經崔旰之亂。』吳若本無之。鶴曰：崔旰之亂，在永泰元年，公已次雲安。此詩當是寶應元年，避徐知道之亂往梓州作也。題下七字，乃注家妄添，而後人不察，以謂公自注也。今從吳若本削去。」[96]亦即：錢謙益認為，由於此詩約作於寶應元年（西元762年），舊注誤以後事為前事，其時杜甫非經崔旰之亂，因此，舊注謂「經崔旰之亂」實有誤，且注家將此添成注語，使人以為杜甫自注，因而流為錯繆。

又如〈杜鵑〉，舊本於詩題下標「明皇蒙塵在蜀」[97]。然而據「雲安有杜鵑」等語，此詩應是大曆元年（西元766年）杜甫於雲安所作[98]，而明皇早崩於寶應元年（西元762年），距此已數年矣，因此，詩題下就不可能有此註語，這應是後人妄益的結果。對此錢謙益說：「題下舊注云『時明皇在蜀蒙塵』，陳浩然本無此七字，當從陳本。此詩大曆元年公在雲安作，明皇晏駕久矣！」[99]詩既作於大曆元年，明皇就絕無在蜀的可能，題下注應是後人所添。

又如〈送元二適江左〉，舊注於題下云：「公自註元結

95 　郭知達集註：《九家集註杜詩》（二），卷十，頁641。
96 　錢謙益：《錢牧齋先生箋註杜工部集》，卷五，頁98。亦可參黃希原注、黃鶴補注：《補注杜詩》，卷十，頁203。崔旰之亂在永泰元年，《舊唐書・杜鴻漸傳》說：「永泰元年十月，劍南西川兵馬使崔旰殺節度使郭英乂，據成都。」（列傳第五十八，頁3283）
97 　蔡夢弼：《草堂詩箋》（三），卷二十五，頁623。
98 　黃希原注、黃鶴補注：《補注杜詩》，卷十一，頁210。
99 　錢謙益：《錢牧齋先生箋註杜工部集》，卷六，頁111。

也。」[100] 然而錢謙益考辨舊注有誤，因為元結未嘗至蜀，亦未曾至江左，據此可知元結必非元二。錢謙益說：「劉會孟本題下：『公自注元結也』。考顏魯公墓碑及《次山集》，代宗時以著作郎退居樊上，起家為道州刺史，未嘗至蜀，亦未嘗至江左。次山〈舂陵行〉及廣德二年〈道州上謝表〉，時月皆有可據。所謂元二者，必非結也。宋刻善本無此六字。明是後人妄益耳。」[101] 簡言之，這些都是因為舊注於詩題下妄加注語所造成的錯誤。

十、史書附會杜詩而錯繆：這是指史書藉杜詩而將不相關的人事物聯繫在一起，舊注又誤引之，所形成的錯繆。譬如〈飲中八仙歌〉，舊注說：「按《唐史》：李白自知不為親近所容，益驚放不脩，與賀知章、李適之、汝陽王璡、崔宗之、蘇晉、張旭、焦遂為『酒八仙』。」[102] 問題是：《新唐書》所載李白於天寶初供奉翰林，而與賀知章、蘇晉等人為酒八仙[103]，然而，蘇晉卻早於開元二十二年時即已亡歿[104]，他如何

100　劉辰翁批點、高楚芳編：《集千家註批點補遺杜詩集》（二），卷九，頁 825。

101　錢謙益：《錢牧齋先生箋註杜工部集》，卷十二，頁 215。

102　劉辰翁批點、高楚芳編：《集千家註批點補遺杜詩集》（一），卷一，頁 108。另外，黃鶴於《補注杜詩》卷二也曾說：「按《史》：汝陽王天寶九載已薨，賀知章天寶三載、李適之天寶五載、蘇晉開元二十二年並已死。此詩當是天寶間追舊事而賦之，未詳何年？蓋李白自知不為親近所容，與知章、李適之、汝陽王璡、崔宗之、蘇晉、張旭、焦遂為『酒八仙人』。公所以有此作也。」（頁 68）黃鶴已考知蘇晉卒於開元二十二年，其又如何能於天寶初與李白同遊呢？這明顯為《新唐書》所誤。

103　《新唐書》（十八冊）說：「白自知不為親近所容，益驚放不自脩，與知章、李適之、汝陽王璡、崔宗之、蘇晉、張旭、焦遂為『酒中八仙』。」（列傳第一百二十七，頁 5763）

104　《舊唐書》（九冊），列傳第五十，頁 3117。或見錢謙益：《錢牧齋先生箋註杜工部集》，卷一，頁 52。

能與李白等人為酒中八仙呢？這明顯是《新唐書》因杜詩而附會，載李白與賀知章等人為酒中八仙，而舊注又誤引之。事實上，〈飲中八仙歌〉所賦的「八仙人，當是總括前後言之，非一時俱在長安」之作 [105]。針對《新唐書》上述這個問題，錢謙益曾說：「《新書》則云：白與賀知章、李適之、汝陽王璡、崔宗之、蘇晉、張旭、焦遂為酒八仙人，此因杜詩附會耳。且既云天寶初供奉，又云與蘇晉同游，何自相矛盾也？」[106] 這是史書附會杜詩，舊注又誤引之，因而形成的錯謬。

十一、傳寫錯謬而訛誤：這是指傳寫的過程中因誤寫而造成的錯謬。譬如〈上兜率寺〉，其五六兩句「庾信哀雖久，何顒好不忘」，舊注以為何顒當為後漢之人 [107]。朱鶴齡卻認為如果是何顒，其與詩義不合，故非何顒可知。此處應是由於「周」「何」兩字形近的緣故，舊注誤將周顒傳寫成何顒，所造成的錯謬 [108]。錢謙益說：「『何顒』當作『周顒』，傳寫之悞。」[109]

又如〈飲中八仙歌〉，《九家集註》、《集千家註》、《分門集註》、《杜陵詩史》等皆作「左相日興費萬錢，飲如長鯨吸百川，銜盃樂聖稱世賢」[110]。

---

105 朱鶴齡：《杜工部詩集》（上），卷一，頁 133。

106 錢謙益：《錢牧齋先生箋註杜工部集》，卷一，頁 52。

107 闕名集註：《分門集註杜工部詩》（二），卷八，頁 632。

108 朱鶴齡：《杜工部詩集》（中）說：「蔡曰：何顒見《後漢書‧黨錮傳》，與詩義不類，或疑是周顒。周顒奉佛有隱操。按：蔡注本葉少蘊《避暑錄》。《南史》云：周顒音詞辨麗，長于佛理，于鍾山西立精舍，休沐則歸之。清貧寡欲，終日長蔬，雖有妻子，獨處山舍。公岳麓道林二寺詩用此，亦作何顒，蓋『周』、『何』字相近而訛耳。」（卷十，頁 867）

109 錢謙益：《錢牧齋先生箋註杜工部集》，卷十二，頁 212。

110 王十朋集注：《王狀元集百家注編年杜陵詩史》（上），卷一，頁

　　「世賢」應作「避賢」，主要的理由有二：一、唐代的史料
與詩話作「避賢」，譬如唐、劉肅《大唐新語》載此事時，即
作「避賢」，他說：

> 李適之性簡率，不務荷細，人吏便之。雅好賓客，飲酒
> 一斗不亂，延接賓朋，晝決公務，庭無留事。及為左
> 相，每事不讓李林甫。林甫憾之，密奏其「好酒，頗妨
> 政事」。玄宗惑焉，除太子少保。適之遽命親故歡會，
> 賦詩曰：「避賢初罷相，樂聖且銜杯。為問門前客，今
> 朝幾箇來？」舉朝伏其度量。[111]

另外，孟棨《本事詩・怨憤》亦作「避賢」，他說：

> 開元末，宰相李適之疏直坦夷，時譽甚美。李林甫惡
> 之，排誣罷免。朝客來，雖知無罪，謁問甚稀。適之意
> 憤，日飲醇酣，且為詩曰：「避賢初罷相，樂聖且銜
> 杯。為問門前客，今朝幾個來？」[112]

二、若為「世賢」即犯太宗之諱，故應為「避賢」，洪邁說：

> 李適之在明皇朝為左相，為李林甫所擠去位，作詩曰：
> 「避賢初罷相，樂聖且銜杯。為問門前客，今朝幾箇

96。闕名集註：《分門集註杜工部詩》（二），卷十，頁763。徐居
　　仁編、黃鶴補註：《集千家註分類杜工部詩》（二），卷十五，頁
　　969。亦可參郭知達集註：《九家集註杜詩》（一），卷二，頁108。
111　劉肅：《大唐新語》，卷七，頁104。
112　孟棨：《本事詩》，見《歷代詩話續編》（上），頁16-17。

來？」故杜子美〈飲中八仙歌〉云：「左相日興費萬錢，飲如長鯨吸百川，銜杯樂聖稱避賢。」正咏適之也。而今所行本，誤以「避賢」為「世賢」，絕無意義。兼「世」字是太宗諱，豈敢用哉！ [113]

若據唐代史料與詩話資料所載之「避賢初罷相，樂聖且銜杯」，杜甫將李適之詩語入於詩中，那麼〈飲中八仙歌〉即應作「銜杯樂聖稱避賢」。楊慎亦曾依李適之詩語，斷定作「世賢」者為非，他說：「杜詩：『銜杯樂聖稱避賢。』用李適之『避賢初罷相，樂聖且銜盃』句也。今本作『世賢』，非。」[114] 何以「世賢」誤為「避賢」呢？這應是寫本傳寫謬誤所造成的，《邵氏聞見後錄》卷十八記載說：

> 杜子美〈飲中八仙歌〉，其句云：「左相日興廢萬錢，飲如長鯨吸百川，銜杯樂聖稱世賢。」世賢二字，殆不可曉。或云世字當作避字，寫本誤也。蓋左相者，李適之也，有直聲。右相李林甫姦邪，適之議論數不同，自免去。有詩云「避賢初罷相，樂聖且銜杯。試問門前客，今朝幾箇來」。子美「銜杯樂聖稱避賢」者，正用適之詩語也。 [115]

依此，「世賢」應作「避賢」，作「世賢」恐傳寫之誤。

[113] 《洪邁詩話》，見《宋詩話全編》，第六冊，頁 5596。
[114] 《升庵詩話》，見《明詩話全編》，第三冊，頁 2642。另亦可參《歷代詩話續編》（中），卷十三，頁 900。
[115] 邵博：《邵氏聞見後錄》，卷十八，頁 140。

　　錢謙益說：「《舊書》：李適之雅好賓友，飲酒一斗不亂，夜則燕賞，晝決公務。天寶元年，代牛仙客為左相，與李林甫爭權不叶，為其陰中。五載，罷知政事，守太子少保，邊命親知懽會，賦詩曰：『避賢初罷相，樂聖且銜盃。為問門前客，今朝幾箇來？』……。《邵氏聞見錄》云：『世賢』當作『避賢』，傳寫誤也。」[116]錢謙益大體上是接受《邵氏聞見錄》的看法，認為杜甫於此詩中是入李適之的詩語，「世賢」應是傳寫上的錯誤。總而言之，傳寫錯繆是指傳寫不慎所造成的錯誤。

　　十二、讀音錯繆而訛誤：這是指誤讀字音而形成解讀上的錯繆。譬如〈羌村三首〉之一，其末兩句「夜闌更秉燭，相對如夢寐」，《草堂詩箋》與《冷齋夜話》都讀「更」字為平聲，其義為互也[117]。陸游《老學庵筆記》曾批評惠洪對「更」字的讀音，他說：「杜詩『夜闌更秉燭』，意謂夜已深矣，宜睡，而復秉燭，以見久客喜歸之意。僧德洪妄云：『更』當平聲讀。烏有是哉？」[118]「更」字非讀為平聲，而作為互義，「更」字於此應是復、又、再之義。錢謙益曾說：「《冷齋詩話》言：更互秉燭也。陸放翁云：夜深宜睡而復秉燭，見久客喜歸之意。惠洪讀平聲，妄也。」[119]另外，史炳於《杜詩瑣證》「更秉燭、蔚藍天」則下云：「〈羌村〉云『夜闌更秉燭，相對如夢寐』。《老學菴筆記》云：意謂夜已深矣，宜睡而復秉

116　錢謙益：《錢牧齋先生箋註杜工部集》，卷一，頁52。另亦可參黃希原注、黃鶴補注：《補注杜詩》，卷二，頁68。或參仇兆鰲《杜詩詳註》（一），卷二，頁82與85。

117　蔡夢弼：《草堂詩箋》（一），卷十一，說：「『更』音平聲，互也。」（頁267）

118　陸游：《老學庵筆記》（中華書局），卷六，頁77。

119　錢謙益：《錢牧齋先生箋註杜工部集》，卷二，頁68。

燭，以見久客喜歸之意。僧德洪妄云：『更』，當平聲讀。烏有是哉？炳案：此見《冷齋夜話》，《筆記》不從，是也。而《漁隱叢話》顧採之。……。如『夜闌更秉燭』，『更』讀平聲。……，索然無味矣。」[120]《草堂詩箋》與《冷齋夜話》將「更」字理解成「互」，這是由於誤讀字音而造成解讀上的錯誤。

十三、偽託改竄而錯繆：這是指論杜詩家偽託古人改竄杜詩，而形成的錯繆。譬如，楊慎謂古本於「珠壓腰衱穩稱身」下有「足下何所著，紅蕖羅襪穿鐙銀」等字[121]。對此錢謙益徧考宋本並無此語，進而認為這是楊慎改竄偽託，《讀杜小箋》說：「本朝楊慎云：古本多『足下何所著，紅蕖羅襪穿鐙銀』二句。徧考宋版並無之。楊氏《詩話》，往往改竄偽託，以欺後人。流俗多為所誤，故辨之於此。」[122]另外，閻若璩《潛邱劄記》卷一亦云：「蔡公鶴江在詞館，與新都楊升菴善，姓名字見升菴文集，卷五十七云：松江陸子淵深語予，杜詩〈麗人行〉古本『珠壓腰衱穩稱身』下有『足下何所著，紅蕖羅韈寄鐙銀』二句，今本無之。……。近錢牧齋徧考宋刻本竝無，知係楊氏假託。余家有宋本檢之，亦無。」[123]另外史炳於「升菴增改字句」則亦云：「《丹鉛錄》『詩話類』云：松江陸

---

[120] 史炳：《杜詩瑣證》，卷上，頁 106-107。

[121] 楊慎《升庵詩話》卷九說：「松江陸三汀深語余：『杜詩〈麗人行〉，古本『珠壓腰衱穩稱身』下，有『足下何所著，紅蕖羅襪穿鐙銀』二句，今本無之。」（見《明詩話全編》，第三冊，頁 2642）；另亦可參《歷代詩話續編》（中），卷十四，頁 922-923。

[122] 錢謙益：《讀杜小箋》，卷上，頁4。另亦可參朱鶴齡：《杜工部詩集》（上），卷二，頁 214。

[123] 閻若璩：《潛邱劄記》，卷一，頁 26。

三汀語予，杜詩〈麗人〉古本『珠壓腰衱穩稱身』下有『足下何所著，紅蕖羅襪寄鐙銀』二句，今本亡之。《潛邱劄記》謂宋本並無此。……。炳案：宋寶慶本《九家集注》『珠壓腰衱』下並無『足下』二句，朱長孺亦謂宋本未見，其為偽造無疑。」[124] 錢謙益認為這是由於偽託改竄而形成的錯繆。

　　錢謙益對於杜詩注家錯繆現象的解釋，主要是體現在〈注杜詩略例〉之中，部分也散見於《杜詩錢注》裡。錢氏對注家錯繆原因的說明，我們可再進一步歸納為兩類：偽注與繆解。偽注即偽造託附，繆解指錯注繆解，它們都是訛誤非真。偽造託附大致可以包括：偽託古人、偽造故事、偽託改竄以及偽撰人名等等；錯注繆解大致可以包括：部分傅會前史、改竄古書、顛倒事實、強釋文義、錯亂地理、妄添題下注、史書附會舊注誤引、傳寫與讀音錯繆等等。這些都是錢氏對注家錯繆現象所提出的解釋。

第三節　刊削之道

　　《杜詩錢注》中，錢謙益的考據理論至少包含著兩個面向：一方面錢氏解釋杜詩舊注錯繆產生的起因，歸納並部分撰於〈注杜詩略例〉一文之中；另一方面錢氏也對舊注的錯繆進行斧正繩削，並提出辨訛的方法。這兩者之間基本上是一體的兩面，而非毫無關係。然而，錢謙益對其辨訛方法的著墨較少，亦無獨立成文，其說明也不如前者具體明白，而是散見於

---

[124] 史炳：《杜詩瑣證》，卷上，頁 101-102。

杜詩箋注之中。本文試圖從前文與其它箋註之中，進一步再歸納出其辨訛之道。錢氏的刊削之道至少有下列數端：

一、覈之史書，以斷其為繆：這是將注家所提及的重要人物徵諸史書，以觀其是否錯訛。譬如〈杜鵑〉詩中，舊注所提及的梓州刺史杜克遜，錢謙益將其徵諸《新唐書》與《舊唐書》，以斷其為子虛烏有之流，出於後人偽撰[125]；又如〈三絕句〉中，師古所云的杜鴻漸討平吳璘事，錢謙益考諸史書〈杜鴻漸傳〉，發現並無杜鴻漸討平吳璘之事，錢氏據此以斷其出於杜撰。

二、覈之文義，以斷其為偽：這是考察舊注的文義有否舛錯鄙倍，以斷其是否為名家之言。譬如〈杜鵑〉詩中，舊注所據以箋注的〈辨王伯誼論杜鵑〉，錢謙益覈其文義，認為其文義鄙倍舛錯，斷非東坡之言，而為偽撰。

三、覈之文理，以斷其為繆：這是考察舊注與論杜詩家的解釋是否合於文理，以斷其有否強釋詩義而錯繆。譬如〈題省中壁〉詩，舊家釋為「垣竹埤梧皆長十尋」，錢謙益從文理的角度疑之曰「有是句法乎」，進而認為舊注強釋文義而錯繆；又如〈客至〉，其「舍南舍北皆春水，但見群鷗日日來」兩句，楊慎以為「舍南舍北」用「社南社北」事，他說：「韋述《開元譜》云：『倡優之人，取媚酒食，居於社南者，呼之謂社南氏；居於社北者，呼之謂社北氏。』杜子美詩：『社南社北皆春水。』正用此事。後人不知，乃改『社』作『舍』。」[126]

---

[125] 關於此，《杜詩趙次公先後解輯校》（下）也曾說：「世有〈杜鵑辨〉者，仙井李新元應之作也，鬻書者編入《東坡外集詩話》中，非矣！」（頁 743）另亦可參朱鶴齡：《杜工部詩集》（中），卷十二，頁 1062-1063。

[126] 《升庵詩話》，見《明詩話全編》，第三冊，頁 2641。亦可參《歷代

錢謙益從文理的角度駁之曰：「按：舍南、舍北，公之所居也，若云社南、社北，則倡優之所居，安得取以自況乎？楊氏引據穿鑿，其文義舛誤若此。」[127] 錢謙益認為：「舍南舍北」若當作「社南社北」，而「社南社北」又為倡優所居，那麼，草堂附近豈不多是倡優之人，據此舛誤之文理，而斷其為繆。

四、覈之於時，以斷其為繆：這是考察舊注所言及的事實與詩中史事發生的時間是否一致，時間若有出入，斷其為繆。譬如〈苦戰行〉詩，舊注以為詩中所謂的「馬將軍」乃指馬璘。錢謙益認為詩中「苦戰身死」的馬將軍卒於段子璋之亂（按：上元二年），而舊注所謂的馬璘，據史書所載約死於大歷十一、十二年左右。據此不同的死亡時間，可知馬將軍非舊注所稱的馬璘，如此可斷舊注為繆。

五、覈之《文選》或原集，以斷其為繆：這是將舊注所認為的某些杜詩出處來歷，核之於《文選》或原集，以斷舊注是否因改易原文而錯繆。譬如〈天末懷李白〉詩，其「涼風起天末，君子意如何」兩句，舊注以為是出自陸機詩「借問欲何為？涼風起天末」。錢謙益徵諸《文選》或原集，發現其原句應為「佳人眇天末」，而非「涼風起天末」，錢氏據此斷舊注引用古詩卻改易文字而有錯繆。又如〈房兵曹胡馬〉，其七八兩句「驍騰有如此，萬里可橫行」，舊注以為出自顏延年的〈赭白馬賦〉，並注云「品藝蹻騰」，錢氏核諸《文選》或原集，發現其原文並非是「品藝蹻騰」，我們若驗諸原文，應是「料武藝，品驍騰」，錢謙益據此斷舊注引用古書並改易其文字而有錯誤。

詩話續編》（中），卷五，頁 739。

127　錢謙益：《錢牧齋先生箋註杜工部集》，卷十一，頁 197。

六、覈之古本杜集，以斷其為繆：這是將諸本題下與行間細字所謂公自注者，與字句之異同，以吳若本為主，而斷注家所言是否繆誤。這是因為錢謙益認為吳若本最為近古的緣故，〈注杜詩略例〉說：

> 杜集之傳于世者，惟吳若本最為近古，它本不及也。題下及行間細字，諸本所謂公自注者多在焉。……。若其字句異用，則一以吳本為主，間用它本參伍焉。[128]

譬如〈相從歌〉，某些舊注題下有若干杜甫自注之語，錢謙益徵諸吳若本發現並無杜甫自注之語，而從吳若本削之。有時錢謙益也會考徧宋本以斷論詩家所言是否偽託改竄，譬如楊慎認為〈麗人行〉「珠壓腰衱穩稱身」下有「足下何所著，紅蕖羅襪穿鐙銀」等字，對此錢氏考徧宋本並無此語，而斷其屬偽託訛繆。

錢謙益刊削杜詩舊注錯繆，概括地說其對象有二：偽注與繆解。錢氏何以能斷舊注錯繆，並知其訛誤的原因呢？一方面是由於錢氏承繼前人辨訛的成果，譬如黃鶴的某些考訂成果；另一方面是由於錢氏能考核杜詩舊注。在錢謙益箋注杜詩的過程之中，有時或對舊注感到懷疑，有時為免杜詩的箋注流於無稽，錢謙益因而對杜詩及舊注進行稽考據信，徵諸古書及文理，以斷其是否有誤。在此之中，錢氏一方面提出理由來說明舊注訛錯的原因，另一方面，錢氏考信古人古書，同時也是他刊削舊注錯繆之道。

---

[128] 錢謙益：《錢牧齋先生箋註杜工部集》，頁 12。

　　錢謙益為針砭士人某些謬妄無稽、創仞揣測的學術風氣，因此主張讀書須能講求證據，以考信為讀書要法。在經學上，要求反經正學，推揚儒林講求援據的章句訓詁之學，切實求是；在史學上，認為史事的考覈須廣求證據，追求實事真是；在杜詩的箋注上，錢氏以糾繆考訂為務。概括地說，錢謙益認為治學須避免訛繆無稽，因此錢氏主張治學須能廣求援據，考信古人以箴砭俗學，也因此，表現在杜詩的箋注上，錢氏力求刊削杜詩的繆解偽注，冀存杜詩的真實面目。

　　錢謙益所提出的考據理論主要是在其箋注杜詩之中，錢氏的考據理論至少包括兩個部分：一、說明杜詩舊注錯繆產生的原因；二、刊削注家錯繆之道，亦即辨訛之法。首先，就舊注錯繆而言，錢謙益主要是在〈注杜詩略例〉之中說明舊注錯繆產生的原因，而杜詩舊注錯繆的原因，至少可概歸為兩類：偽注及繆解。偽注包括偽託古人、偽造故事、偽託改竄與偽撰人名等等；繆解包括部分的傅會前史、改竄古書、顛倒事實、強釋文義、錯亂地理、妄添題下注、史書附會舊注誤引、傳寫與讀音錯繆等等。它們大抵皆屬於訛誤非真，因而淪入錯繆之境。

　　其次，就刊削之道而言，錢謙益刊削注家錯繆之法，在《杜詩錢注》中敘述較為明顯且清楚者，至少有下列數端：覈之史書，以斷其為繆；覈之文義，以斷其為偽；覈之文理，以斷其為繆；覈之於時，以斷其為繆；覈之《文選》或原集，以斷其為繆；覈之古本杜集，以斷其為繆等等。它們都是錢氏的辨訛方法。

　　由於錢謙益以考信之法箋注杜詩，因而在杜詩學中具有若干重要的涵義，其價值至少有三：首先，錢謙益提出較為完整

且全面的考據理論，它一方面解釋注家錯繆原因，另一方面提出刊削之道，在杜詩學中這有助於脫離前人支離剝割的考訂困境，開發出新的研究空間。錢氏的考訂之道，除了可避免杜詩箋注誤入魯魚盈貫、晉豕成群之後塵，廓清某些杜詩的面目，又可扭轉時代的風氣。他的《杜詩錢注》、《讀杜小箋、二箋》與〈注杜詩略例〉都是考證的重要結果。其次，考據在杜詩學中實為一重要的議題，倘若我們能參考錢謙益箋注杜詩的考據理論及方法，並參酌現代的考據資料與成果，這有助於我們將來構作杜詩學的考據論述，填補杜詩學中箋注考據理論這個空缺。第三，錢謙益的考據理論不只是糾誤考覈的治學方法，並非只是單純的考據之道而已，其考訂杜詩及箋注的方法與成果，可為詮釋杜詩的肇始與基石。

最後，錢謙益考據舊注錯誤所獲致的成果，主要有下列數端：首先是考訂舊注偽造故事之誤，舊注於〈奉贈韋左丞丈二十二韻〉「王翰願卜鄰」下謂：杜華母卜居，使杜華與王翰為鄰。錢謙益考訂此事出於偽撰；舊注於〈飲中八仙歌〉「焦遂五斗方卓然，高談雄辯驚四筵」下謂：焦遂口吃，然醉後雄辯。錢謙益斥為偽造故事。舊注謂〈空囊〉詩中之「囊空恐羞澀，留得一錢看」兩句，乃用阮孚之事。錢謙益斥為本無是事。

其次是考訂舊注傅會前史之誤，舊家於〈送賈閣老出汝州〉「人生五馬貴」句注引王羲之守永嘉庭列五馬。錢謙益考王羲之未嘗守永嘉。舊注於〈惜別行送向卿進奉端午御衣之上都〉「尚書勳業超千古，雄鎮荊州繼吾祖」兩句，謂「尚書」乃指向珣，又稱向秀曾鎮荊州。然錢謙益考訂唐人並無向珣者，且向秀在朝並不任職。

第三是考訂舊注人名之誤，舊注於〈贈衛八處士〉謂「衛八處士」乃指衛賓。錢謙益考訂此出於偽撰；舊注謂〈幽人〉「往與惠荀輩」乃指惠昭、荀珏。錢謙益斥此說亦出於偽撰；舊注於〈杜鵑〉「東川無杜鵑」句下有如杜克遜在梓州之說。錢謙益考訂此說亦出於偽撰，因史無杜克遜之流；舊注於〈三絕句〉「前年渝州殺刺史，今年開州殺刺史」下注謂：吳璘殺渝州刺史劉卞。錢謙益考訂刺史與叛賊之名皆出於妄撰；舊注謂〈苦戰行〉「苦戰身死馬將軍」中之馬將軍乃為馬璘。錢謙益考訂此說有誤；舊注謂〈醉歌行贈公安顏少府請顧八題壁〉「君不見東吳顧文學」中之顧文學乃指顧況。錢謙益斥舊注妄引人名；舊注於〈自平〉下謂：呂寧乃太一宮使。錢謙益考訂此說亦出於妄撰。

第四是考訂舊注改竄古書之誤，舊注於〈今夕行〉下引史書「樗蒲得盧」之事，錢謙益考訂舊注妄添「祖跣大叫」諸字；舊注於〈房兵曹胡馬〉下引〈赭白馬賦〉並云「品藝蹺騰」。錢謙益考訂此亦改竄古書；舊注於〈戲題寄上漢中王三首〉之二，注引「觴以醞青，一醉累月」。錢謙益考訂此乃割裂古書上下文，以就詩句；舊注於〈九日楊奉先會白水崔明府〉下引庾信「蒲城桑落酒」詩句。錢謙益考訂庾信原句作「蒲城桑葉落」；舊注於〈天末懷李白〉下引陸機「涼風起天末」詩句。錢謙益考訂陸機原句作「佳人眇天末」。

第五是考訂顛倒事實之誤，舊注謂〈遣興五首〉之三「赫赫蕭京兆」乃指蕭至忠。錢謙益考訂蕭至忠未曾官京兆尹，不當謂蕭京兆，因此蕭至忠非蕭京兆，此誤前事為後事；舊注於〈悲青坂〉謂：帝命郭子儀、李光弼屯軍於青坂。錢謙益考訂此乃誤後事為前事；舊注於〈漁陽〉謂「雍王節制」乃李懷

仙、朱滔之屬。錢謙益考訂此亦誤後事為前事。

第六是考訂題下注之誤，舊注於〈相從歌贈嚴二別駕〉題下謂「時方經崔旰之亂」，錢謙益考訂此乃出於妄添。舊注於〈杜鵑〉題下謂「明皇蒙塵在蜀」，錢謙益考訂此出於後人妄益。舊注於〈送元二適安西〉題下謂「公自註元結也」，錢謙益考訂此亦出於後人妄添。

最後，就考訂史書附會杜詩之誤言，《新唐書》載李白與賀知章等人為酒八仙，錢謙益考訂此乃史書因杜詩而附會；就糾斥傳寫之誤言，舊注於〈上兜率寺〉詩中作「何顗」。錢謙益斥為傳寫之誤，當作周顗；就考訂偽託改竄之誤言，楊慎謂〈麗人行〉「珠壓」句下有「足下何所著，紅葉羅襪穿鐙銀」諸字。錢謙益考訂此乃出於偽託。

第六章 >>>>>>

朱鶴齡

　　朱鶴齡，字長孺，自號愚菴，吳江松陵人，著有《杜工部詩集》、《愚庵詩文集》、《易廣義略》、《尚書埤傳》、《詩經通義》、《春秋集說》與《讀左日鈔》等書，並以箋注杜甫、李商隱詩，盛行其世[1]。

　　朱鶴齡箋注杜詩乃廣搜眾說、考覈辨證為主，〈自識〉說：「愚素好讀杜，得蔡夢弼《草堂》本點校之，會萃羣書，參伍眾說，名為《輯注》。乙未館先生家塾，出以就正，先生見而許可，遂撿所箋吳若本及《九家注》，命之合鈔。益廣搜羅，詳加考覈。朝夕質疑，寸牋指授。」[2]朱鶴齡更站在錢謙益箋注杜詩的基礎上進一步反省錢箋的若干注文，並提出以考據為基礎的杜詩箋注原則。

---

[1]　《清史稿》（四三冊），列傳二百六十七，頁 13124。
[2]　朱鶴齡：《杜工部詩集》（上），頁 5-6。

第一節　刊正杜詩舊注的錯謬

　　朱鶴齡箋注杜詩的主要目的之一是針對杜注錯謬的現象。然而首先他面臨的是：「注杜是否可能」這個質難。這個問題包含有二：一「是否有能力注杜」；二「是否有空間注杜」。

　　就前者而言，在〈輯注杜工部集序〉一文中，論者主張：讀萬卷書，行萬里路，乃許讀杜[3]。反之，不讀萬卷書，不行萬里塗，足不踰丘里，目不出兔園，則不可讀杜，更遑論取杜詩而排纂穿穴之。這是注杜能力的懷疑。針對這個問題，朱鶴齡認為：論者所言是學，而杜詩非僅是學，尚有性情為之。換言之，讀書行路並非讀詩注杜的充分條件，僅是注杜的必要條件之一，此外，尚有性情此等條件。何以讀杜注詩並非只是學識的問題呢？朱鶴齡認為這是因為詩以傳聲，聲以命氣，氣以發志，因此詩以言志。而志乃性情統會之所在，所以詩不只是學，尚有性情存在[4]。朱鶴齡據此反駁論者之說。

　　朱鶴齡進一步認為：由於杜甫能得性情至正而出之，其詩具有性情至正的性質，因此，一方面杜甫能因質以緯思，使才以適分，隨感以赴節，不背溫柔和平之旨。否則若背於溫柔和

3　此外，董居誼於〈補注杜詩原序〉中說：「有謂工部胸中凡幾國子監，又謂不行一萬里，不讀萬卷書，不可以觀杜詩。」（見《補注杜詩》，頁4）另外，仇兆鰲於〈附進書表〉亦曾說：「世言不讀萬卷書，不行萬里地，皆不可以讀杜。」（見《杜詩詳註》（三），頁2352）浦起龍於《讀杜心解·發凡》亦云：「昔人云：不讀萬卷書，不行萬里地，不可與言杜。」（頁6）

4　此外，沈德潛《說詩晬語》也曾說：「詩貴性情。」（見《清詩話》，頁472）

平詩旨，則靡麗而失之淫，流灘而失於縱，彫鏤而失之瑣，繁音促節而失於噍殺，離性情至正遠矣；另一方面由於杜甫能出以性情之至正，故憂時能戀主，板蕩見忠貞，遭窮不墜節。然而無論如何，杜詩具有溫柔和平與篤厚忠愛的關鏈因素乃在於性情，而非只是學。

歸結地說，由於杜詩具有性情至正的特質，因此杜詩可由至正的性情來解讀箋注之，而非僅能透過讀書行路來讀杜注詩，此即朱鶴齡所謂「學者誠能澄心袚慮，正己之性情，以求遇子美之性情，則崆峒仙仗之思，茂陵玉盌之感，與夫杖藜丹壑、倚棹荒江之態，猶可儼然晤其生面，而揖之同堂，不必以一二隱語僻事，耳目所不接者為疑也」。如果杜詩也能由至正的性情來箋注之，那麼，杜詩即有了箋注的空間，如此讀萬卷書、行萬里路即非箋注杜詩的惟一要件了。

就後者而言，在〈輯注杜工部集序〉一文裡，論者主張：朱氏實可不必注杜，因為朱注之前，已有當代鉅公箋注杜詩了。這是注杜空間的懷疑。面對這個問題，朱鶴齡以為：審辨器識之力大者，可注其大；審辨識見之力小者，仍可注其小，因此當代賢明雖已注杜，才小者仍有注杜的空間。事實上，「當代鉅公注杜在前」是否意謂「後出者已可不必注杜」，這個命題能否成立，頗值斟酌，鉅公才大如錢謙益者，其箋注杜詩後人仍有穿鑿深文之誚[5]。若此反例可以成立，那麼，即便當

---

[5] 朱計東於〈朱氏杜詩輯注序〉即曾批評錢箋，他說：「先生箋杜，搜奇抉奧，海內承風，然〈洗兵馬〉謂深刺肅宗，而或以為輔國離間，乃上元間事，不當逆探其邪！〈哀江頭〉謂專感貴妃，而或以為清渭劍閣，乃繫思舊君，不與〈長恨〉同旨。」（見《杜工部詩集》（上），頁8）此外，沈德潛於〈同諸公登慈恩寺塔〉尾評說：「以上皆實境也，錢牧齋謂通體皆屬比語，恐穿鑿無味。」（見《唐詩別裁集》，卷二，頁71）

代鉅公在前，實仍有注杜的空間。既存有注杜的空間，則朱鶴齡自可讀杜、注杜。對於上述這兩個問題，朱鶴齡於〈輯註杜工部集序〉中曾說：

客有譙於余曰：子何易言註杜也，書破萬卷，塗行萬里，乃許讀杜。子足不踰丘里，目不出兔園，日取詩史而排纂之、穿穴之，冀以自鳴於世，吾恐舳稜刓，而揶揄者隨其後也。余曰：是固然矣。抑子之所言者，學也，子美之詩，非徒學也。夫詩以傳聲，節族成焉；聲以命氣，底滯通焉；氣以發志，思理函焉，體變極焉，故曰：詩言志。志者，性情之統會也。性情正矣，然後因質以緯思，役才以適分，隨感以赴節。雖有時悲愁憤激、怨誹刺譏，仍不戾溫厚和平之旨。不然，則靡麗而失之淫，流漓而失之宕，雕鏤而失之瑣，繁音促節而失之噍殺，綴辭逾工，離本逾遠矣。子美之詩，惟得性情之至正而出之，故其發於君父友朋家人婦子之際者，莫不有敦篤倫理、纏綿菀結之意，極之履荊棘，漂江湖，困頓顛躓，而拳拳忠愛不少衰。自古詩人變不失貞，窮不隕節，未有如子美者，非徒學為之，其性情為之也。……。學者誠能澄心袚慮，正己之性情，以求遇子美之性情，則崆峒仙仗之思，茂陵玉盌之感，與夫杖藜丹壑、倚櫂荒江之態，猶可儼然晤其生面，而揖之同堂，不必以一二隱語僻事，耳目所不接者為疑也。……。客曰：子言誠辨，然當代鉅公有先之者矣！子之書無乃以爝火附太陽？余曰：才有區分，見有畛域，以求其是則一也。今夫視日者，登中天之臺，則千里廓然，闚之於

戶牖，所見不過尋丈，光之大小誠有間，然不可謂戶牖
之光非日也。賢者識其大，不賢識其小，總以求遇子美
之性情於句鉤字索之外，即說偶異同，亦博考羣言，折
衷愚臆，豈有所牴牾齗齗於其間哉？[6]

朱鶴齡在注杜的過程中，總以把握杜甫的性情為主，倘遇不同
的解讀，亦博考羣言，徵之覈之，使不流於偏頗。

其次，針對注杜諸家錯謬的現象，朱鶴齡基本上是以考據
的方式，廣求援據，切實求是，正其謬亂[7]。他指出注家的誤
失有：不可解而強解之、可解而不善解之、偽注假托以及支離
瞽說等等。〈輯註杜工部集序〉說：

子亦知詩有可解、有不可解乎？指事陳情，意含風諭，
此可解者也；託物假象，興會適然，此不可解者也。不
可解而強解之，日星動成比擬，草木亦涉瑕疵，譬諸圖
罔象而刻空虛也；可解而不善解之，前後貿時，淺深乖
分；欣忭之語，反作誚譏；忠劃之詞，幾隣愁怨，譬諸
玉題珉而烏轉舄也。二者之失，注家多有，兼之偽撰假
托，疑誤後人；瞽說支離，襲沿日久；萬丈光燄，化作
百重雲霧矣！今為翦其繁蕪，正其謬亂，疏其晦塞，諮

---

[6]　朱鶴齡：《杜工部詩集》（上），頁13-17。

[7]　朱鶴齡與錢謙益皆是以考據來辨正杜詩舊注的錯謬，仇兆鰲於〈杜
詩凡例〉中「近人註杜」則說：「錢謙益、朱鶴齡兩家，互有同
異。錢于《唐書》年月、釋典道藏、參考精詳。朱于經史典故及地
里職官，考據分明。其刪汰猥雜，皆有廓清之功。」（頁24）另
外，浦起龍於《讀杜心解・發凡》也曾說：「凡注之例三：曰古
事，曰古語，曰時事。古事、古語，自魯訔、王洙、師氏、夢弼之
徒，援據亦略備矣。其謬者，牧齋、長孺駁正特多。」（頁6）

諏博聞，網羅秘卷，斯亦古人實事求是之指，學者所當
津逮其中也。余雖固陋，何敢多讓焉。[8]

不僅如此，注家錯謬尚有：譌字與《年譜》疎妄等等。〈輯註
杜工部集凡例〉說：「集中譌字最多，……。今編搜宋刻諸本
及《文粹》、《英華》對勘，夾註本文之下，以備參考。至如
《年譜》之疎妄、注家之偽亂，詳辨詩注中。」[9]針對上述這些
注家誤失，朱鶴齡是以考據為要法，或詢問博聞，或蒐討秘
卷，以辨正譌謬，削剪繁蕪，疏通晦塞，力求真是之旨。倘若
遇有杜詩無考者，則當暫置待決，不必強解之，朱鶴齡於〈去
秋行〉詩尾即曾說：「大抵杜詩無考者，皆當闕疑，不必強為
之說。」[10]

　　朱鶴齡所運用的考據之道並非僅止於箋注杜詩，他也將考
據的方法用於李商隱詩歌的箋註上，〈新編李義山文集序〉
說：

余箋註其詩，檢閱《文苑英華》、《唐文粹》、《御
覽》、《玉海》諸部，蒐緝義山文，凡得表書啟箋檄序
說論賦祭文墓碑等作，共若干首，釐為五卷。又以
《新》、《舊唐書》考証時事，畧為詮釋。[11]

箋注李商隱詩歌的具體方法是排比羣書，倘遇說偶異同，則分

8　朱鶴齡：《杜工部詩集》（上），頁 15-16。
9　朱鶴齡：《杜工部詩集》（上），頁 84。
10　朱鶴齡：《杜工部詩集》（中），卷九，頁 804。
11　朱鶴齡：《愚菴小集》，見《文淵閣四庫全書》，第 1319 冊，卷七，
　　頁 75。

析疑惑，驗事證明，朱鶴齡於〈西崑發微序〉一文中說：「義
山之詩，原本離騷，余向為箋注而序之，……。余之箋注，特
鱗次羣書，析疑徵事而已。」[12]歸納地說，考據乃朱鶴齡箋註
詩歌的主要方式之一。

　　何以朱鶴齡以考據來箋注杜詩呢？這主要是因為杜詩箋注
得以成立的要件之一即在於考辨。由於杜詩箋注是屬於學問知
識的範圍。而知識學問成立的關鍵即在於其是否信實，信實來
自於辯駁論議、辨正是非的結果，辯駁論議、辨正是非本源於
懷疑，而懷疑乃源自各家說法不一[13]。此中，「是其所是、非
其所非」的方法即是考據辨正，因此，杜詩箋注的要件之一乃
在於考辨。

　　第三，朱鶴齡以考據之法刊正杜注的紕謬，並說明舊注錯
謬的原因，其目的在於使杜詩的真面目能自出，使後世學者能
把握「道」之大旨。〈與李太史論杜注書〉一文說：

> 夫子美固非知道者，然道莫重於君臣父子矣。《三百篇》
> 得列為經，亦在「邇之事父，遠之事君」。子美之詩，
> 憂君父之播遷、憤亂賊之接踵，深衷悱惻，千彙萬狀，
> 使後人把卷徬徨而不忍釋，則雖謂之知「道」，可也。

12　朱鶴齡：《愚菴小集》，卷七，頁80。
13　朱鶴齡於〈寄徐太史健菴論經學書〉曾說明「學成於不一說」：
　　「六經之學，漢興之，唐衍之，宋大明之，至今日而衰。其興也，以
　　不專一說而興；其衰也，以固守一說而衰，何則？學成于信者也，
　　信生于辨，辨生于疑，疑生于不一說。當漢之初，《易》有田、
　　丁、京、費諸家；《詩》有申、轅、韓、毛諸家；《書》有伏生、
　　夏侯、歐陽諸家；《禮》則稱后、蒼、戴、慶諸家；《春秋》則稱
　　左、公、穀三家。各立專門，遞相傳授，辨難擊排，不遺餘力，由
　　是而是非之論出焉。」（見《愚菴小集》，卷十，頁123）

因讀其詩者之誤解，而引繩批根，刊正其失，而暴著其
所以然。使世之學者，因是以進求夫《三百》之大指。[14]

朱鶴齡認為：刊正杜注的錯謬、說明注家錯謬的原因，能使學
者知「道」。這是因為刊削杜詩舊注的訛謬之後，杜甫憂時戀
主、痛憤亂賊之忠愛精神即能自出，此精神乃憂君事父之大
旨，所謂「邇之事父，遠之事君」。而憂君事父本即舊時代不
變的常道，是使《三百篇》列為「經」的重要因素之一，據
此，杜詩實亦本諸《三百篇》[15]。因此，刊正說明舊家注杜之
失，能使後人明「道」之要旨。
　　總而言之，朱鶴齡箋注杜詩的目的之一乃是針對舊注訛謬

---

[14] 朱鶴齡：《愚菴小集》，卷十，頁 119。
[15] 〈聞情集序〉曾說：「自國風寖微，離騷繼作，其辭之詼詭瓌麗，
幽渺凌忽，以視成周太史所陳，誠有間矣。然其衷情之纏綿悱惻，
實本於憂讒畏譏、愛君憂國之思，故太史公曰：國風好色而不淫，
小雅怨誹而不亂，離騷可謂兼之。自漢魏至三唐，才人疊跡，綺靡
之製，窮極纖渺，沿波討源，莫不同祖風、騷，亦猶之路鼗出於土
鼓，篆籀生於蟲書也。李陽冰稱太白之詩言多諷興，馳騁屈宋，為
《風》《騷》之後一人；子美特變本加厲爾。然其所推江湖萬古流
者，不越風騷漢魏，是可得其指趣矣。」（見《愚菴小集》，卷八，
頁 93）另外，〈汪周士詩槁序〉也曾說：「夫古之作者，纂緒造
端，淪瀾百變，而其中必有根柢焉，上之補裨風化，下之陶寫性
情，如伯玉〈感遇〉三十八首，伯玉詩之根柢也；太白〈古風〉五
十九首，太白詩之根柢也；子美〈北征〉、〈詠懷〉、〈前、後出塞〉
及〈新安吏〉以下諸篇，子美詩之根柢也；退之〈南山〉、〈秋
懷〉，退之詩之根柢也；樂天〈續古詩〉、〈秦中吟〉數十篇，樂天
詩之根柢也。唐人論詩，每云工于五言，蓋以五言工，則不必問其
餘，是五言古為諸體之根柢。而五言古之根柢安在乎？亦曰：求之
《三百篇》、《離騷》以及昭明之《選》而已矣。」（見《愚菴小
集》，卷八，頁 97）杜甫詩歌的根柢若在〈北征〉、〈詠懷〉、
〈前、後出塞〉與〈新安吏〉以下諸篇等五言古詩，而五言古詩的根
柢又在《三百篇》、《離騷》與《文選》，換言之，杜詩實本於《三
百篇》。

的現象，因此，朱鶴齡藉由考據之法，講求證據，實事求是，稽考糾謬，並嘗試說明舊注錯訛的原因，期使世之學者能進求《三百篇》大旨。

第二節　注家錯謬原因

朱鶴齡於《杜工部詩集》中認為注家錯謬的原因，至少有以下數端：

一、偽託古人而錯謬：首先，就偽託王安石而言，譬如〈春日憶李白〉中「白也詩無敵，飄然思不羣。清新庾開府，俊逸鮑參軍」四句，舊注引王安石語認為杜甫將李白比於庾信、鮑照而已，甚至將李白比於鮑、庾之下的陰鏗[16]。

朱鶴齡認為：杜甫於〈與李十二白同尋范十隱居〉稱「李侯有佳句，往往似陰鏗」；又於〈春日憶李白〉中，將李白比之庾信、鮑照。陰鏗、庾信與鮑照皆為杜甫所推服，非為杜甫所輕鄙者，譬如杜甫於〈解悶十二首〉中稱「頗學陰何苦用心」、〈戲為六絕句〉中稱「庾信文章老更成」、〈贈畢四曜〉中稱「流傳江鮑體」，諸家甚為杜甫所推揚。此乃杜甫舉平生最欽慕者來比方形容李白的詩歌，而非王安石所言比於庾、鮑

---

[16]　劉辰翁批點、高楚芳編《集千家註批點補遺杜詩集》（一）卷一説：「《遯齋閑覽》云：或問王荊公云：『編四家詩，以子美為第一，太白為第四，豈白之才格詞致不逮子美耶？』公曰：『白之歌詩，豪放飄逸，人固莫及，然其格止於此而已，不知變也。至於子美，則悲歡窮泰，發斂抑揚，疾徐縱橫，無施不可。……。』或者又曰：『評詩者謂子美期白太過，反為白所誚。』公曰：『不然，子美贈白詩則曰『清新庾開府，俊逸鮑參軍』，比之庾信、鮑照而已。又曰『李侯有佳句，往往似陰鏗』，鏗之詩又在鮑、庾下矣。」（頁95-96）

而已，甚至比之陰鏗。據此，王安石所言必是偽託。

朱鶴齡說：「公與太白之詩，皆學六朝，前詩以李侯佳句比之陰鏗，此又比之庾、鮑，蓋舉生平所最慕者以相方也。王荊公謂少陵於太白，僅比以鮑、庾，陰鏗則又下矣。或遂以『細論文』，譏其才疎也。此真瞽說。公詩云『頗學陰何苦用心』，又云『庾信文章老更成』，又云『流傳江鮑體，相顧免無兒』。公之推服諸家甚至，則其推服太白為何如哉？荊公云云，必是俗子偽託耳。」[17]

其次，就偽託蘇軾而言，譬如〈八陣圖〉「江流石不轉，遺恨失吞吳」，舊注引蘇軾之語，謂晉之能取蜀，因蜀有征吳之志，以此為恨[18]。然所言無據。《三國志》載：

> 章武二年，大軍敗績，還住白帝。亮歎曰：「法孝直若在，則能制主上，令不東行；就復東行，必不傾危矣。」[19]

朱鶴齡以此來詮釋杜詩，謂詩乃云：劉備吞吳之舉實乃失策，而諸葛亮不能制主上東行，致有挫辱，自以為生平之遺恨[20]。而非蜀有吞吳之心，致晉取蜀以為恨。

17　朱鶴齡：《杜工部詩集》（上），卷一，頁159。

18　闕名集註《分門集註杜工部詩》（二）卷十五說：「蘇曰：僕嘗夢見人云是杜子美，謂僕：『世人多誤會吾〈八陣圖〉詩，以謂先主武侯恨不能滅吳，非也。我意本謂吳、蜀唇齒，不當相圖，晉所以能取蜀者，以蜀有吞吳之意，以此為恨耳。』此說甚長。然子美死僅四百年，而猶不忘詩，區區自別其意，此真書生習氣也。」（頁1113）另亦可參徐居仁編、黃鶴補註：《集千家註分類杜工部詩》（一），卷五，頁440。

19　《三國志》（四冊），卷三十七，頁962。

20　亦可參仇兆鰲：《杜詩詳註》（二），卷十五，頁1279。

朱鶴齡說：「《東坡詩話》：嘗夢子美謂僕：『世人多誤會吾〈八陣圖〉詩，以為先主武矦欲與關羽復仇，故恨不能滅吳，非也。吾意本謂吳、蜀脣齒之國，不當相圖。晉之能取蜀者，以蜀有吞吳之志，以此為恨耳。』……。按史：昭烈敗秭歸，諸葛亮曰：『法孝直若在，必能制主上東行。就使東行，必不傾危。』觀此，則征吳非孔明意也。子美此詩，正謂孔明不能止征吳之舉，致秭歸挫辱，為生平遺恨。東坡之說，殊非。」[21]

二、偽撰故事而錯謬：譬如，〈三絕句〉之三「殿前兵馬雖驍雄，縱暴略與羌渾同。聞道殺人漢水上，婦女多在官軍中」，師古偽造陸璀（或作「陸琟」、「睦璀」、「陸瓘」等等）鎮壓蜀中亂事，師古注說：「時天子命陸璀，以三千神策軍，彈壓蜀中之亂，奈何神策軍橫恣，虜掠婦女，其殘暴更甚於羌渾，百姓怨之。」[22]

然而《舊唐書》、《新唐書》皆無陸璀、陸琟、睦璀、陸瓘等等人名[23]，此人此事恐出於偽撰。

朱鶴齡說：「代宗任用中人，專倚禁軍以平禍亂，而不知其縱暴乃如此，此詩故深刺之也。師古注：時天子命陸瓘，以

21　朱鶴齡：《杜工部詩集》（中），卷十二，頁1086。另外，《錢牧齋先生箋註杜工部集》也曾說：「按：先主征吳敗績，還至魚復，孔明嘆曰：法孝直若在，必能制主上東行，不至傾危矣。公詩意亦如此。世傳子瞻云云，坡無此言，纖兒偽託耳。」（卷十四，頁239）

22　徐居仁編、黃鶴補註：《集千家註分類杜工部詩》（一），卷四，頁377。劉辰翁、高楚芳《集千家註批點補遺杜詩集》（四）作「陸琟」（卷十八，頁1508）；另外，闕名集註《分門集註杜工部詩》（二）作「睦璀」（卷十四，頁1047）；蔡夢弼：《草堂詩箋》（二）作「陸瓘」（卷十九，頁459）。

23　筆者按：《二十四史人名索引》中之〈新舊唐書人名索引〉，並無陸璀、陸琟、睦璀、陸瓘等等之人名。

三千神策軍，彈壓蜀亂。徧考史鑑俱無此事。凡師古所引《唐史拾遺》，皆出偽譔。嚴滄浪已嘗辨之。如公詩『自平中官呂太一』，其事本載正史，師乃云：《唐史拾遺》有呂寧為太一宮使。即此推之，他可知矣。」[24]

又如〈飲中八仙歌〉「知章騎馬似乘船，眼花落井水底眠」兩句，假蘇注杜撰阮咸事，偽蘇注曰「阮咸醉，騎馬敧傾，人皆指而笑曰：箇老子騎馬如乘舡，行波浪中」。[25]

阮咸乃竹林七賢之一，《三國志》說：「《魏氏春秋》曰：（嵇）康寓居河內之山陽縣，與之游者，未嘗見其喜慍之色。與陳留阮籍、河內山濤、河南向秀、籍兄子咸、琅邪王戎、沛人劉伶相與友善，遊於竹林，號為七賢。」[26]正史記載阮咸放達好飲、妙解音律、譏荀勗所造音律與騎驢追婢等事。就放達好飲言，譬如，《晉書》說「諸阮皆飲酒，咸至，宗人間共集，不復用杯觴斟酌，以大盆盛酒，圓坐相向，大酌更飲。時有羣豕來飲其酒，咸直接去其上，便共飲之」[27]；就妙解音律言，譬如，《晉書》說「咸妙解音律，善彈琵琶」[28]；就譏荀勗所造音律言，《晉書》說「荀勗造新鐘律，與古器

24　朱鶴齡：《杜工部詩集》（中），卷十二，頁 1053。
25　王十朋集注：《王狀元集百家注編年杜陵詩史》（上），卷一，頁 95；闕名集註：《分門集註杜工部詩》（二），卷十，頁 761-762；徐居仁編、黃鶴補註：《集千家註分類杜工部詩》（二），卷十五，頁 968。另外，呂祖謙亦曾言：「【騎馬如乘船】晉阮咸醉，騎馬敧傾，時人指而笑曰：箇老子騎馬如乘船行波浪中。故杜公〈飲中八仙歌〉云：『知章騎馬似乘船』，蓋本此也。」（見《杜甫卷》，第三冊，頁 679）
26　《三國志》（三冊），卷二十一，頁 606。另見《晉書》（五冊），列傳第十九，頁 1370。
27　《晉書》（五冊），列傳第十九，頁 1363。
28　《晉書》（五冊），列傳第十九，頁 1363。

諧韵，時人稱其精密。惟散騎侍郎陳留阮咸譏其聲高，聲高則悲，非興國之音，亡國之音」[29]；就騎驢追婢言，《晉書》說：「居母喪，縱情越禮。素幸姑之婢，姑當歸于夫家，初云留婢，既而自從去。時方有客，咸聞之，遽借客馬追婢，既及，與婢累騎而還。」[30] 據此，正史並無阮咸中酒，人笑其騎馬似乘船之事。

　　朱鶴齡說：「按：二語只極狀醉態耳。舊注引阮咸事，乃偽撰故實，此類今皆削之。」[31]

　　三、妄引人名而錯謬：譬如〈卜居〉「浣花流水水西頭，主人為卜林塘幽」兩句，鮑欽止以為「主人」乃當時劍南節度使裴冕，他說：「上元元年，歲次庚子，公年四十九，在成都。劍南節度使裴冕為卜成都西郭浣花溪作草堂，居焉。所謂『主人為卜林塘幽』是也。」[32]

　　杜甫開始經營草堂時，劍南節度使已非裴冕，而為李若幽。裴冕為劍南節度使當在肅宗至德二年（西元757年）平兩

29　《晉書》（二冊），志第六，頁491。另見《晉書》（三冊），志第十二，頁693。又，《宋書》（一冊），志第一，頁219。又，《宋書》（二冊），志第九，頁540。

30　《晉書》（五冊），列傳第十九，頁1362-1363。另見《宋書》（六冊），列傳第二十四，頁1694。此外，尚有「二始」之歎，譬如《宋書》（七冊）說：「領軍將軍謝晦謂延之曰：『昔荀勗忌阮咸，斥為始平郡，今卿又為始安，可謂二始。』」（列傳第三十三，頁1892）此事另見《梁書》（二冊），列傳第二十二，頁414。又有顏延之詠阮咸「屢薦不入官」之事，譬如《宋書》（七冊）列傳第三十三，頁1893。

31　朱鶴齡：《杜工部詩集》（上），卷一，頁134。

32　王十朋集注：《王狀元集百家注編年杜陵詩史》（上），卷一，頁451-452。闕名集註：《分門集註杜工部詩》（二），卷七，頁544。徐居仁編、黃鶴補註：《集千家註分類杜工部詩》（二），卷七，頁504。

京後，《新唐書·裴冕傳》說：

> 兩京平，封冀國公，實封五百戶，出為劍南西川節度
> 使。[33]

《舊唐書·裴冕傳》說：

> 兩京平，以功封冀國公，食實封五百戶。尋加御史大
> 夫、成都尹，充劍南西川節度使。[34]

至乾元三年（西元760年）三月壬申，劍南節度使已為李若幽
（即李國貞），《舊唐書·肅宗本紀》說：

> 三月壬申，以京兆尹李若幽為成都尹、劍南節度使。[35]

　　這年閏四月己卯改乾元為上元[36]。而據杜詩〈寄題江外草
堂〉「經營上元始，斷手寶應年」兩句，杜甫經營草堂實始於
上元元年（西元760年）。詩既有「上元」二字，可知杜甫經
營草堂定在閏四月改元之後。其時劍南節度使已非裴冕，而為
李若幽。

　　鮑欽止認為「主人」乃杜甫經營草堂時的劍南節度使，其
時劍南節度使為裴冕，因此「主人為卜林塘幽」乃指裴冕。然

33　《新唐書》（十五冊），列傳第六十五，頁4645。
34　《舊唐書》（十冊），列傳第六十三，頁3354。
35　《舊唐書》（一冊），本紀第十，頁258。
36　《舊唐書》（一冊），本紀第十，頁259。

而，杜甫經營草堂時的劍南節度使已非裴冕，而為李若幽，因此詩中「主人」非裴冕可知。

朱鶴齡說：「鮑曰：『主人』，裴冕也。……。按史：上元元年三月，李若幽代裴冕為成都尹。此云『主人』，恐只是地主，并非冕也。」[37]

又如，〈嚴氏溪放歌行〉「劍南歲月不可度，邊頭公卿仍獨驕」。王得臣（彥輔）認為杜甫乃是針對郭英乂在成都肆行麤暴，因此有「公卿獨驕」之作[38]。然而，他沒有提出任何證據來支持這個說法。

胡仔較王彥輔更進一步提出具體的依據，來支持「邊頭公卿」乃是嚴武，他說：

> 〈嚴氏溪放歌〉云：「劍南歲月不可度，邊頭公卿仍獨驕。」按：王原叔注云：郭英乂代嚴武鎮蜀，麤暴不能容，甫故有「公卿獨驕」之句。予謂是說殊無所據。質之《唐書》及小說，嚴武卒，郭英乂代之，未幾有崔旰之亂，甫未嘗為英乂幕客，何為不見容？《唐史》云：嚴氏以世舊，待甫甚善，甫嘗醉登武牀，瞪視曰：嚴挺之乃有此兒，武雖暴猛，外若不為忤，中銜之。一日，

37　朱鶴齡：《杜工部詩集》（上），卷七，頁 653。另外，仇兆鰲《杜詩詳註》也曾說：「按：顧注：乾元二年十二月，公至成都。明年，上元元年，卜成都西郭浣花溪以居。公〈題草堂〉詩云『經營上元始』，是也。黃鶴、鮑欽止皆云：劍南節度使裴冕，為公卜成都草堂以居之。此說無據。」（卷九，頁 729）

38　徐居仁編、黃鶴補註《集千家註分類杜工部詩》（三）說：「時郭英乂代嚴武鎮蜀，麤暴不能容，甫故有『公卿獨驕』之作。」（卷二十五，頁 1523）亦可參王十朋集注：《王狀元集百家注編年杜陵詩史》（上），卷十六，頁 557。闕名集註：《分門集註杜工部詩》（三），卷二十五，頁 1681。

欲殺甫，集吏於門。武將出，冠鈎于簾三，左右白其
母，奔救得止。以此知「邊頭公卿仍獨驕」之句，當為
此也。[39]

胡仔乃揉和《舊》、《新唐書》本傳所載嚴武欲殺杜甫
事，而謂「邊頭公卿」乃指嚴武。但是嚴武欲殺杜甫之說，仍
不可信，朱鶴齡引洪邁《容齋續筆》「嚴武不殺杜甫」則，以
見嚴、杜交情之厚。《杜工部詩集》說：

《容齋續筆》：《新唐書·嚴武傳》云：「房琯以故宰
相為巡內刺史，武慢倨不為禮，最厚杜甫，然欲殺甫數
矣。李白〈蜀道難〉，為房與杜危之也。」〈甫傳〉云：
甫嘗醉登武牀，瞪視曰：「嚴挺之乃有此兒！」武銜
之，一日，欲殺甫，冠鈎于簾者三，左右白其母，奔救
得止。《舊史》但云：「甫性褊躁，嘗憑醉登武牀，斥
其父名，武不以為忤。」初無欲殺之說，蓋唐小說所
載，而《新書》以為然。予按太白〈蜀道難〉，本以譏
章仇兼瓊，前人嘗論之矣。子美集中詩，凡為武者幾三
十篇，送還朝曰「江村獨歸處，寂寞養殘生」。喜再鎮
曰「得歸茅屋赴成都，真為文翁再剖符」，此猶武在時
語。至哭歸櫬云「一哀三峽暮，遺後見君情」，及〈八
哀詩〉云「空餘老賓客，身上愧簪纓」。若果有欲殺之
怨，不應眷眷如此。好事者但以武詩有「莫倚善題鸚鵡

---

[39] 胡仔：《漁隱叢話》（一），卷十三，頁 266-267。此中，胡仔誤王
彥輔為王原叔，參陳文華老師：《杜甫傳記唐宋資料考辨》，頁
163。

· 174 ·

賦」之句，故用證前說，引黃祖殺禰衡為喻，殆是痴人
面前不得說夢也，武有以黃祖自比乎！[40]

據此，胡仔所引嚴武欲殺杜甫之舉，殊不足信[41]，因此胡
仔謂「邊頭公卿仍獨驕」當指嚴武，實為誤謬。

錢謙益即曾批評說：「『邊頭公卿』，未知所指。舊注紛
紛，指郭英乂、嚴武，皆說夢耳。」[42]朱鶴齡亦云：「『邊頭
公卿』，未知所指。鮑欽止、王彥輔謂郭英乂；苕溪漁隱謂嚴
武，皆無據。」[43]此乃舊說妄引以當之。

四、顛倒事實而錯謬：首先，就誤前事為後事而言，譬如
〈投贈哥舒開府翰二十韻〉「智謀垂睿想，出入冠諸公」兩句，
舊題為王洙者以為事乃王忠嗣被罪，召哥舒翰入朝[44]，哥舒翰
極救王忠嗣，淚聲俱下，帝寬恕之，朝廷壯其義。王洙之說顯
然是依據《新唐書》而來的。〈哥舒翰傳〉說：

> 會王忠嗣被罪，帝召翰入朝，部將請齎金帛以救忠嗣，
> 翰但齎襆裝，曰：「使吾計從，奚取於是？不行，用此

40　朱鶴齡：《杜工部詩集》（中），卷九，頁785-786。另見洪邁：
　　《容齋隨筆》（上海古籍出版社），頁283-284。此外，黃鶴於〈陪鄭
　　公秋晚北池臨眺〉詩亦云：「公在嚴武幕中，自〈遣悶有作奉呈〉
　　後，如〈詠竹〉、〈泛舟〉、〈觀岷山畫圖〉至〈北池臨眺〉，皆分韻
　　賦詩，其情分稠密如此，而史謂嚴武中頗衡之，不知何所本而云。」
　　（見仇兆鰲《杜詩詳注》，卷十四，頁1178-1179）
41　詳參陳文華老師：《杜甫傳記唐宋資料考辨》，「『嚴武欲殺』說析
　　疑」，頁156-171。
42　錢謙益：《錢牧齋先生箋註杜工部集》，卷五，頁105。
43　朱鶴齡：《杜工部詩集》（中），卷十，頁908。
44　王十朋集注：《王狀元集百家注編年杜陵詩史》（上），卷二，頁
　　125；闕名集註：《分門集註杜工部詩》（二），卷十五，頁1096。

> 足矣。」翰至，帝虛心待，與語，異之，拜鴻臚卿，為隴右節度副大使。翰已謝，即極言忠嗣之枉。帝起入禁中，翰叩頭從帝，且泣。帝寤，為末貸其罪，忠嗣不及誅。朝廷稱其義。[45]

然王洙此說早為趙次公否定[46]。其說不足信的關鍵在於哥舒翰救王忠嗣事在天寶六年（西元747年）冬[47]，此與詩中所載「每惜河湟棄，新兼節制通」時間不合。錢謙益即曾說：

> 〈吐蕃傳〉：湟水出蒙谷，抵龍泉，與河合，河之上流繇洪濟梁西南行二千里，世舉謂西戎地曰河湟。……。睿宗時，楊矩為鄯州都督，奏請黃河九曲之地，以為金城公主湯沐之所。吐蕃既得九曲，頓兵畜牧，又與唐境接近，自是復叛。[48]

錢謙益又云：

> 十二載，進封涼國公，加河西節度使。《通鑑》：十二載，翰擊吐蕃，拔洪濟、大漠門等城，悉收九曲部落。[49]

---

45 《新唐書》（十五冊），列傳第六十，頁4570。

46 《杜詩趙次公先後解輯校》（上）說：「惟其方往謀復河湟而為帝所系想，則入而歸朝，出而建節，其榮耀為諸公之冠矣。明年遂復河湟。事載編年，可考矣。舊注引王忠嗣事，在復河湟之前，非是。」（甲帙卷之三，頁63）

47 《舊唐書》（十冊），列傳第五十四，頁3212。

48 錢謙益：《錢牧齋先生箋註杜工部集》，卷九，頁158。

49 錢謙益：《錢牧齋先生箋註杜工部集》，卷九，頁158。另亦可參《新唐書》（十五冊），列傳第六十，頁4571；《舊唐書》（十冊），

九曲之地歸吐蕃即所謂「河湟棄」。天寶十二年（西元753年），哥舒翰加河西節度使，收復黃河九曲之地即詩所云「新兼節制通」。

王洙誤認前事為後事，因而造成錯謬。朱鶴齡說：「『諸公之冠』也，舊注引王忠嗣被罪，詔翰入朝，帝虛心待之。事在復河湟以前，非是。」[50]

其次，就誤後事為前事而言，譬如〈承沈八丈東美除膳部員外郎阻雨未遂馳賀奉寄此詩〉「詩律羣公問，儒門舊史長」，舊注於「儒門舊史長」下註云：「却言沈東美也，謂之『舊史』，則東美者，史官沈既濟之胄也。」[51]舊注以為沈東美乃謂沈既濟。

沈既濟生卒未詳，《新唐書》僅載沈既濟曾於德宗建中二年（西元781年）諫議時事[52]。但此仍不足以斷定舊注有誤。然尚有另一條線索，《舊唐書》記載：

> （楊）炎為宰相，薦既濟才堪史任，召拜左拾遺、史館修撰。[53]

《新唐書》亦云：

列傳第五十四，頁3213，以及《資治通鑑》（十冊），唐紀三十二，頁6918。

50　朱鶴齡：《杜工部詩集》（上），卷二，頁205。

51　王十朋集注：《王狀元集百家注編年杜陵詩史》（上），卷三，頁155；另見闕名集註：《分門集註杜工部詩》（三），卷二十二，頁1514；另亦可參徐居仁編、黃鶴補註：《集千家註分類杜工部詩》（三），卷二十四，頁1432。

52　《新唐書》（十五冊），列傳第五十七，頁4539。

53　《舊唐書》（十二冊），列傳第九十九，頁4034。

　　　吏部侍郎楊炎雅善之，既執政，薦既濟有良史才，召拜

　　　左拾遺、史館脩撰。[54]

沈既濟入史館修撰乃楊炎任宰相時所薦，而楊炎為相在德宗即
位後的大曆十四年（西元779年）八月甲辰[55]，因此沈既濟入
史館修撰當在大曆十四年八月之後，舊注所謂「史官」也。

　　舊注錯謬的理由在於：沈既濟入史館修撰之時，距杜甫之
死（大曆五年）已久，杜甫如何能預知沈既濟為史館修撰這件
後事呢？因此舊注謂沈既濟此說實不可信。

　　朱鶴齡說：「舊注指沈既濟之胄，大謬。既濟，德宗時
人，《唐書》可考。」[56]

　　又如〈送蔡希魯都尉還隴右因寄高三十五書記〉，原題下
注云：「時哥舒入奏，勒蔡子先歸。」蔡夢弼於「春城赴上都」
下說：「此言希魯隨翰以天寶十一載冬末來朝，至次年春初方
至京城，而翰入奏也。」[57]蔡夢弼以為事乃蔡希魯於天寶十一
年冬隨哥舒翰來朝，十二年春至京城。

　　然而哥舒翰入朝時間並不只一次，《舊唐書》本傳的記載
較《新唐書》清楚，一在天寶六年冬（西元747年），一在天
寶十一年冬（西元752年），另一次本傳僅云「十三載，拜太
子太保，更加實封三百戶，又兼御史大夫。翰好飲酒，頗恣聲

54　《新唐書》（十五冊），列傳第五十七，頁4538。
55　《舊唐書》（二冊）說：「八月甲辰，以門下侍郎、平章事崔祐甫為
　　中書侍郎、平章事，以道州司馬同正楊炎為門下侍郎、平章事。」
　　（本紀第十二，頁323）另外，《舊唐書》（十冊）亦云：「德宗即
　　位，議用宰相，崔祐甫薦炎有文學器用，上亦自聞其名，拜銀青光
　　祿大夫、門下侍郎、同平章事。」（列傳第六十八，頁3419）
56　朱鶴齡：《杜工部詩集》（上），卷二，頁246。
57　蔡夢弼：《草堂詩箋》（一），卷四，頁77。

色。至土門庫，入浴室，邁風疾，絕倒良久乃蘇。因入京，廢疾于家。及安祿山反，上以封常清、高仙芝喪敗，召翰入」[58]。而安祿山反於天寶十四年冬十一月，那麼這一次哥舒翰入朝的時間大約是在天寶十三年至天寶十四年冬以前。

哥舒翰第三次入朝是否有更確切的時間呢？據《資治通鑑》所載，天寶十四年春二月，「隴右、河西節度使哥舒翰入朝，道得風疾，遂留京師，家居不出」[59]。倘若再依詩中「雲幕隨開府，春城赴上都」兩句，則此詩當作於天寶十四年春，而非天寶六年冬與天寶十一年冬。

問題是：蔡夢弼所言「天寶十一年冬末來朝，次年春方至京師」[60]；甚至「天寶六年冬末來朝，次年春始至長安」是否可能呢？這些可能性皆不存在，因為天寶十一年冬與天寶六年冬，哥舒翰皆分別已至京城，非於春天至京，與詩「春城赴上都」不合，《資治通鑑》「天寶十一載十二月」：

> 哥舒翰素與安祿山、安思順不協，上常和解之，使為兄弟。是冬，三人俱入朝，上使高力士宴之於城東。[61]

又《資治通鑑》「天寶六載」：

> 冬，十月，己酉，上幸驪山溫泉，改溫泉宮曰華清宮。

58　《舊唐書》（十冊），列傳第五十四，頁3213。
59　《資治通鑑》（十冊），唐紀三十三，頁6932。
60　《草堂詩箋》（一）卻云「天寶十二載冬，隨翰來朝，明年春赴上都」（頁77），然據《舊唐書》，「天寶十二載冬」應為「天寶十一載冬」之誤。
61　《資治通鑑》（十冊），唐紀三十二，頁6916。

……。上聞哥舒翰名，召見華清宮，與語，悅之。十一月，辛卯，以翰判西平太守，充隴右節度使。[62]

由於天寶六年冬與十一年冬，哥舒翰已分別至京師，非次年春方至京師。因此蔡夢弼之說，亦無可能。

朱鶴齡說：「按史：天寶十四載春，『哥舒翰入朝，道得風疾，遂留京師』。故蔡都尉先歸而公送之。夢弼謂十一載冬隨翰來朝，明年春至京師，誤也。」[63] 蔡夢弼將後事誤為前事，因而產生錯謬。

五、編年錯置而誤謬：譬如〈九日藍田崔氏莊〉與〈崔氏東山草堂〉，舊家或編於「至德元載，公自鄜州赴朝廷，遂陷賊中，在藍田縣所作」[64]，這可能依據《唐書》載王維於天寶末任給事中[65]，晚年又得藍田別墅，其事與「何為西莊王給事」（〈崔氏東山草堂〉）一句略合，因此繫此詩於至德元年（西元756年）。《草堂詩箋》說：「王給事，謂王維也。天寶時，為給事中。」[66]

今據〈崔氏東山草堂〉「何為西莊王給事」，而《舊唐書》載王維為給事中，一次在天寶末，另一次則在乾元中[67]。天寶

62　《資治通鑑》（十冊），唐紀三十二，頁 6877 與 6879。
63　朱鶴齡：《杜工部詩集》（上），卷三，頁 283。另亦可參仇兆鰲：《杜詩詳註》（一），卷三，頁 238。
64　見蔡夢弼《草堂詩箋》（一），卷九，頁 199 以及頁 202。
65　《舊唐書》（十五冊）說：「天寶末，為給事中。」（列傳第一百四十下，頁 5052）另外，《新唐書》（十八冊）則說：「安祿山反，玄宗西狩，維為賊得，以藥下利，陽瘖。祿山素知其才，迎置洛陽，迫為給事中。」（列傳第一百二十七，頁 5765）
66　蔡夢弼：《草堂詩箋》（一），卷九，頁 203。
67　《舊唐書》（十五冊），列傳第一百四十下，頁 5052。

末之說已為黃鶴所否定，詩非作於天寶末的主要理由為：杜甫是年秋天自鄜州赴行在，為賊所得，不應遠至藍田，並且其時兩宮奔竄，四海驚擾，與詩句「興來今日盡君歡」（〈九日藍田崔氏莊〉）不合。因此〈崔氏東山草堂〉當作於乾元年間。

而崔氏於東山之草堂即崔氏於藍田之山莊。今就〈崔氏東山草堂〉言，題目之「東山草堂」當即詩中「愛汝玉山草堂靜」的「玉山草堂」，據此，「東山」亦可稱為「玉山」，朱鶴齡即曾說「東山即玉山」[68]。

「玉山」又稱「藍田山」，以山出美玉故名玉山，其位於藍田縣東，《元和郡縣圖志》說：

> 藍田縣，……。按《周禮》，「玉之美者曰球，其次為藍」，蓋以縣出美玉，故曰藍田。……。藍田山，一名玉山，一名覆車山，在縣東二十八里。[69]

《長安志》亦曾云：

> 藍田山，在縣東南三十里，范子計然曰：玉英出藍田。一名覆車山，郭緣生述征記曰：山形如覆車之象。其山出玉，亦名玉山。[70]

《陝西通志續通志》卷九說：

68　朱鶴齡：《杜工部詩集》（上），卷五，頁 464。
69　李吉甫：《元和郡縣圖志》（上），卷一，頁 15-16。
70　宋敏求：《長安志》，卷十六，頁 219。

> 藍田山，一名玉山，一名覆車山。在縣東南三十里，一
> 名玉山，雍勝略。藍田縣，山出美玉，漢書‧地理志。[71]

另外《陝西志輯要》亦云：「藍田山，在縣東南三十里，一名
玉山，出美玉。」[72] 由於「東山」即「玉山」又名「藍田山」
[73]，故崔氏於東山之草堂應即崔氏於藍田之山莊。兩詩當是乾
元元年（西元758年）六月出為華州司功參軍至藍田作[74]。

朱鶴齡說：「黃曰：此與下〈崔氏東山草堂〉詩，梁權道
諸本編至德元載陷賊中作，魯訔年譜亦然。公是年秋自鄜州赴
行在，為賊所得，不應更能遠至藍田。又其時兩宮奔竄，豈有
『興來盡歡』之理，當是為華州司功，至藍田有此作。華至藍
田八十里耳。更觀後篇云『何為西莊王給事，柴門空閉鎖松
筠』，舊注：時王維為張通儒禁在東京，故歎之。考舊書，維
陷賊以前，尚未有藍田別墅，蓋皆乾元元年華州作也。」[75]

六、錯亂地理而誤謬：譬如〈送韓十四送江東省觀〉「黃
牛峽靜灘聲轉，白馬江寒樹影稀」，或注「江陵縣有白馬洲」
[76]。此當是四川的白馬江，非指江陵之白馬洲，《方輿勝覽》

[71] 沈青崖、吳廷錫等撰：《陝西通志續通志》，雍正十三年、民國二十
三年刊本，見《中國省志彙編》之十五，卷九，頁288。
[72] 王志沂輯：《陝西志輯要》，清道光七年刊本，見《中國方志叢書》
「華北地方」第289號，卷二，頁148。
[73] 邵寶：《刻杜少陵先生詩分類集註》（七），卷二十二，頁3132。
[74] 黃希、黃鶴即將兩詩繫於「乾元元年」作，參見《補注杜詩》，卷十
九，頁361。
[75] 朱鶴齡：《杜工部詩集》（上），卷五，頁462。
[76] 或參王十朋集注：《王狀元集百家注編年杜陵詩史》（上），卷十
四，頁523-524。闕名集註：《分門集註杜工部詩》（三），卷二十
一，頁1493。徐居仁編、黃鶴補註：《集千家註分類杜工部詩》
（三），卷二十三，頁1410。

卷五十二「成都府路崇慶府」說：「白馬江，自晉源縣界入新津縣界。」[77]《明一統志》卷六十七亦云：「在崇慶州東北一十里，源自晉原廢縣，東入新津縣界。」[78]《四川通志》卷二十三「崇慶州」亦云：「在州東十里，自晉康廢縣流來，東入新津縣界。」[79] 又，《蜀中廣記》卷七亦云：「《寰宇記》云：白馬江自晉原縣入新津縣界。即杜甫詩『白馬江寒樹影稀』者。」[80]

朱鶴齡說：「趙曰：白馬江，蜀州江名，今稱亦然，乃韓與公別處，此二句分言地之所在也。按：唐蜀州，今為崇慶州。《一統志》云：白馬江在崇慶州東北十里，源自江源廢縣，東入新津縣界。當從趙注無疑。他注引《九域志》：江陵有白馬洲，非也。」[81]

七、妄添「公自注」而錯謬：朱鶴齡於〈輯註杜工部集凡例〉說：

> 《千家本》「公自注」語，向疑後人附益，考之多王原叔、王彥輔諸家注耳，未可盡信。[82]

妄添「公自注」分為妄添「題下注」與妄添「詩下注」。首先是就妄添「題下注」言，譬如〈贈韋左丞丈濟〉，《集千

77　祝穆：《方輿勝覽》（中），卷五十二，頁929。
78　李賢等：《明一統志》，見《四庫全書》，第473冊，卷六十七，頁417。
79　張晉生等：《四川通志》，見《四庫全書》，第560冊，卷二十三，頁331。
80　曹學佺：《蜀中廣記》，見《四庫全書》，第591冊，卷七，頁88。
81　朱鶴齡：《杜工部詩集》（中），卷八，頁732。
82　朱鶴齡：《杜工部詩集》（上），頁84。

家註批點補遺杜詩集》於題下云：「公自注：濟之兄洹亦為給事中。」[83] 此說出於黃鶴補注，其於「鳳沼接亨衢」句下補注說：「鶴曰：濟之兄洹亦為給事中，故云。」[84]

　　朱鶴齡認為此說有誤，理由是韋濟之兄韋恒此時已死，這是依據詩中「天倫恨莫俱」與「鴒原荒宿草」兩句來斷定，由於韋恒此時已死，故不可能仍「為給事中」，他說：

> 按：濟遷左丞時，其兄恒必已先沒，故有「恨莫俱」、「荒宿草」之句。……。千家本有公自注「濟之兄洹亦為給事中」，此出黃鶴補注，他本無之，其實誤也。[85]

杜詩既云「恨莫俱」「荒宿草」，故杜甫不可能不知道韋恒已死，既知韋恒已死，杜甫即不可能於題下自注「濟之兄洹亦為給事中」，因此題下「公自注」之語乃出於千家本妄添。

　　此外，據《舊唐書》，韋濟於天寶七載（西元 748 年）遷尚書左丞，其兄韋恒轉為給事中時，乃在開元二十九年（西元 741 年）為隴右道河西黜陟使以前，《舊唐書》：

> 恆，開元初為碭山令。……。御史中丞宇文融，即恆之姑子也，嘗密薦恆有經濟之才，請以己之官秩迴授，乃擢拜殿中侍御史。歷度支左司等員外、太常少卿、給事中。二十九年，為隴右道河西黜陟使。[86]

83　劉辰翁批點、高楚芳編：《集千家註批點補遺杜詩集》（一），卷一，頁 120。

84　黃希原注、黃鶴補注：《補注杜詩》，卷十七，頁 325。黃鶴謂韋濟之兄為「韋洹」，實應為「韋恒」，此恐是筆誤。

85　朱鶴齡：《杜工部詩集》（上），卷一，頁 142-143。

換言之，韋濟為尚書左丞乃在天寶七載，其兄韋恒為給事中當在開元年間，官非同時，故千家本與黃鶴所云「濟之兄洄亦為給事中」實有誤。因此題下注之語乃出於注家妄添。

其次是就妄添「詩下注」言，譬如，〈對雪〉「無人竭浮蟻，有待至昏鴉」兩句，舊注於句下云：「公自注：何遜詩：『城陰度墊黑，昏鴉接翅歸。』」[87]

朱鶴齡考察《何記室集》並無此二語，認為此二語恐出於偽託，況且，杜甫〈復愁十二首〉之二即有「昏鴉接翅歸」之語，這豈不是杜甫將古人成句直接入於詩中？因此舊注所云「公自注」乃出於偽託。

朱鶴齡說：「舊本公自注：何遜詩『城陰度墊黑，昏鴉接翅歸』。按：二語今《何記室集》不載，公〈復愁〉詩『釣艇收緡盡，昏鴉接翅歸』。不應直用成句。且昏鴉亦常語，何獨於此釋之，必出後人假託。今流俗本所云『公自注』者，多此類也。」[88]

又如〈贈秘書監江夏李公邕〉「慷慨嗣真作，咨嗟玉山桂」，千家注於「慷慨嗣真作」下云：「公自註『甫有和李太守詩』。」[89]朱鶴齡考訂此註語乃舊注妄添。

朱鶴齡說：「千家注本，此句下有公自注『甫有和李太守詩』，考舊善本俱無之，今削去。」[90]「甫有和李太守詩」諸

86　《舊唐書》（九冊），列傳第三十八，頁2874。
87　王十朋集注：《王狀元集百家注編年杜陵詩史》（上），卷五，頁250。闕名集註：《分門集註杜工部詩》（一），卷一，頁254。徐居仁編、黃鶴補註：《集千家註分類杜工部詩》（二），卷十二，頁824。
88　朱鶴齡：《杜工部詩集》（下），卷二十，頁1742。
89　劉辰翁批點、高楚芳編：《集千家註批點補遺杜詩集》（三），卷十三，頁1087。
90　朱鶴齡：《杜工部詩集》（中），卷十四，頁1232。

字，乃舊本妄添詩下注。

八、傳寫訛誤而錯謬：譬如〈遊龍門奉先寺〉「已從招提遊，更宿招提境」兩句，杜田以為「招提」原是梵言的「拓鬪提奢」，後由於傳寫之誤，將「拓」訛為「招」，又省去「鬪」、「奢」二字，而成「招提」，唐之招提乃四方僧物[91]。

朱鶴齡云：「《僧史》：魏太武始光元年，創造伽藍，立招提之名。《僧輝記》：招提者，梵言拓鬪提奢，唐言四方僧物，但傳筆者訛『拓』為『招』，去『鬪』、『奢』，留『提』字，即今十方住持耳。《唐會要》：官賜額為寺，私造者為招提蘭若。」[92]

又如，〈法鏡寺〉「嬋娟碧鮮淨，蕭摵寒篠聚」兩句，舊注以為碧鮮乃竹之異名，並引《文選》左思〈吳都賦〉「檀欒嬋娟，玉潤碧鮮」為證[93]。朱鶴齡以為「碧鮮」原應是「碧蘚」，舊本訛作「鮮」，否則「嬋娟碧鮮」四字皆以言竹，杜甫恐無此句法，並引〈故秘書少監武功蘇公源明〉「夜字照爇薪，垢衣生碧蘚」為例，說明杜詩中確有「碧蘚」詞例。

朱鶴齡說：「按：『碧鮮』斷是『苔蘚』之『蘚』。公哀蘇源明詩亦云『垢衣生碧蘚』。舊本訛作『鮮』，注家遂引〈吳都賦〉『檀欒嬋娟，玉潤碧鮮』，以為四字皆言竹，恐無此句法。」[94]

91　郭知達：《九家集註杜詩》（一），卷一，頁 30-31。另亦可參黃希原注、黃鶴補注：《補注杜詩》，卷一，頁 44。
92　朱鶴齡：《杜工部詩集》（上），卷一，頁 93-94。
93　王十朋集注：《王狀元集百家注編年杜陵詩史》（上），卷十一，頁427。闕名集註：《分門集註杜工部詩》（二），卷十一，頁 801。徐居仁編、黃鶴補註：《集千家註分類杜工部詩》（一），卷一，頁156。
94　朱鶴齡：《杜工部詩集》（上），卷七，頁 621。對此，施鴻保則持

　　又如〈入奏行贈西山檢察使竇侍御〉「炯如一段清冰出萬壑，置在迎風寒露之玉壺」兩句，朱鶴齡認為「寒露」應作「露寒」，其於「寒露」下云「郭本云一作『露寒』」[95]。露寒乃漢代宮殿之名，不應倒裝為寒露。朱鶴齡之前，趙次公已認為此乃傳寫之誤。趙次公引杜甫〈槐葉冷淘〉「萬里露寒殿，開冰清玉壺」為證，說明「露寒」用字初未嘗倒裝，此乃傳寫之誤[96]。今按：「寒露」應作「露寒」，「露寒」乃館名，譬如《漢書》即作「露寒」：

　　　　甘泉本因秦離宮，既奢泰，而武帝復增通天、高光、迎風。宮外近則洪厓、旁皇、儲胥、弩陆，遠則石關、封巒、枝鵲、露寒、棠梨、師得。[97]

又如《梁書》說：

　　相反意見，《讀杜詩說》卷八：「〈法鏡寺〉云：『嬋娟碧蘚淨，蕭摵寒籜聚。』注引朱說：蘚一作鮮，乃是訛字，斷當作蘚，公哀蘇源明詩：『垢衣生碧蘚』可證；注家有引吳都賦綠潤碧鮮，云當作鮮者，則與下寒籜言竹複矣。今按嬋娟字義，只可言竹，不可言蘚，似仍作鮮為是；碧鮮是竹枝，寒籜是竹枝節間之苞，久而隕聚竹根，義原不複；且作鮮，與淨字尤合，又惟籜隕，則竹愈鮮，與下句亦合也。」（頁76）施、朱見解相異，姑且兩存之。

95　按筆者所見郭本作「炯如一段清冰出萬壑，置在迎風寒露之玉壺」，並於「寒露」下云「一作『寒露』」（《九家集註杜詩》（二），卷十，頁622），筆者所見郭本不應皆言「寒露」，恐傳寫有誤。另有作「寒露」者，譬如王十朋集注：《王狀元集百家注編年杜陵詩史》（上），卷十五，頁532；闕名集註：《分門集註杜工部詩》（二），卷九，頁662；徐居仁編、黃鶴補註：《集千家註分類杜工部詩》（二），卷八，頁569。

96　林繼中輯校：《杜詩趙次公先後解輯校》（上），丙帙卷之五，頁483。

97　《漢書》（十一冊），卷八十七上，頁3534。

偃師南望，無復儲胥、露寒，河陽北臨，或有穹廬氈
帳。[98]

又如《南史》說：

及亂，王為檄，責讀至「偃師南望，無復儲胥、露寒，
河陽北臨，或有穹廬氈帳」。[99]

據此，史書皆作「露寒」，不作「寒露」。另外，《三輔黃圖校
釋》亦云：

甘泉有高光宮，又有林光宮，有長定宮、竹宮、通天
臺、通靈臺。武帝作迎風館於甘泉山，後加露寒、儲胥
二館，皆在雲陽。[100]

此外《長安志》作「露寒觀」，並云：「在雲陽甘泉宮外。」[101]
因此，「露寒」作「寒露」乃傳寫之誤。

朱鶴齡說：「〈西京賦〉：『既新作於迎風，增露寒與儲
胥。』注：皆館名。《漢書》：武帝因秦林光宮，元封二年復
增通天、迎風、儲胥、露寒。《長安志》：在雲陽甘泉宮。趙
曰：露寒，舊本作寒露，蓋傳寫之誤。公〈槐葉冷淘〉詩『萬
里露寒殿，開水清玉壺』，則用字初未嘗倒。」[102]

---

98 《梁書》（一冊），本紀第五，頁123。
99 《南史》（四冊），列傳第三十四，頁1106。
100 何清谷：《三輔黃圖校釋》，卷之二，頁143。
101 宋敏求：《長安志》，卷四，頁45。另外，「露寒館」又稱「露寒
    觀」，詳見《三輔黃圖校釋》，卷之二，頁144。

又如〈鄭典設自施州歸〉「攀援懸根木，登頓入天石」，舊本作「登頓入矢石」[103]，劉辰翁以為暗用李廣射石沒鏃事[104]，然《杜工部集》作「登頓入天石」[105]，朱鶴齡更進一步以〈瞿唐兩崖〉詩「入天猶石色」為證，說明「入天石」乃言參天之石，而非舊本所云「入矢石」，「矢」乃「天」之訛。

朱鶴齡說：「『入天石』，言石勢之參天也。公〈瞿唐〉詩『入天猶石色』可證。舊本訛作『矢』。須溪云暗用李廣射石沒羽事。此喜新之見，箋杜詩正不宜爾。」[106]

又如〈奉贈嚴八閣老〉「扈聖登黃閣，明公獨妙年」。舊本作「黃閣」[107]，胡震亨《唐音癸籤》亦作「黃閣」，他說：「杜贈嚴武詩：『扈聖登黃閣，明公獨妙年。』武時為給事中。王伯厚云：『給事中，屬門下省。開元中改為黃門省，故名黃閣。』此非是。《漢舊儀》：宰相聽事閣曰黃閣。給事分判省事，得借稱黃閣也。詩題稱嚴為閣老。《六典》云：『中書舍人在省，以年深一人為閣老，判本省雜事。給事之在東

102　朱鶴齡：《杜工部詩集》（中），卷八，頁 759。
103　王十朋集注：《王狀元集百家注編年杜陵詩史》（下），卷二十六，頁 881。闕名集註：《分門集註杜工部詩》（三），卷十七，頁 1234。徐居仁編、黃鶴補註：《集千家註分類杜工部詩》（三），卷十九，頁 1165。或參蔡夢弼：《草堂詩箋》（三），卷二十九，頁 729。
104　劉辰翁批點、高楚芳編：《集千家註批點補遺杜詩集》（三），卷十二，頁 1019。李廣中石沒鏃事，參見《史記》（九冊），卷一百九，頁 2871。
105　王洙編次：《杜工部集》，卷七，頁 263。
106　朱鶴齡：《杜工部詩集》（下），卷十八，頁 1523。
107　王十朋集注：《王狀元集百家注編年杜陵詩史》（上），卷六，頁 285。闕名集註：《分門集註杜工部詩》（三），卷十九，頁 1329。徐居仁編、黃鶴補註：《集千家註分類杜工部詩》（三），卷二十一，頁 1248。或參郭知達：《九家集註杜詩》（三），卷十九，頁 1351。蔡夢弼：《草堂詩箋》（一），卷十，頁 251。

省，其判事與中舍對秩，抑又可借稱閣老矣。』」[108] 實則應作「黃閣」，譬如《宋書》即作「黃閣」，並云：

> 三公黃閣，前史無其義。史臣按，《禮記》「士鞞與天子同，公侯大夫則異」。鄭玄注：「士賤，與君同，不嫌也。」夫朱門洞啟，當陽之正色也。三公之與天子，禮秩相亞，故黃其閣，以示謙不敢斥天子，蓋是漢來制也。張超與陳公箋，「拜黃閣將有日月」是也。[109]

又如《陳書》亦曾云：

> 舊制三公黃閣聽事置鴟尾，後主特賜摩訶開黃閣，門施行馬，聽事寢堂竝置鴟尾。[110]

另外，《北史》亦云：

> 嘗詣尚書令李崇，騎馬至其黃閣。[111]

歸納地說，史書作「黃閣」。「黃閣」變「黃閣」，乃訛字相沿。

朱鶴齡說：「按《說文》：『閣』與『閤』異。『閣』，夾室也，以板為之，亦樓觀通名。『閤』，門旁小戶也。漢公

108　《唐音癸籤》，見《明詩話全編》，第七冊，頁 6977-6978。
109　《宋書》（二冊），志第五，頁 412。
110　《陳書》（二冊），列傳第二十五，頁 411。
111　《北書》（四冊），列傳第二十三，頁 1290。

孫弘開東閣以延賢人，蓋避當門，而東向開一小門引賓客，以別於官屬也。漢『三公黃閣』。注：不敢洞開朱門，以別於人主，故黃其閣。又唐門下省以黃塗門，謂黃閣。《唐志》：中書舍人以久次者一人為閣老，此詩云『扈聖登黃閣』，又〈待嚴大夫〉詩云『生理止憑黃閣老』皆作『閣』，非子美誤用，乃訛字相沿耳，當改正。」[112]

　　又如〈奉贈太常張卿垍二十韻〉，舊本作〈奉贈太常張卿均二十韻〉[113]，然史書未嘗言張均曾為「太常卿」，《舊唐書》說：

> 居父憂服闋，均除戶部侍郎，轉兵部。二十六年，坐累貶饒州刺史，以太子左庶子徵，復為戶部侍郎。九載，遷刑部尚書。自以才名當為宰輔，常為李林甫所抑。及林甫卒，依附權臣陳希烈，期於必取。既而楊國忠用事，心頗惡之，罷希烈知政事，引文部侍郎韋見素代之，仍以均為大理卿。均大失望，意常鬱鬱。祿山之亂，受偽命為中書令，掌賊樞衡。李峴、呂諲條流陷賊官，均當大辟；肅宗於說有舊恩，特免死，長流合浦郡。[114]

112　朱鶴齡：《杜工部詩集》（上），卷四，頁378。
113　林繼中輯校：《杜詩趙次公先後解輯校》，甲帙卷之四，頁85。王十朋集注：《王狀元集百家注編年杜陵詩史》（上），卷三，頁157。闕名集註：《分門集註杜工部詩》（三），卷十七，頁1218。徐居仁編、黃鶴補註：《集千家註分類杜工部詩》（三），卷十九，頁1151。或參郭知達：《九家集註杜詩》（三），卷十七，頁1191。
114　《舊唐書》（九冊），列傳第四十七，頁3057-3058。

《新唐書》亦曾云:

> 自太子通事舍人累遷主爵郎中、中書舍人。……。後襲
> 燕國公,累遷兵部侍郎,以累貶饒、蘇二州刺史。久
> 之,復為兵部侍郎。[115]

兩唐書皆未嘗云張均曾為太常卿。嘗為太常卿者乃張均之弟
張垍,《新唐書・張垍傳》說:

> 天寶十三載,祿山入朝,以破奚、契丹功,求平章事,
> 國忠曰:「祿山有軍功,然不識字,與之,恐四夷輕
> 漢。」乃止。及還范陽,詔高力士餞滻坡,力士歸曰:
> 「祿山內鬱鬱,若知欲相而不行者。」帝以語國忠,國
> 忠曰:「所告者必張垍。」帝怒,盡逐其兄弟,以均守
> 建安,而垍為盧溪郡司馬,均自給事中為宜春郡司馬。
> 歲中,還,垍為太常卿。[116]

《舊唐書》本傳也說:

> 天寶十三年正月,……,盡逐張垍兄弟,出均為建安太
> 守,垍為盧溪郡司馬,均為宜春郡司馬。歲中召還,再
> 遷為太常卿。[117]

---

[115] 《新唐書》(十四冊),列傳第五十,頁 4411。
[116] 《新唐書》(十四冊),列傳第五十,頁 4412。
[117] 《舊唐書》(九冊),列傳第四十七,頁 3058。

另外，劉肅《大唐新語》亦曾云：

> 駙馬張垍，以太常卿、翰林院供奉官贊相禮儀，雍容有
> 度。[118]

據此，嘗為太常卿者當為張垍，而非舊本所言的張均。朱鶴齡
認為舊本作張均，乃刀筆訛誤的緣故。

朱鶴齡說：「黃曰：《舊書》：天寶十三載三月，張均由
憲部尚書貶建安太守，還為大理卿。不言均嘗為太常卿也。今
詩乃是與垍。按《舊書・均傳》云：九載，遷刑部尚書，自以
才名當為宰輔。楊國忠用事，罷陳希烈，引韋見素代之，仍以
均為大理卿，均大失望。〈垍傳〉云：十三載，盡逐張垍兄
弟，出均為建安太守，垍為盧溪司馬，歲中召還，再遷為太常
卿。《新書》：均還，授大理卿，垍授太常卿，與《舊書》
合。《通鑑》亦云：至德元載五月，太常卿張垍，薦虢王巨有
勇略。此詩是贈『垍』甚明。舊本都作贈『均』，乃刀筆之訛
耳。」[119]

九、揣測臆說而錯謬：譬如〈遊龍門奉先寺〉「天闚象緯
逼，雲臥衣裳冷」，蔡興宗〈正異〉說：「世傳古本作天闚，
今從之。莊子以管闚天，正用此字。」[120]「天闚」本作「天闚」
此說影響楊慎，楊慎更進一步認為「天闚」實乃是「闚天」的
倒裝，他說：「張表臣《詩話》『據舊本作天闚』，引《史記》
『以管闚天』之語，其見卓矣。余又按《文選》潘岳〈秋興賦〉

118　劉肅：《大唐新語》，卷九，頁145。
119　朱鶴齡：《杜工部詩集》（上），卷二，頁251-252。
120　郭知達：《九家集註杜詩》（一），卷一，頁32。

『闚天文之秘奧』注引陸賈《新語》『楚王作乾谿之臺闚天文』，杜子美，精熟《文選》者也，其用『天闚』字，正本此。況天文即『象緯』也，不但用其字，亦用其義矣。子美復生，必以余為知言。天闚，闚天也；雲臥，臥雲也，此倒字法也。言闚天則星河垂地，臥雲則空翠濕衣，見山中之殊於人境也。」[121] 朱鶴齡認為此為推測料想之說。

「天闕」一詞自古即有，譬如《藝文類聚》說：「山謙之《丹陽記》曰：『太興中，議者皆言漢司徒許彧墓闕可徙施之，王茂弘弗欲，後陪乘出宣陽門，南望牛頭山兩峯曰：天闕也，豈煩改作？』」[122] 而龍門山，即伊闕山，昔大禹鑿疏以通水，伊水出其間，兩山相對，望之若闕，即所謂「天闕」。《水經注》說：

> 伊水又北，入伊闕。昔大禹疏以通水，兩山相對，望之若闕，伊水歷其間，北流，故謂之伊闕矣。[123]

《元和郡縣圖志》亦云：

> 伊闕山，在縣北四十五里。兩山相對，望之若闕，伊水流其閒，故名。[124]

---

[121] 《楊慎詩話》，見《明詩話全編》，第三冊，頁 2640。

[122] 歐陽詢：《藝文類聚》，見《唐代四大類書》（二），卷六十二，「居處部二」，頁 1179。

[123] 酈道元注、楊守敬、熊會貞疏：《水經注疏》（中冊），卷十五，頁 1350。

[124] 李吉甫：《元和郡縣圖志》（上冊），卷五，頁 134。

另外，《肇域志》亦云：

> 伊闕山，在縣西南二十五里、三十里。一名龍門山。昔
> 大禹疏以通水。兩山相對，伊水出其間，望之若闕。[125]

　　朱鶴齡說：「蔡興宗〈正異〉謂：世傳古本作天闕，引莊
子以管闕天為證。皆臆說也。楊慎曰：古字『窺』作『闚』，
『天闚雲臥』，乃倒字法耳。闚天則星辰垂地，臥雲則空翠濕
衣，見山寺高寒，殊於人境也。按：用修之說，蓋主興宗。然
《丹陽記》載王茂弘指牛頭山兩峰為『天闕』，見《文選注》；
禹疏伊水北流，兩山相對，望之若闕，又見《水經注》，皆確
據也。況此本古體詩，何必拘拘偶對耶？」[126]
　　十、偽撰詩文而錯謬：譬如〈已上人茅齋〉「江蓮搖白
羽，天棘蔓青絲」，惠洪於《冷齋夜話》「天棘」則，引王元之
詩來說明「天棘」乃「柳」，他說：「王元之詩曰『水芝臥玉
腕，天棘舞金絲』，則『天棘』，蓋柳也。」[127]朱鶴齡考查王
元之集，並無此二句，認為恐出於偽撰。朱鶴齡說：「《冷齋》
以天棘為柳，既非，又引王元之詩『水芝臥玉腕，天棘舞金
絲』。今元之集，無此二句，殆是偽撰耳。」[128]
　　又如〈飲中八仙歌〉「蘇晉長齋繡佛前，醉中往往愛逃
禪」，舊注說：「蘇晉學浮屠術，嘗得胡僧惠澄繡彌勒佛一
本，晉寶之，嘗曰：『是佛好飲米汁，正與吾性合，吾願事
之，他佛不愛也。』蓋彌勒佛，即今世所謂布袋和尚是也，常

---

[125] 顧炎武：《肇域志》（二冊），「河南河南府」，頁1096。
[126] 朱鶴齡：《杜工部詩集》（上），卷一，頁94。
[127] 《冷齋夜話》，見《宋詩話全編》，第三冊，頁2442。
[128] 朱鶴齡：《杜工部詩集》（上），卷一，頁102。

於市中飲酒食豬首，時人無識之者，故甫有『長齋繡佛前』、『逃禪』之句。」[129]

朱鶴齡考查「米汁」語，未見於佛書，懷疑亦是偽撰，他說：「舊注：蘇晉學浮屠術，嘗得胡僧惠澄繡彌勒佛一本，寶之，曰：是佛好飲『米汁』，願事之，他佛不愛也。按：此事不知何本？『米汁』語，未見佛書，疑亦偽撰。」[130]

十一、杜撰史事而錯謬：譬如〈上韋左相二十韻〉「韋賢初相漢，范叔已歸秦」，舊注以為「范叔已歸秦」乃言韋見素之父韋湊，其「初仕隋後歸唐」[131]。韋湊於唐高宗永淳二年解褐（西元683年），《舊唐書》說：

　　湊，永淳二年，解褐授婺州參軍。[132]

換言之，韋湊於永淳前未嘗為官，亦未仕隋，其初仕在唐，因此舊注有誤。

朱鶴齡之前，錢謙益於《讀杜小箋》〈上韋左相〉即云：「舊注以為喻見素父湊仕隋歸唐。湊以永淳二年釋褐，未嘗仕隋。舊注紕繆，多此類也。」[133]朱鶴齡亦云：「舊注以為喻

129　王十朋集注：《王狀元集百家注編年杜陵詩史》（上），卷一，頁98。闕名集註：《分門集註杜工部詩》（二），卷十，頁765。蔡夢弼：《草堂詩箋》（一），卷二，頁40。另亦可參徐居仁編、黃鶴補註：《集千家註分類杜工部詩》（二），卷十五，頁970。

130　朱鶴齡：《杜工部詩集》（上），卷一，頁135。

131　王十朋集注：《王狀元集百家注編年杜陵詩史》（上），卷三，頁154。闕名集註：《分門集註杜工部詩》（三），卷十七，頁1209。

132　《舊唐書》（十冊），列傳第五十一，頁3141。另亦可參《新唐書》（十四冊），列傳第四十三，頁4264。

133　錢謙益：《初學集》，見《錢牧齋全集》（第三冊），卷一百六，頁2157。

見素父湊仕隋歸唐。湊以永淳二年釋褐，未嘗仕隋。舊注紕繆多此類。」[134]朱鶴齡作「湊」，據史應作「湊」。

又如〈大麥行〉「豈無蜀兵三千人，部領辛苦江山長。安得如鳥有羽翅，託身白雲歸故鄉」等句。舊注說：「時吐蕃入寇，四州之民皆奔竄山谷，腰鎌穫麥，惟羌與胡而已。時杜鴻漸以蜀兵三千遏賊衝突，江山險澁，士卒至有介胄生虫而不得休息者，故云『部領辛苦江山長』。」[135]舊注以為杜鴻漸以蜀兵三千遏羌胡之亂，故詩云「部領辛苦江山長」，然而此說有誤，因為杜鴻漸鎮蜀乃以崔旰亂故。

永泰元年（西元 765 年）閏十月，劍南節度使郭英乂為崔旰所殺，楊子琳等舉兵討旰，蜀中大亂。永泰二年（西元 766年）二月壬子，命杜鴻漸鎮蜀，以平蜀亂。《舊唐書・代宗本紀》說：

> 閏十月，……，劍南節度使郭英乂為其檢校西山兵馬使崔旰所殺，邛州柏茂琳、瀘州楊子琳、劍南李昌巙皆起兵討旰，蜀中亂。……。二月，……，壬子，命黃門侍郎、同平章事杜鴻漸兼成都尹，持節充山南西道、劍南東川等道副元帥，仍充劍南西川節度使，以平郭英乂之亂也。[136]

《舊唐書・杜鴻漸傳》亦云：

---

[134] 朱鶴齡：《杜工部詩集》（上），卷二，頁 258。

[135] 王十朋集注：《王狀元集百家注編年杜陵詩史》（下），卷十九，頁 641。闕名集註：《分門集註杜工部詩》（二），卷十四，頁 1041。另亦可參蔡夢弼：《草堂詩箋》（二），卷二十一，頁 522。

[136] 《舊唐書》（二冊），本紀第十一，頁 280-282。

永泰元年十月，劍南西川兵馬使崔旰殺節度使郭英乂，
據成都，自稱留後。邛州衙將柏貞節、瀘州衙將楊子
琳、劍州衙將李昌巙等興兵討旰，西蜀大亂。明年二
月，命鴻漸以宰相兼充山、劍副元帥、劍南西川節度
使，以平蜀亂。[137]

另外，《資治通鑑》亦曾云：

辛巳，戰于城西，英乂大敗。旰遂入成都，屠英乂家。
英乂單騎奔簡州。普州刺史韓澄殺英乂，送首於旰。邛
州牙將柏茂琳、瀘州牙將楊子琳、劍南牙將李昌巙各舉
兵討旰，蜀中大亂。……。壬子，以杜鴻漸為山南西
道·劍南東·西川副元帥、劍南西川節度使，以平蜀
亂。[138]

杜鴻漸鎮蜀乃因崔旰之亂，而非羌胡為亂。舊注以杜鴻漸鎮蜀
遏羌胡之說有誤。

朱鶴齡說：「師古造為杜鴻漸遏賊之說。考鴻漸鎮蜀，在
永泰元年，其時為亂者，非羌胡也。舊注妄譔故實，後人多為

---

[137] 《舊唐書》（十冊），列傳第五十八，頁3283。另外，《新唐書·代
宗本紀》亦云：「閏月，……辛亥，劍南西山兵馬使崔旰反，寇成
都，節度使郭英乂奔于靈池，普州刺史韓澄殺之。……。大曆元年
二月，吐蕃遣使來朝。壬子，杜鴻漸為山南西道、劍南東西川、邛
南、西山等道副元帥。」（本紀第六，頁172）《新唐書·代宗本紀》
謂「大曆元年二月」，實則應為「永泰二年二月」，據《舊唐書·代
宗本紀》，永泰二年十一月甲子，始改永泰二年為大曆元年（頁
285）；另亦可參《資治通鑑》（十冊），唐紀四十，頁7187與
7190。

[138] 《資治通鑑》（十冊），唐紀四十，頁7187與7190。

所誤，故正之。」[139]杜鴻漸鎮蜀在永泰二年二月，而非永泰元年，朱說略有所誤。

第三節　批評錢箋與注杜原則

一、批評錢箋

朱鶴齡不僅批評舊注的錯謬，也批評當代鉅公錢謙益的杜詩箋注，在這個過程中，朱氏較前人更進一步提出了注杜的原則。他的看法主要是集中在〈與李太史論杜注書〉一文：

> 杜詩注則錯出無倫，未有為之剪截而整齊之者，所以識者不能無深憾也。近人多知其非，新注林立，盡以為子美之真面目在是矣。然好異者失真，繁稱者寡要。如「聊飛燕將書」，乃西京初復，史思明以河北諸州來降，故用「耶城射書」事；今引安祿山降哥舒翰令以書招諸將，諸將復書責之，此於收京何涉也？「豆子雨已熟」，本佛書「譬如春月，下諸豆子，得暖氣色，尋便出土」，偽蘇注以豆子為目睛，既可笑矣！今却云：「贊公來秦州，已見豆熟。」夫「楊枝」用佛書，「豆子」亦必用佛書。若云已見豆熟，乃陸士衡所譏挈瓶屢空者，子美必不然也。「曠原延冥搜」，「曠原」出

139　朱鶴齡：《杜工部詩集》（中），卷九，頁802-803。

《穆天子傳》，今妄益云：「原，崑崙東北腳名。」此出何典乎？「何人為覓鄭瓜州」，「瓜州」見張禮《遊城南記》；今云：「鄭審，大曆中為袁州刺史。」審刺袁州，安知不在子美沒後乎？地理、山川、古蹟，須考原始及《新》、《舊唐書》、《元知郡縣志》；不得已乃引《寰宇記》、《長安志》以及近代書耳。「春風回首仲宣樓」，應據盛弘之《荊州記》甚明；今乃引《方輿勝覽》高季興事，季興，五代人也，季興之仲宣樓，豈即當陽縣仲宣作賦之城樓乎？「白馬江寒樹影稀」，白馬江，地志在蜀州，今崇慶州之白馬江是也。時子美在蜀州送韓十四，故云；今引《寰宇記》王僧達為荊州刑白馬祭江，不亦慎乎？「春城回北斗，郢樹發南枝」，「北斗」用斗柄東而天下皆春，非指長安城為北斗形也。《史記》：楚考王徙都壽春，命曰：郢。壽春，唐鍾離郡，今鳳陽也。時韋氏妹從宦鍾離，故曰「郢樹」，非指江陵之郢也。二句蒙上「郎伯」一聯，彼此分言，正是詩法。「回北斗」、「發南枝」又貼切「元日」；今引柳詩「長在荊門郢樹間」，豈可通乎？注子美詩，須援據子美以前之書。類書必如《類聚》、《初學》、《白帖》、《御覽》、《玉海》等方可引用。今「師子花」、「臥竹根」皆引《天中記》，《天中記》乃近時人所撰爾，況二注皆謬。「炙手可熱」，《兩京新記》可引，《萬迴傳》可引，崔顥詩亦可引；今乃引《唐語林》開成會昌中語，彼豈以開成會昌在子美以前乎？「人生五馬貴」，「五馬」雖無的証，然古樂府「使君從南來，五馬立踟躕」，可証太守五馬，漢時已有之；今却引宋

人《五色線集》「北齊柳伯元事」，此何異流俗、類書所收王羲之為永嘉太守「庭列五馬」乎？以上特略舉其概，他若「黃河十月水」、「三車肯載書」、「危沙折花當」諸解，皆鑿而無取。雖其說假託鉅公以行，然塗鴉續貂，貽誤後學，此不可以無正者也。[140]

朱鶴齡於文中所言幾乎是針對錢箋而發，簡恩定的《清初杜詩學研究》即曾說：「此篇書札中所批評好異者失真，繁稱者寡要之人雖未指名，然而觀其舉例，當是針對錢注杜詩而發。」[141]本文以下就朱鶴齡所舉之例，分而述之：

譬如〈收京三首〉之一「暫屈汾陽駕，聊飛燕將書」兩句，錢謙益說：「《安祿山事蹟》：哥舒翰至雒陽，祿山令以書招李光弼等，諸將報至，皆讓翰不死節，祿山知事不遂，閉翰于苑中而害之，『聊飛燕將書』，蓋指此事。」[142]哥舒翰作書招李光弼等乃在天寶十五年（西元756年）六月[143]。七月肅宗即位於靈武，改元至德。而廣平王始收復西京是在至德二載（西元757年）九月癸卯；廣平王收復東京，乃在十月壬戌[144]。

錢謙益所引皆去年之事，實與〈收京〉無關。故朱鶴齡於〈與李太史論杜注書〉謂「今引安祿山降哥舒翰令以書招諸

140　朱鶴齡：《愚菴小集》，卷十，頁117-118。
141　簡恩定：《清初杜詩學研究》，第二篇第四章，頁142。
142　錢謙益：《錢牧齋先生箋註杜工部集》，卷十，頁175。
143　《舊唐書》（十冊），列傳第五十四，頁3215。另亦可參《資治通鑑》（十冊），唐紀三十四，頁6969。
144　《舊唐書》（一冊），本紀第十，頁247。另亦可參《新唐書》（一冊），本紀第六，頁159。

將，諸將復書責之，此於收京何涉也」[145]。

又如〈別贊上人〉「楊枝晨在手，豆子雨已熟」兩句，錢謙益於「豆子」引趙次公注云：「趙曰：言贊公當春為寺主來秦州，已見豆熟也。〈宿贊公房〉云：『杖錫何來此，秋風已颯然。』正一義。」[146]朱鶴齡認為「楊枝」出自《華嚴・淨行品》「手執楊枝，當願眾生，皆得妙法，究竟清淨」。「楊枝」既出於佛書，「豆子」亦必出自佛書，並引《華嚴疏鈔》曰：「譬如春月，下諸豆子，得煖氣色，尋便出土。」[147]「楊枝」、「豆子」皆出於佛書，故非如錢謙益所言為來秦州見豆熟之景。

又如〈奉同郭給事湯東靈湫作〉「閶風入轍跡，曠原延冥搜」兩句，錢謙益於「曠原」下注曰：「吳若本注：『原，崑崙東北腳名也。』《穆天子傳》：自羣玉之山以西，至於西王母之邦三千里。自西王母之邦，北至於曠原之野，飛鳥之所解其羽，千有九百里。」[148]朱鶴齡認為「曠原」本出於《穆天子傳》，然錢謙益所引吳若本之語，不知出於何典？

又如〈解悶十二首〉之三「今日南湖采薇蕨，何人為覓鄭瓜州」兩句，錢謙益於「鄭瓜」下云「一作『袁』」；並於「袁州」下注云「鄭審，大曆中為袁州刺史。瓜州必袁州之譌

---

[145] 另外，仇兆鰲《杜詩詳註》（一）亦曾說：「按：『燕將書』，錢箋引哥舒翰至洛陽，祿山令以書招李光弼等，此卻是燕將飛書。………。但俱屬去年事，於收京不切。朱注云：自香積寺北之捷，王師振威，賊徒胆落，嚴莊來降，思明納款，河北事勢，折簡可定，故用仲連射書事。此說當從。」（卷五，頁422）

[146] 錢謙益：《錢牧齋先生箋註杜工部集》，卷三，頁82。另亦可參林繼中輯校：《杜詩趙次公先後解輯校》，乙帙卷之九，頁353。

[147] 朱鶴齡：《杜工部詩集》（上），卷六，頁606。

[148] 錢謙益：《錢牧齋先生箋註杜工部集》，卷一，頁55。

也」[149]。錢謙益認為「鄭瓜州」為「鄭袁州」之訛誤，而「鄭袁州」乃鄭審，其於大曆中任袁州刺史。

考《舊唐書》，鄭審任袁州刺史乃乾元中事，非錢謙益所言「大曆中」，《舊唐書》：「鄭絲者，鄭州滎陽人，北齊吏部尚書述五代孫也。……。子審亦善詩詠，乾元中任袁州刺史。」[150] 因此，錢謙益所言「大曆中為袁州刺史」有誤。

又如〈送韓十四江東覲省〉「黃牛峽靜灘聲轉，白馬江寒樹影稀」兩句，錢謙益說：「《寰宇記》：王僧達為荊州刺史，大水江溢堤壞，刑白馬祭江神，酹酒于江，水退堤出。」[151] 白馬江當在唐之蜀州，清之崇慶州。朱鶴齡批評錢箋引《寰宇記》之荊州有誤。

又如〈元日寄韋氏妹〉「近聞韋氏妹，迎在漢鍾離。……。春城迴北斗，郢樹發南枝」諸句，錢謙益認為「北斗」指長安城北之形；並引柳宗元詩「長在荊門郢樹烟」[152]。朱鶴齡認為北斗非指長安之形[153]；而鍾離於春秋屬楚地故稱「郢樹」[154]。且注子美詩，須援據杜甫以前之書，不得已始引杜

---

149 錢謙益：《錢牧齋先生箋註杜工部集》，卷十五，頁 252。

150 《舊唐書》（九冊），列傳第四十五，頁 3017-3018。另外，仇兆鰲《杜詩詳註》（二）亦曾說：「或以大曆中，鄭審嘗任袁州刺史，改作袁州，則生趣索然矣。」（卷十七，頁 1513）

151 錢謙益：《錢牧齋先生箋註杜工部集》，卷十一，頁 201。

152 錢謙益：《錢牧齋先生箋註杜工部集》，卷九，頁 171。另外，柳宗元〈別舍弟宗一〉詩作「長在荊門郢樹烟」而非朱鶴齡所作「長在荊門郢樹間」，參《柳河東集》，見《四庫全書》，第 1076 冊，卷四十二，頁 396-397。

153 朱鶴齡《杜工部詩集》（上）說：「『回北斗』，是用斗柄東而天下皆春。或引《三輔黃圖》：長安城南為南斗形，北為北斗形，未當。」（卷三，頁 321）

154 仇兆鰲《杜詩詳註》（一）亦云：「按：鍾離，春秋時屬楚地，故云『郢樹』。」（卷四，頁 319）此外，《杜詩釋地》「郢」則：「春秋

甫以後之書。

　　錢謙益注杜不引杜甫以前之書者，而為朱鶴齡所批評，譬如〈韋諷錄事宅觀曹將軍畫馬圖〉「昔日太宗拳毛騧，近時郭家獅子花」，錢謙益引《天中記》載杜詩之注，認為「師子花」即九花蚪[155]。另外，〈少年行二首〉之一「傾銀注玉驚人眼，共醉終同臥竹根」，錢謙益引《天中記》：杜詩『共醉終同臥竹根』，《酒譜》云：蓋以竹根為飲器也[156]。竹根豈可謂之飲器，「臥竹根」謂同臥竹根之傍[157]。朱鶴齡認為《天中記》乃近時人所撰，注杜當引杜甫以前之書。

　　又如〈麗人行〉「炙手可熱勢絕倫，慎莫近前丞相嗔」兩句，錢謙益說：《唐語林》云：進士舉人，各樹名甲，開成、會昌中，語曰『鄭楊段薛，炙手可熱』，蓋唐時長安市語如此[158]。朱鶴齡認為「炙手可熱」一語，可引自《兩京記》，亦可引自崔顥詩[159]，今卻引《唐語林》開成、會昌之語，難道認

戰國時楚國的都城，即今湖北荊州市紀南城。西周時楚國先祖鬻熊立國，建都丹陽，……後為秦國攻奪，先後遷都陳（今河南淮陽縣）、壽春（今安徽壽縣），其都城也皆稱郢。……。杜甫在長安，作〈元日寄韋氏妹〉詩寄贈遠嫁鍾離（今安徽鳳陽縣，春秋戰國為吳、楚地）的妹妹，『秦城迴北斗，郢樹發南枝』，即指兄妹天各一方。」（頁 60）《杜詩釋地》「鍾離」則：「縣名。在今安徽鳳陽縣東北。本春秋鍾離子之國，後為吳、楚爭奪不斷，歸屬不定。………。杜甫〈元日寄韋氏妹〉『近聞韋氏妹，迎在漢鍾離。』……。皆指此。」（頁 104）

155　錢謙益：《錢牧齋先生箋註杜工部集》，卷五，頁 103。

156　錢謙益：《錢牧齋先生箋註杜工部集》，卷十一，頁 202。

157　林繼中輯校：《杜詩趙次公先後解輯校》（上）說：「此詩乃少年攜酒器過田家，而田家語少年之所云，故言或傾之於銀，或注之於玉。非不驚人眼也，其與田家自瓦盆中喫酒，而共於一醉，終同臥在竹根之傍耳。……。杜田之說，以竹根為飲器。夫竹根固是酒杯矣，酒杯既空，豈可謂之臥乎？」（丙帙卷之四，頁 473）

158　錢謙益：《錢牧齋先生箋註杜工部集》，卷一，頁 53。

為文宗、武宗在杜甫之前嗎？

又如〈送賈閣老出汝州〉「人生五馬貴，莫受二毛侵」兩句，錢謙益引「宋人《五色線集》：北齊柳元伯，五子同時領郡，時五馬參差于庭，故時人呼太守為五馬」[160]。朱鶴齡認為「古樂府『使君從南來，五馬立踟躕』，可証太守五馬，漢時已有之，今却引宋人《五色線集》北齊柳元伯事」。

另外〈故武衛將軍挽詞三首〉之二「黃河十月冰」、〈酬高使君相贈〉「三車肯載書」，以及〈次晚洲〉「危沙折花當」等句，由於朱鶴齡於〈與李太史論杜注書〉一文中所言過於簡略，無法確切認定或排除乃針對錢謙益，故略而不論。

最後，〈與李太史論杜注書〉一文中仍有非因錢箋而發者，譬如〈將赴荊南寄別李劍州〉「戎馬相逢更何日，春風回首仲宣樓」，錢謙益說：「盛弘之《荊州記》：當陽縣城樓，王仲宣登之而作賦。」[161]對於仲宣樓的位置，朱鶴齡與錢謙益的意見一致，其於〈短歌行贈王郎司直〉「仲宣樓頭春色深，青眼高歌望吾子」，注云：「《荊州記》：當陽縣城樓，王仲宣登之而作賦。《一統志》：仲宣樓，在荊門州，即當陽縣城樓。按：《方輿勝覽》：仲宣樓，在荊州府城東南隅。此乃後梁時高季興所建。或引之，非也。」[162]〈與李太史論杜注書〉亦云：「『春風回首仲宣樓』，應據盛弘之《荊州記》甚明；今乃引《方輿勝覽》高季興事，季興，五代人也，季興之仲宣

---

159 仇兆鰲《杜詩詳註》（一）也説：「崔灝詩：莫言炙手手可熱。《兩京新記》：安樂公主，上之季妹也，附會韋氏，熱可炙手，道路懼焉。」（卷二，頁160）
160 錢謙益：《錢牧齋先生箋註杜工部集》，卷十，頁178。
161 錢謙益：《錢牧齋先生箋註杜工部集》，卷十三，頁220。
162 朱鶴齡：《杜工部詩集》（下），卷十八，頁1595。

樓，豈即當陽縣仲宣作賦之城樓乎？」

　　歸結地說，朱鶴齡〈與李太史論杜注書〉一文，主要是對錢謙益的杜詩箋注進行反省與批評結果。

二、注杜原則

　　朱鶴齡於批評錢箋的過程中，以及在〈輯註杜工部集凡例〉裡，較前人更進一步且明確地提出了注杜的原理原則，此實為朱鶴齡於杜詩箋注與考據中的成就。這可分為兩類：消極原則與積極原則。

　　消極原則有二：

　　一、須避免因搜奇抉奧而以不相干的他名來詮解，所謂「好異者失真，繁稱者寡要」，譬如「聊飛燕將書」、「豆子雨已熟」、「曠原延冥搜」、「何人為覓鄭瓜州」諸解。

　　二、須避免穿鑿附會，譬如「黃河十月冰」、「三車肯載書」與「危沙折花當」等解。朱鶴齡即曾說：「詩中奧僻之句，不敢強解，懼穿鑿也。」[163]

　　積極原則有四：

　　一、凡箋注杜詩，須援據杜甫以前書。類書必如《藝文類聚》、《初學記》、《白氏六帖》、《太平御覽》、《玉海》等等始可引用。譬如「近時郭家獅子花」、「共醉終同臥竹根」、「炙手可熱勢絕倫」、「人生五馬貴」等詩句，皆不可引近時之書以詮解箋注。

　　二、地理、山川、古蹟等等，須考據原始，援引《新》、

163　朱鶴齡：《杜工部詩集》（上），頁86。

《舊唐書》、《元和郡縣志》，不得已始引《太平寰宇記》、《長安志》以及近代地志諸書。譬如「春風回首仲宣樓」、「白馬江寒樹影稀」、「春城回北斗，郢樹發南枝」諸例。人名與事蹟不得已始可援引後代書籍以證之。朱鶴齡即曾說：「注所稱引，必舉子美以前之書，惟地理、人名、事蹟之類，間援後代以證之。」[164]

　　三、徵引故實，須覈驗所出之書，並以最先者為據。朱鶴齡即曾說：「凡徵引故實，倣李善注《文選》體，必覈所出之書，書則以最先為據。」[165]

　　四、引用諸說，必求本自何人、何書。朱鶴齡即曾說：「凡引用諸說，必求本自何人。」[166]不僅須求何人，並須求出之何書。

　　總之，朱鶴齡於〈與李太史論杜注書〉一文中，對錢謙益箋注杜詩進行反省與批評，並且更進一步提出了箋注杜詩的原則。亦即：箋注杜詩須要考據，並且須符合四個積極原則與兩個消極原則。賦予「杜詩箋注須考據」實際的具體內容，使箋注杜詩與考據有了具體的原理原則。

　　最後，朱鶴齡考據舊注錯誤，其具體成果至少有下列數端：首先是糾考舊注偽託古人之誤，舊注於〈春日憶李白〉「白也詩無敵」四句下引王安石之語謂：杜甫將李白比於庾信、鮑照、陰鏗。朱鶴齡糾斥此說定出於偽託；舊注於〈八陣圖〉「江流石不轉」兩句下引蘇軾語並謂：蜀有征吳之志致晉

164　朱鶴齡：《杜工部詩集》（上），頁87。
165　朱鶴齡：《杜工部詩集》（上），頁85。
166　朱鶴齡：《杜工部詩集》（上），頁86。

能取蜀，故以此為恨。朱鶴齡據史考訂此說有誤。

其次是考訂舊注偽撰故事之誤，舊注於〈三絕句〉之三謂陸瓘鎮蜀中之亂。朱鶴齡考訂此說出於偽撰；舊注於〈飲中八仙歌〉「知章騎馬似乘船」兩句下謂：阮咸醉，騎馬似乘船。朱鶴齡糾斥此說亦出於偽撰。

第三是考訂妄引人名之誤，舊注謂〈卜居〉詩中之主人乃指裴冕。朱鶴齡糾斥此說乃誤。

第四是考訂顛倒事實之誤，舊注謂〈承沈八丈東美除膳部員外郎阻雨未遂馳賀奉寄此詩〉中之「沈八丈東美」乃指「沈既濟之胄」。朱鶴齡考訂此說有誤，因沈既濟為德宗時之人；舊注於〈送蔡希魯都尉還隴右因寄高三十五書記〉詩中謂：言蔡希魯隨哥舒翰於天寶十一載冬末來朝，次年春方至京師。朱鶴齡考訂此說有誤，當是天寶十四年春，哥舒翰入朝，蔡希魯先歸而作。

第五是考訂妄添公自注之誤，舊注於〈贈韋左丞丈濟〉題下云「公自注：濟之兄洹亦為給事中」。朱鶴齡考訂此乃舊注妄添，因為韋濟之兄韋恆當時已沒；舊注於〈對雪〉「無人竭浮蟻，有待至昏鴉」兩句句下云「公自注：何遜詩『城陰度塹黑，昏鴉接翅歸』」，朱鶴齡考訂此亦出於後人假託，因《何記室集》並無此語；舊注於〈贈秘書監江夏李公邕〉「慷慨嗣真作，咨嗟玉山桂」下云「公自註『甫有和李太守詩』」。朱鶴齡考舊善本並無此語，此乃出於妄添。

第六是考訂傳寫之誤，舊注於〈鄭典設自施州歸〉作「攀援懸根木，登頓入矢石」。朱鶴齡舉杜詩為證，認為當作「登頓入天石」；舊注於〈奉贈嚴八閣老〉作「扈聖登黃閣，明公獨妙年」。朱鶴齡考訂當作「黃閣」；舊本作〈奉贈太常張卿

均二十韻〉。朱鶴齡據史考訂嘗為太常卿者為張垍，非張卿，故詩當作〈奉贈太常張卿垍二十韻〉。

第七是考訂杜撰史事之誤，舊注於〈大麥行〉「豈無蜀兵三千人，部領辛苦江山長」等句下謂：杜鴻漸以蜀兵遏賊。朱鶴齡考訂此說亦出於偽撰。

第七章

仇 兆 鰲

　　仇兆鰲，字滄柱，號知幾子，鄞縣人，著有《杜少陵集詳注》，一名《杜詩詳注》。

　　仇注於杜詩學中有集大成之稱，書中辯駁新說之穿鑿附會，《杜詩詳注・原序》說：「臣於是集，矻矻窮年，先挈領提綱，以疏其脈絡，復廣搜博徵，以討其典故。汰舊註之楦釀叢脞，辯新說之穿鑿支離。夫亦據孔孟之論詩者以解杜，而非敢憑臆見為揣測也。」[1]仇兆鰲並刊正杜詩之字畫差訛，亦獲致若干考證成果。

第一節　糾考舊注偽造故事之誤

　　首先是偽蘇注，譬如〈飲中八仙歌〉「知章騎馬似乘船，眼花落井水底眠」兩句，舊注引蘇軾之語，謂：「王祥醉憑肩

---

[1]　仇兆鰲：《杜詩詳註》（一），頁2。另外，簡明勇亦認為「注釋考證」為仇氏之研究成果之一，《杜甫詩研究》「仇兆鰲」「研究成果」下說：「注釋考證、援引舊注資料特為豐富，幾盡康熙一代及以前一切注家。」（三—56）

輿頭不舉，歸其親戲之曰：『子眼花在井底，身在水中，睡亦不醒耶？』」[2]

王祥以臥冰求魚聞於世，以淳誠貞粹見重於時，《三國志》曰：

> 孫盛《雜語》曰：祥字休徵。性至孝，後母苛虐，每欲危害祥，祥色養無怠。盛寒之月，後母曰：「吾思食生魚。」祥脫衣，將剖冰求之，少頃，堅冰解，下有魚躍出，因奉以供，時人以為孝感之所致也。供養三十餘年，母終乃仕，以淳誠貞粹見重於時。[3]

另外《晉書》亦云：

> 祥性至孝。早喪親，繼母朱氏不慈，數譖之，由是失愛於父。每使掃除牛下，祥愈恭謹。父母有疾，衣不解帶，湯藥必親嘗。母常欲生魚，時天寒冰凍，祥解衣將剖冰求之，冰忽自解，雙鯉躍出，持之而歸。母又思黃雀炙，復有黃雀數十飛入其幬，復以供母。鄉里驚歎，以為孝感所致焉。有丹柰結實，母命守之，每風雨，祥輒抱樹而泣。其篤孝純至如此。[4]

2　王十朋集註：《王狀元集百家注編年杜陵詩史》（上），卷一，頁
　　95。闕名集註：《分門集註杜工部詩》（二），卷十，頁762。徐居
　　仁編、黃鶴補註：《集千家註分類杜工部詩》（二），卷十五，頁
　　968。邵寶：《刻杜少陵先生詩分類集註》（五），卷十三，頁
　　2043。
3　《三國志》（二），卷十八，頁541。
4　《晉書》（四），卷三十三，頁987。

《三國志》與《晉書》對王祥事蹟的記載，頗具小說色彩，然皆不載王祥「醉憑肩輿，其親戲之」事，未知舊引出自何典？

仇兆鰲對此評曰：「此條偽蘇所引阮咸、王祥事，俱係妄撰，今削去。」[5]

又如「汝陽三斗始朝天，道逢麴車口流涎，恨不移封向酒泉」三句，舊注有二誤，首先「汝陽三斗始朝天」，偽蘇注曰：「北齊王詢好飲，帝一日召詢，曰：『待此三斗盡，方去見帝。』帝聞笑之。」[6]然史書並無此事[7]。

其次「道逢麴車口流涎，恨不移封向酒泉」兩句，偽蘇注曰：「郭弘漢帝甚寵顧，一日見帝，帝曰：『欲封卿，郡邑何地好？』弘好飲，對曰：『若封酒泉郡，實出望外。』帝笑。後日果封酒泉郡王，見郭弘碑。」[8]郭弘習於法律，其事略載於《後漢書》，《後漢書》曰：

> 郭躬字仲孫，潁川陽翟人也。家世衣冠。父弘，習《小杜律》。太守寇恂以弘為決曹掾，斷獄至三十年，用法平。諸為弘所決者，退無怨情，郡內比之東海于公。年

5　仇兆鰲：《杜詩詳註》（一），卷二，頁82。舊引阮咸中酒、騎馬似乘船，事屬妄撰，朱鶴齡於《杜工部詩集》已詳辯，此不再言。
6　王十朋集注：《王狀元集百家注編年杜陵詩史》（上），卷一，頁96。闕名集註：《分門集註杜工部詩》（二），卷十，頁762。徐居仁編、黃鶴補註：《集千家註分類杜工部詩》（二），卷十五，頁968。
7　筆者按：《二十四史人名索引》中之〈北朝四史人名索引〉，並無稱王詢者。
8　王十朋集注：《王狀元集百家注編年杜陵詩史》（上），卷一，頁96。闕名集註：《分門集註杜工部詩》（二），卷十，頁762。徐居仁編、黃鶴補註：《集千家註分類杜工部詩》（二），卷十五，頁968。

九十五卒。……。郭氏自弘後，數世皆傳法律，子孫至
公者一人，廷尉七人，侯者三人，刺史、二千石、侍
中、中郎將者二十餘人，侍御史、正、監、平者甚眾。[9]

然史書未言其封於酒泉事，此事亦出於偽撰。仇兆鰲說：「此
條偽蘇注所引北齊王詢及漢郭弘事，亦係妄撰。」[10]

又如〈玄都壇歌寄元逸人〉，其「子規夜啼山竹裂，王母
晝下雲旗翻」兩句，偽蘇注曰：「竇誼居蜀之津源，放浪不
羈，月夜子規啼庭竹，誼曰：『當山竹裂，吾可歸峩峯。是夕
竹裂，黎明命駕，遁于峩峯。武帝三徵不起。」[11]然《宋史》
以前史書並無此人此事[12]。

仇兆鰲說：「偽蘇注引竇誼居蜀之津源，子規啼而庭竹
裂，出於妄撰。」[13]

又如〈戲題寄上漢中王三首〉之一「忍斷杯中物，祇看座
右銘」兩句，偽蘇注曰：「吳術好飲酒，因醉詬權貴，遂誡
飲。阮宣命飲，術曰：『近斷飲。』宣以掌歐其背，曰：『看
看老逼，癡漢忍斷杯中物耶？』抑而飲之。」[14]然《宋史》以

9　《後漢書》（六），卷四十六，頁 1543 與 1546。
10　仇兆鰲：《杜詩詳註》（一），卷二，頁 82。
11　王十朋集注：《王狀元集百家注編年杜陵詩史》（上），卷三，頁
　　183。闕名集註：《分門集註杜工部詩》（二），卷八，頁 598。徐居
　　仁編、黃鶴補註：《集千家註分類杜工部詩》（二），卷九，頁
　　627。
12　筆者按：《二十四史人名索引》中《宋史》前史書，並無稱竇誼
　　者。
13　仇兆鰲：《杜詩詳註》（一），卷二，頁 136。
14　王十朋集注：《王狀元集百家注編年杜陵詩史》（下），卷二十，頁
　　666。闕名集註：《分門集註杜工部詩》（二），卷九，頁 652。徐居
　　仁編、黃鶴補註：《集千家註分類杜工部詩》（二），卷八，頁

前史書俱無吳術（或作「吳衍」）與阮宣間事。仇兆鰲對此說：「偽蘇注引吳衍事，乃妄撰者。」[15]

又如〈阻雨不得歸瀼西甘林〉「令兒快搔背，脫我頭上簪」兩句，偽蘇注曰：「袁安臥，負暄頹簷，頗覺和暢，四肢舒展，令兒搔背，甚快人意。」[16]袁安字邵公，漢朝汝南汝陽人，其事主要是見於《後漢書》，本傳見於〈袁張韓周列傳〉，庾信〈哀江南賦〉亦曾曰：「袁安之每念王室，自然流涕。」[17]然史書並無言及袁安喜晴，令兒搔背事。此亦出於偽撰。仇兆鰲說：「偽蘇注引袁安晴喜搔背，初無此事。」[18]

又如〈季秋蘇五弟纓江樓夜宴崔十三評事韋少府姪三首〉之一「星落黃姑渚，秋辭白帝城」兩句，偽蘇注曰：「蜀記黃惠女下巫峽，聞兒亡乃悲泣累日而止於水湄，世號其地曰黃姑渚。」[19]對此，仇兆鰲說：「偽蘇注所引忠州黃惠女事，本屬

560。邵寶：《刻杜少陵先生詩分類集註》（七），卷二十一，頁
　　2984。另外，呂祖謙亦曾云：「【忍斷杯中物】晉吳術好飲，因醉
　　詬權貴，遂戒飲。阮宣一日命術飲，術辭以斷飲。宣以掌毆其背
　　曰：看看老逼，癡漢忍斷杯中物耶！抑而飲之。故杜公有『忍斷杯
　　中物』之句，全用此也。」（見《杜甫卷》，第三冊，頁679）

15　仇兆鰲：《杜詩詳註》（二），卷十一，頁938。

16　王十朋集注：《王狀元集百家注編年杜陵詩史》（下），卷二十六，
　　頁883。闕名集註：《分門集註杜工部詩》（二），卷十，頁719。
　　徐居仁編、黃鶴補註：《集千家註分類杜工部詩》（二），卷十五，
　　頁928。邵寶：《刻杜少陵先生詩分類集註》（三），卷六，頁
　　1107。

17　《周書》（三），卷四十一，頁734。此事亦可參《後漢書》（六），
　　卷四十五，頁1522。

18　仇兆鰲：《杜詩詳註》（三），卷十九，頁1661。

19　王十朋集注：《王狀元集百家注編年杜陵詩史》（下），卷二十八，
　　頁953。闕名集註：《分門集註杜工部詩》（二），卷十，頁778。
　　徐居仁編、黃鶴補註：《集千家註分類杜工部詩》（二），卷十五，
　　頁983。

妄撰。」[20]

　　偽蘇注大抵是藉由杜甫詩句而增設首尾，附會前人之事，杜撰故事，託為古人，所形成的錯誤，仇兆鰲於〈飲中八仙歌〉詩尾評曰：「舊刻《分類千家注》多載偽蘇注，大概以杜句為主，添設首尾，假託古人，初無其事。」[21]

　　其次是舊題為王洙者，譬如〈曲江二首〉其二，「酒債尋常行處有，人生七十古來稀」兩句，舊引：「（王）洙曰：孫濟，權之叔也。嗜酒不治產業，善嘯。日常醉，欠人酒縑，人皆笑之，濟怡然自若，謂人曰：『尋常行坐處，欠人酒債，欲貨此縕袍償之。』」[22] 此則亦曾為黃溥《詩學權輿》所抄錄，《詩學權輿》說：「『朝回日日典春衣，每日江頭盡醉歸。酒債尋常行處有，人生七十古來稀。穿花蛺蝶深深見，點水蜻蜓款款飛。傳語風光共流傳，暫時相賞莫相違。』孫濟，權之叔也，嗜酒，不治產業，常醉欠人酒縑，人皆笑之，濟怡然自若，謂人曰：『尋常行坐處，欠人酒債，欲質此縕袍償之。』」[23]

　　然《三國志》並無此人此事之相關記載[24]。仇兆鰲說：

20　仇兆鰲：《杜詩詳註》（三），卷二十，頁1776。
21　仇兆鰲：《杜詩詳註》（一），卷二，頁85。
22　王十朋集注：《王狀元集百家注編年杜陵詩史》（上），卷七，頁316。闕名集註：《分門集註杜工部詩》（一），卷三，頁338-339。徐居仁編、黃鶴補註：《集千家註分類杜工部詩》（二），卷十一，頁739。另外，呂祖謙亦曾云：「【典衣償酒債】吳孫權之叔濟嗜酒，不治產業，嘗醉欠人酒縑，人皆笑之，濟怡然自若，謂曰：尋常行坐處，欠人酒債，欲貨此縕袍以償耳。故古詩云：『典盡春衣無可奈，尋常行處欠人錢。』杜公亦有『酒債尋常行處有』之句。」（見《杜甫卷》，第三冊，頁679）
23　《詩學權輿》，見《明詩話全編》，第二冊，頁1200-1201。
24　筆者按：《二十四史人名索引》中之〈三國志人名索引〉，並無稱孫濟者。

「舊注：孫權之叔濟，嗜酒不治產業，嘗曰：『尋常行坐處，欠人酒債，欲質此緼袍償之。』考《吳志》初無此事。」[25]

最後，〈送孔巢父謝病歸游江東兼呈李白〉末二句為「南尋禹穴見李白，道甫問訊今何如」。其「南尋禹穴見李白」或作「若逢李白騎鯨魚」。此即李白騎鯨魚之傳言，而此傳言亦用於詩，譬如宋、梅堯臣〈寄潘歙州伯恭〉即云：

　　醉來欲學李白騎鯨魚，又思阮籍跨蹇驢。[26]

又如宋、方岳〈和三四弟韻〉亦云：

　　不知狂李白，醉面騎長鯨。[27]

　　然李白騎長鯨之說終不可信，此乃現實之不可能。仇兆鰲於「南尋禹穴見李白」下云：「一作若逢李白騎鯨魚，非。」[28]又云：「南尋句，一作『若逢李白騎鯨魚』。按：騎鯨魚，出〈羽獵賦〉。俗傳太白醉騎鯨魚，溺死潯陽，皆緣此句而附會之耳。」[29]

25　仇兆鰲：《杜詩詳註》（一），卷六，頁 448。
26　梅堯臣：《宛陵集》，見《四庫全書》，第 1099 冊，卷三十五，頁 262。
27　方岳：《秋崖集》，見《四庫全書》，第 1182 冊，卷十二，頁 259。
28　仇兆鰲：《杜詩詳註》（一），卷一，頁 56。
29　仇兆鰲：《杜詩詳註》（一），卷一，頁 57。

第二節　糾考舊注史事之誤

　　首先是誤前事為後事，譬如〈潼關吏〉，錢謙益認為潼關始立於唐代，其於「士卒何草草，築城潼關道」注引程大昌《雍錄》云：「潼關，在華州華陰縣東北，『關西一里有潼水，因以為名』。哥舒翰軍敗，引騎絕河還營，至潼津收散卒，即關西之潼水也。〈西征賦〉曰『遡黃巷以濟潼』。至唐始于其地立關耳。」[30] 然此說有誤。

　　漢獻帝建安十六年，馬超即曾屯潼關抗曹操，《三國志》云：

> 十六年，……，公使淵等出河東與繇會。是時關中諸將疑繇欲自襲，馬超遂與韓遂、楊秋、李堪、成宜等叛。遣曹仁討之。超等屯潼關，公敕諸將：「關西兵精悍，堅壁勿與戰。」秋七月，公西征與超等夾關而軍。[31]

潼關之名始見於馬超守潼關以抗曹，是時已有關[32]，《元和郡

30　錢謙益：《錢牧齋先生箋註杜工部集》，卷二，頁 74。另亦可參程
　　大昌：《雍錄》，卷六，頁 113。
31　《三國志》（一），卷一，頁 34。
32　顧祖禹：《讀史方輿記要》（五）卷五十二說：「武帝元鼎三年從楊
　　僕言，徙故關於新安東界，以故關為弘農關，東徙蓋三百里，謂之
　　新關。今見河南新安縣。……建安十六年曹操破馬超於潼關，潼
　　關之名始見於此。是時關已在華陰，蓋中間所更置，而史不之載
　　也。」（頁 2488-2489）據此，「潼關」之名始見於《三國志》載馬
　　超守潼關。

縣圖志》云：

> 潼關，在（華陰）縣東北三十九里，古桃林塞也。春秋
> 時晉侯使詹嘉處瑕以守桃林之塞是也。關西一里有潼
> 水，因以名關。又云河在關內，南流衝激關山，因謂之
> 「衝關」。謹按：秦函谷關在漢弘農縣，即今靈寶縣西南
> 十一里故關是也。今大路在北，本非鈐束之要。漢武帝
> 元鼎三年，楊僕為樓船將軍，本宜陽人，恥居關外，上
> 疏請以家僮七百人徙關於新安，武帝從之，即今新安縣
> 東一里函谷故關是也。而郵傳所馳，出於南路，至後漢
> 獻帝初平二年，董卓脅帝西幸長安，出函谷關，自此已
> 前，其關並在新安。其後二十年，至建安十六年，曹公
> 破馬超於潼關，則是中間徙於今所。[33]

另外，《通典》亦曾云：

> 華陰，……。有潼關，《左傳》所謂桃林塞也。本名衝
> 關，河自龍門南流，衝激華山東，故以為名。按：秦函
> 谷關在漢弘農郡弘農縣，即今陝郡靈寶縣界。漢武帝元
> 鼎三年，徙於新安縣界。至後漢獻帝初平二年，董卓脅
> 帝西幸，出函谷關。自此以前，其關並在新安。其後二
> 十年，至建安十六年，曹公破馬超於潼關，即是中間徙
> 於今所。國之巨防，不為細事，史官闕載，斯亦失之。[34]

33　李吉甫：《元和郡縣圖志》（上），卷二，頁35。
34　杜佑：《通典》（四），卷一百七十三，頁4513。另外，顧炎武《肇
　　域志》（三）「陝西西安府」亦云：「潼關衛，秦立函谷關，漢武帝

秦函谷關在漢弘農郡弘農縣。漢武帝元鼎三年徙關於新安。後漢獻帝初平二年，董卓脅帝西幸，出函谷關。自此以前，其關在新安。後又更徙置潼關，乃馬超所守者。錢謙益認為潼關至唐始於其地立關，此誤前事為後事也。

仇兆鰲說：「閻若璩曰：《通典》：潼關，即左氏桃林塞，若秦之函谷關，其地在漢弘農郡弘農縣，即今陝西靈寶縣界。武帝元鼎三年，徙于新安縣界。獻帝時，曹操破馬超於潼關，乃移置者。舊謂唐始於其地立關，非也。」[35]

又如〈客夜〉「計拙無衣食，途窮仗友生」兩句，張潛謂「『友生』指高適言」[36]，張潛將「友生」明指高適，這可能是依據《舊唐書》杜甫本傳來詮釋作品，《舊唐書》說：「永泰元年夏，武卒，甫無所依。及郭英乂代武鎮成都，英乂武人粗暴，無能刺謁，乃遊東蜀依高適。」[37]倘若舊注依《唐書》本傳來詮釋〈客夜〉，則流於錯謬，因為《舊唐書》杜甫本傳這一段記載有誤：高適卒於永泰元年（西年765年）正月，《舊唐書·高適傳》說：

永泰元年正月卒，贈禮部尚書，諡曰忠。[38]

嚴武卒於永泰元年四月，《舊唐書·嚴武傳》說：

時徙關於新安，以後廢函谷，守潼關。今潼關東去百二十里，為函谷地。建安十六年，曹操破馬超於潼關。時關已改設，不復守函谷矣。」（頁1352）
35　仇兆鰲：《杜詩詳註》（一），卷七，頁527。
36　張潛評註：《讀書堂杜詩集註解》（三），卷九，頁940。
37　《舊唐書》（十五冊），卷一百九十下，頁5055。
38　《舊唐書》（十冊），卷一百一十一，頁3331。

永泰元年四月，以疾終，時年四十。³⁹

《資治通鑑》「永泰元年夏四月」云：

辛卯，劍南節度使嚴武薨。⁴⁰

另外，《舊唐書·代宗本紀》亦云：

永泰元年春正月，……，乙卯，左散騎常侍高適卒。……
……。夏四月，……，庚寅，劍南節度使、檢校吏部尚書
嚴武卒。⁴¹

據此，高適實卒於嚴武之前，也因此，《舊唐書》杜甫本
傳謂：永泰元年夏，嚴武卒，杜甫無所依，「遊東蜀依高
適」，即不可信，因為高適既卒於嚴武之前，杜甫又何能於嚴
武死後往依高適？簡言之，倘若舊注欲依上述舊書杜甫本傳來
詮釋「仗友生」之句，則「遊東蜀依高適」之說，即流於誤前
事為後事之錯謬。然而無論如何，《舊唐書》本傳所載「遊東
蜀依高適」說實有誤。

仇兆鰲：「『衣食』『仗友生』，舊謂：依東蜀高適者，
非。」⁴²

其次是誤後事為前事，譬如〈後出塞五首〉，舊注以為是

39　《舊唐書》（十冊），卷一百一十七，頁3396。
40　《資治通鑑》（十冊），唐紀三十九，頁7174。
41　《舊唐書》（二冊），卷十一，頁277-279。
42　仇兆鰲：《杜詩詳註》（二），卷十一，頁932。

天寶十四年三月壬午所作，鮑欽止說：「天寶十四年乙未三月
壬午，安祿山及契丹戰於潢水，敗之。故有〈後出塞五首〉，
為出兵赴漁陽也。」[43]

今據末章「坐見幽州騎，長驅河洛昏。中夜間道歸，故里
但空村」四句，其言：因見幽州之騎，長驅入京，故中夜間道
逃歸，卻見故里蕭瑟[44]。此時安祿山已反。而《舊唐書·玄宗
本紀》「天寶十四載」云：

> （十一月）丙寅，范陽節度使安祿山率蕃、漢之兵十餘
> 萬，自幽州南向詣闕，以誅楊國忠為名。[45]

另外，《安祿山事蹟》亦云：

> （天寶十四年）十一月九日，祿山起兵反，以同羅、契
> 丹、室韋曳落河，兼范陽、平盧、河東、幽、薊之眾，
> 號為父子軍，馬步相兼十萬，鼓行而西，以誅楊國忠為
> 名。[46]

據此，〈後出塞五首〉之五其創作時間，最早也不會早於

---

[43] 王十朋集注：《王狀元集百家注編年杜陵詩史》（上），卷三，頁
179。闕名集註：《分門集註杜工部詩》（二），卷十五，頁1080。
徐居仁編、黃鶴補註：《集千家註分類杜工部詩》（一），卷五，頁
410。另外，鮑欽止之說主要是依據《新唐書》，《新唐書》（一）
卷五說：「十四載三月壬午，安祿山及契丹戰于潢水，敗之。」（頁
150）

[44] 亦可參吳見思：《杜詩論文》（二），卷十三，頁644。

[45] 《舊唐書》（一），卷九，頁230。

[46] 姚汝能：《安祿山事蹟》，卷中，頁7。

天寶十四年十一月安祿山舉兵之時。鮑欽止以〈後出塞五首〉作於天寶十四載三月，就第五首言，鮑氏實誤後事為前事。

仇兆鰲說：「鮑欽止曰：天寶十四載三月壬午，安祿山及奚契丹戰於潢水，敗之。故有〈後出塞五首〉，為出兵赴漁陽也。今按末章，是說祿山舉兵犯順後事，當是天寶十四載冬作。」[47]

又如〈病柏〉，舊注以為此詩乃杜甫往依郭英乂，而郭英乂為崔旰所殺時作。

師氏曰：「此詩寓意傷郭英乂也。英乂鎮成都，為人端直，蜀人重之，不幸為崔旰所殺，其諸孤哀泣，若無所訴，故有『丹鳳領九雛，哀鳴翔其外』之句。『鴟鴞』，惡鳥，喻崔旰。崔旰既害英乂，竊據成都，故有『鴟鴞志意滿，養子穿穴內』之句。然正直之人，神明祐之，父老敬之，今反罹其禍，豈非『歲寒無憑』乎？『客』，甫自稱，英乂在蜀，甫為客，以依之，今既遇害，是以為之吁怪。細思天理，天理茫，亦不足倚賴，蓋嘆禍淫福善之理，若乖戾不可考信故也。」[48]

舊注之誤至少有二：首先，舊注認為：杜甫乃藉由〈病柏〉詩寄意以傷郭英乂，理由是「英乂鎮成都，為人端直，蜀人重之，不幸為崔旰所殺」。然而這個前提與史實不符，事實上，蜀人頗怨郭英乂，《舊唐書·郭英乂傳》說：

　　會劍南節度使嚴武卒，（元）載以英乂代之，兼成都

47　仇兆鰲：《杜詩詳註》（一），卷四，頁 285。

48　王十朋集注：《王狀元集百家注編年杜陵詩史》（下），卷二十四，頁 810。闕名集註：《分門集註杜工部詩》（三），卷二十四，頁 1634-1635。徐居仁編、黃鶴補註：《集千家註分類杜工部詩》（三），卷十八，頁 1124。此中，《千家註》的記載較為簡略。

尹，充劍南節度使。既至成都，肆行不軌，無所忌憚。玄宗幸蜀時舊宮，置為道士觀，內有玄宗鑄金真容及乘輿侍衛圖畫。先是，節度使每至，皆先拜而後視事。英乂以觀地形勝，乃入居之，其真容圖畫，悉遭毀壞。見者無不憤怒，以軍政苛酷，無敢發言。又頗恣狂蕩，聚女人騎驢擊毬，製鈿驢鞍及諸服用，皆侈靡裝飾，日費萬錢，以為笑樂。未嘗問百姓間事，人頗怨之。又以西山兵馬使崔旰得眾心，屢抑之。旰因蜀人之怨，自西山率麾下五千餘眾襲成都，英乂出軍拒之，其眾皆叛，反攻英乂。[49]

另外，《資治通鑑》亦云：

英乂為政，嚴暴驕奢，不恤士卒，眾心離怨。[50]

郭英乂其為政實乃肆志妄為，暴苛人怨，因此杜甫不可能藉〈病柏〉以傷郭英乂。據此，舊注所言有誤。

其次，舊注以為：郭英乂鎮成都時，杜甫往依之。依《舊唐書·代宗本紀》，永泰元年（西元765年）夏四月庚寅嚴武

---

[49] 《舊唐書》（十冊），列傳六十七，頁3397。另外，《新唐書·崔寧傳》（十五）亦云：「永泰元年，武卒。行軍司馬杜濟，別將郭英幹、郭嘉琳皆請英幹之兄英乂為節度使，寧與其軍亦丐大將王崇俊。奏俱至，而朝廷既用英乂矣。英乂恨之，始署事即誣殺崇俊，又遣使召寧。寧恐，託拒吐蕃，不敢還。英乂怒，因出兵，聲言助寧，實欲襲取之，即徙寧家於成都，而淫其妾媵。」（卷一百四十四，頁4704-4705）亦可參《舊唐書》（十冊），列傳六十七，頁3398-3399。

[50] 《資治通鑑》（十冊），唐紀四十，頁7187。

卒，五月癸丑郭英乂鎮成都充劍南節度使，冬閏十月郭英乂為崔旰所殺[51]。並且，舊注說：「今既害，是以為之吁怪。」據此，舊注認為杜甫往依郭英乂，大概應在永泰元年五月癸丑至冬閏十月間。

　　一般認為，嚴武死後，杜甫即「離蜀南下，自戎州至渝州。六月，至忠州。秋，至雲安，居之」[52]，這段期間裡，較明顯的詩例有〈雲安九日鄭十八攜酒陪諸公宴〉，黃鶴據《新唐書》「代宗本紀」所載：永泰元年八月「僕固懷恩及吐蕃、回紇、党項羌、渾、奴剌寇邊」[53]與詩句「萬國皆戎馬」兩資料，而將〈雲安九日鄭十八攜酒陪諸公宴〉繫於永泰元年（西元765年）作[54]。那麼，永泰元年重陽節時杜甫應在雲安。另外，據〈十二月一日三首〉之一「今朝臘月春意動，雲安縣前江可憐」，可知永泰元年臘月初一時，杜甫仍在雲安。最後，再據〈移居夔州作〉「伏忱雲安縣，遷居白帝城。春知催柳別，江與放船清」，可知隔年大歷元年（西元766年）春，杜甫離開雲安縣，前往夔州。因此，永泰元年九月九日至大歷元年春杜甫在雲安。倘若此時杜甫在雲安，就不可能有舊注所主張：杜甫前往依靠郭英乂，而遭逢郭英乂被殺，因此寫下〈病柏〉詩。舊注偽造故事並以後事為前事而錯謬。

　　仇兆鰲：「師氏謂此詩為郭英乂而作。英乂鎮成都，為人

51　《舊唐書》（二冊），本紀第十一，頁279-281。
52　錢謙益：《錢牧齋先生箋註杜工部集・年譜》，頁9。朱鶴齡：《杜工部詩集・杜工部年譜》，頁73。仇兆鰲：《杜詩詳註・杜工部年譜》，頁17。
53　《新唐書》（一冊），卷六，頁171。
54　黃鶴於《補注杜詩》說：「案：公永泰元年初至雲安。……。詩云『萬國皆戎馬』，是年八月僕固懷恩及吐蕃、回紇等入寇。」（卷二十七，頁505）

端直，蜀人重之。永泰元年，崔旰反，英又為韓澄所殺。諸孤哀苦莫訴，故有『鳳雛』『哀鳴』之句。崔旰竊據成都，故有『鴟鴉』『穿穴』之句。蓋隱其詞以託諷也。今按崔郭事在去成都後，時地未合。」[55]

又如〈奉送二十三舅錄事崔偉之攝郴州〉，黃鶴據「衰老悲人世，驅馳厭甲兵」與「氣春江上別」，而認為此詩當是大曆五年（西元770年）春作，他說：「『衰老悲人世，驅馳厭甲兵。』又云：『氣春江上別。』當是大歷五年作，時臧玠為亂。」[56]

臧玠為亂當是在大曆五年夏四月，《舊唐書》云：

> 夏四月庚子，湖南都團練使崔瓘為其兵馬使臧玠所殺，玠據潭州為亂。[57]

另外，《資治通鑑》亦云：

> 夏，四月，庚子，湖南兵馬使臧玠殺觀察使崔瓘；澧州刺史楊子琳起兵討之，取賂而還。[58]

黃鶴將〈奉送二十三舅錄事崔偉之攝郴州〉詩繫於大曆五年春作，並云「臧玠為亂」，然「臧玠之亂」據史乃發生於大曆五年夏四月，黃鶴將後事誤為前事。仇兆鰲說：「舊注誤云

55　仇兆鰲：《杜詩詳註》（二），卷十，頁852-853。
56　黃希原注、黃鶴補注：《補注杜詩》，卷三十六，頁655。
57　《舊唐書》（二冊），本紀第十一，頁296。另亦可參《新唐書》（一冊），卷六，頁175。
58　《資治通鑑》（十冊），唐紀四十，頁7214。

臧玠之亂，春時玠尚未反也。」[59]

第三節　糾考舊注其它之誤

　　一、揣測臆說而錯謬：譬如〈至日遣興奉寄北省舊閣老兩院故人二首〉之一，其「何日却憶窮愁日，日日愁隨一線長」，舊注謂冬至日陽長陰消，故稱「愁盡日」[60]。仇兆鰲之前，張綖即曾對類似的說法提出質問，他說：

> 「窮愁」，窮困而愁。虞卿：非窮愁不能著書是也。張閣老謂冬至日陽生陰退，君子道長，謂之「窮愁日」。未知何據？[61]

舊注所言並無根據，不應謂冬至日陽長陰消為「愁盡日」（或「窮愁日」）。

　　仇兆鰲說：「《演義》以冬至陽長陰消，謂之愁盡日。此說無據。按：〈虞卿傳〉：非窮愁不能著書。此『窮愁』二字所本。公〈夔州〉詩云：『年年至日長為客，忽忽窮愁泥殺人。』以此證之，則《演義》斷誤。」[62]

59　仇兆鰲：《杜詩詳註》（三），卷二十三，頁 2055。
60　虞伯生《杜律虞註》說：「因嘆何人語道此日陽生陰退，乃愁盡之日。」（卷三，頁 135）邵寶《刻杜少陵先生詩分類集註》（七）說：「『窮愁日』，長至之日，陽長陰消，故謂之『愁盡日』。」（卷二十三，頁 3198）另外，張溍《讀書堂註解》（二）也曾說：「長至之日，陽長陰消，故謂之『愁盡日』。」（卷四，頁 603）
61　張綖：《杜工部詩通附本義》（一），卷七，頁 204。
62　仇兆鰲：《杜詩詳註》（一），卷六，頁 497。

又如〈奉寄章十侍御〉，其「湘西不得歸關羽，河內猶宜借寇恂」兩句，舊注引偽歐注認為此乃章彝討段子璋事，他說：「歐公曰：時段子璋反，章討平之，故云。」[63]此乃揣測之言。

首先，就章彝而言，史書對章彝的記載，僅言其為嚴武所殺，《新唐書·文藝傳》說：

> 一日欲殺甫及梓州刺史章彝，集吏於門。（嚴）武將出，冠鉤于簾三，左右白其母，奔救得止，獨殺彝。[64]

《舊唐書·嚴武傳》說：

> 梓州刺史章彝初為武判官，及是小不副意，赴成都杖殺之。[65]

史書並不言章彝討平段子璋。其次，就段子璋而言，上元二年（西元761年）夏四月壬午，梓州刺史段子璋反，五月劍南節度使崔光遠、東川節度史李奐討平段子璋。《舊唐書·肅宗本紀》：

> 夏四月，……。壬午，梓州刺史段子璋叛，襲破遂州，

63　劉辰翁、高楚芳：《集千家註批點補遺杜詩集》（三），卷十，頁888。
64　《新唐書》（一八冊），卷二百一，頁5738。
65　《舊唐書》（一〇冊），卷一百一十七，頁3396。另外，《新唐書》（一四冊）亦云：「梓州刺史章彝始為武判官，因小忿殺之。」（卷一百二十九，頁4484）

殺刺史嗣虢王巨。東川節度史李奐戰敗，奔成都。五
月，……，乙未，劍南節度使崔光遠率師與李奐擊敗段
子璋於綿州，擒子璋殺之，綿州平。[66]

另外，《資治通鑑》亦云：

> （夏，四月）壬午，梓州刺史段子璋反。子璋驍勇，從
> 上皇在蜀有功，東川節度使李奐奏替之，子璋舉兵，襲
> 奐於綿州，道過遂州，刺史虢王巨蒼黃脩屬郡禮迎之，
> 子璋殺之。李奐戰敗，奔成都，子璋自稱梁王，改元黃
> 龍，以綿州為龍安府，置百官，又陷劍州。……。乙
> 未，西川節度使崔光遠與東川節度使李奐共攻綿州，庚
> 子，拔之，斬段子璋。[67]

依史書所載，討平段子璋之亂者乃崔光遠與李奐等等，史書未
載尚有章彝，舊注所言不知何據。此乃臆測之說。仇兆鰲說：
「舊注謂章彝會討段子璋之亂，未見所據。」[68]

---

[66] 《舊唐書》（一冊），卷十，頁261。另外，《新唐書‧肅宗本紀》
亦云：「（四月），……，壬午，劍南東川節度兵馬使段子璋反，陷
綿州，遂州刺史嗣虢王巨死之，節度使李奐奔于成都。五月，…
…，劍南節度使崔光遠克東川，段子璋伏誅。」（卷六，頁164）

[67] 《資治通鑑》（十冊），唐紀三十八，頁7113-7114。另外，《舊唐
書‧崔光遠傳》（十冊）亦云：「及段子璋反，東川節度使李奐敗
走，投光遠，率將花驚定等討平之。」（卷一百一十一，頁3319）
《舊唐書‧高適傳》（十冊）亦云：「後梓州副史段子璋反，以兵攻
東川節度使李奐，適率州兵從西川節度使崔光遠攻子璋，斬之。」
（卷一百一十一，頁3331）另亦可參《新唐書‧崔光遠傳》（卷一百
四十一，頁4655）及《新唐書‧高適傳》（卷一百四十三，頁
4681）。

[68] 仇兆鰲：《杜詩詳註》（二），卷十三，頁1094。

又如〈秦州雜詩二十首〉之五，其「南史宜天馬，由來萬匹強」兩句，蔡夢弼於《草堂詩箋》中說：「或曰『南史』，乃沙苑別名。」[69] 對此，仇兆鰲說：「蔡夢弼以南使為沙苑別名，未知何據？」[70]

又如〈紫宸殿退朝口號〉，其「晝漏稀聞高閣報，天顏有喜近臣知」兩句，舊注謂「拾遺末僚不得密侍，故天顏有喜惟近臣得知」[71] 然《唐六典》說：「左補闕、拾遺掌供奉諷諫，扈從乘輿。」[72] 拾遺既能扈從乘輿，即能見天顏，舊注所云乃出於臆測。

仇兆鰲說：「諫官侍班，故天顏有喜，而近臣先知。張性謂拾遺不見天顏者，非是。」[73]

二、傳寫錯誤而訛謬：首先是音近而訛謬，譬如〈陪鄭廣文遊何將軍山林十首〉其三「異花來絕域，滋蔓匝清池」。舊本「異花來絕域」作「異花開絕域」[74]。仇兆鰲認為「開」應作「來」，此乃音近而訛，他於「來」字下說：「舊作『開』，犯重。……。蓋音近而訛耳。」[75]

又如〈諸葛廟〉「蟲蛇穿畫壁，巫覡綴蛛絲」兩句。舊本「巫覡綴蛛絲」作「巫覡醉蛛絲」[76]。仇兆鰲認為「醉」應作

---

69 蔡夢弼：《草堂詩箋》（二），卷十五，頁364。

70 仇兆鰲：《杜詩詳註》（一），卷七，頁577。

71 張性：《杜律演義》，前集，頁67。

72 李林甫：《唐六典》，卷八，頁247。

73 仇兆鰲：《杜詩詳註》（一），卷六，頁437。

74 郭知達：《九家集註杜詩》（三），卷十八，頁1275。王十朋集注：《王狀元集百家注編年杜陵詩史》（上），卷二，頁117。闕名集註：《分門集註杜工部詩》（二），卷十，頁723。徐居仁編、黃鶴補註：《集千家註分類杜工部詩》（二），卷十五，頁932。

75 仇兆鰲：《杜詩詳註》（一），卷二，頁149。

76 郭知達：《九家集註杜詩》（四），卷二十八，頁1935。另亦可參王

「綴」，此亦音近而訛，他於「綴」字下說：「他本作『醉』，《杜臆》作『綴』，對『穿』字為工。」[77]

又如〈冬深〉「花葉惟天意，江溪共石根。早霞隨類影，寒水各依痕」等句。舊本「花葉惟天意」作「花葉隨天意」[78]。仇兆鰲於「惟」下云：「諸本作『隨』，犯重，當是『惟』字，蓋聲近而訛。」[79]此皆是音近而訛。

其次是形近而訛，譬如〈送裴二虯尉永嘉〉，其末二句為「扁舟吾已傲，把釣待秋風」。舊本「扁舟吾已傲」或作「扁舟吾已就」[80]。仇兆鰲認為「就」應作「傲」，這是形近而訛（見後）。

又如〈送王侍御往東川放生池祖席〉，其「況復傳宗匠，空然惜別離」兩句，舊本將「況復傳宗匠」作「況復傳宗近」[81]。仇兆鰲認為「近」字應作「匠」字，他解釋說：「諸本皆

十朋集注：《王狀元集百家注編年杜陵詩史》（下），卷二十五，頁846。闕名集註：《分門集註杜工部詩》（一），卷六，頁520。徐居仁編、黃鶴補註：《集千家註分類杜工部詩》（一），卷六，頁481。

[77] 仇兆鰲：《杜詩詳註》（三），卷十九，頁1674。另外，王嗣奭《杜臆》也說：「『醉蛛絲』，如何解？一本『醉』作『綴』，廟荒故蛛絲多。」（卷九，頁554）

[78] 郭知達：《九家集註杜詩》（五），卷三十一，頁2194。另亦可參王十朋集注：《王狀元集百家注編年杜陵詩史》（下），卷二十三，頁801。闕名集註：《分門集註杜工部詩》（一），卷二，頁309。徐居仁編、黃鶴補註：《集千家註分類杜工部詩》（二），卷十，頁713。

[79] 仇兆鰲：《杜詩詳註》（三），卷二十二，頁1937。

[80] 郭知達：《九家集註杜詩》（三），卷十八，頁1265。另亦可參王十朋集注：《王狀元集百家注編年杜陵詩史》（上），卷十八，頁612-613。闕名集註：《分門集註杜工部詩》（二），卷十，頁723。徐居仁編、黃鶴補註：《集千家註分類杜工部詩》（三），卷二十三，頁1407。

作『傳宗近』，意不可解。……。按『近』字犯重，恐是『匠』
字，乃字形相似而訛耳。公〈八哀詩〉云：『宗匠集精選。』
『宗匠』二字，本袁宏書。初欲改『近』為『匠』，尚無確據，
偶閱《詩紀》載晉時仙讖『匠不足慮憂遠危』，馮惟訥云：
『匠疑作近。』今按：彼是誤『近』為『匠』，此則誤『匠』為
『近』，可以互證。」[82]

又如〈秋興八首〉之八，尾聯「綵筆昔曾干氣象，白頭今
望苦低垂」兩句，舊本將「白頭今望苦低垂」作「白頭吟望苦
低垂」[83]。仇兆鰲認為「吟」應作「今」，他說：「『昔曾』對
『今望』，意本明白，舊作『吟望』，乃字訛耳。」[84] 此皆形近
而訛。

簡言之，杜詩傳刻之誤至少有二：音近而訛與形近而訛，
仇兆鰲於〈送裴二虬尉永嘉〉詩尾說：「杜詩傳刻，有音近而
訛者，如『異花來絕域』，誤作『開絕域』，遂與『開拆』犯
重。有形近而訛者，如『扁舟吾已僦』，誤作『吾已就』，遂與
『就此』犯重。又如『巫覡綴蛛絲』，誤『綴』為『醉』，亦音
近而訛。『況復傳宗匠』，誤『匠』為『近』，亦形近而訛也。」[85]

81　劉辰翁、高楚芳：《集千家註杜詩集》（三），卷十二，頁1035-
　　1036。邵寶：《刻杜少陵先生分類集註》（七），卷二十一，頁
　　3071。單復：《讀杜詩愚得》（二），卷十一，頁845。

82　仇兆鰲：《杜詩詳註》（二），卷十四，頁1201。

83　郭知達：《九家集註杜詩》（五），卷三十，頁2103。另亦可參王十
　　朋集注：《王狀元集百家注編年杜陵詩史》（下），卷二十八，頁
　　968-969。闕名集註：《分門集註杜工部詩》（一），卷六，頁489。

84　仇兆鰲：《杜詩詳註》（二），卷十七，頁1497。

85　仇兆鰲：《杜詩詳註》（一），卷三，頁202。另外，仇兆鰲於「杜
　　詩刊誤」中亦云：「坊本多字畫差訛。蔡興宗作《正異》，朱文公謂
　　其未盡，如「風吹滄江樹」，「樹」當是「去」，乃音近而訛。「鼓
　　角滿天東」，「滿」當是「漏」，乃形似而訛。當時欲作考異，未暇

　　三、偽撰古文而錯謬：譬如〈喜聞官軍已臨賊境二十韻〉，仇兆鰲於「鋒先衣染血，騎突劍吹毛」注曰「舊注：《吳越春秋》：干將之劍，能決吹毛遊塵。考本書無此語」[86]。仇兆鰲考《吳越春秋》，發現並無「吹毛」之語，此乃舊注偽撰古文而錯謬。

　　四、妄引人名而錯謬：譬如〈送孔巢父謝病歸游江東兼呈李白〉，「蔡侯靜者意有餘，清夜置酒臨前除」兩句，舊注以為蔡侯乃蔡靜，「師曰：靜乃蔡侯名」[87]。考《唐書》：蔡靜，隴西人，生卒不詳，通儒術，兼曉圖識。《新唐書》說：

　　嚴善思名譔，同州朝邑人，以字行。父延，與河東裴玄

及也。近日朱長孺采集宋元諸本，參列各句之下，獨稱詳悉。然猶有遺脫者，如〈何氏山林〉詩「異花開絕域」，當是「來絕域」，於「開拆」不犯重。〈送裴尉〉詩「扁舟吾已就」，當是「吾已僦」，於「就此」不相重。如〈冬深〉詩「花葉隨天意」，當是「惟天意」，於「隨類」不相重。如〈送王侍御〉「況復傳宗近」，當是「宗匠」，於「近野」不相重。如〈諸葛廟〉「巫覡醉蛛絲」，當是「綴蛛絲」，於上句「穿畫壁」方稱。〈王彭州〉詩「東堂早見招」，當是「東牀」，於「河漢」、「夫人」等語相合。如〈秋興〉詩「白頭今望苦低垂」，與「綵筆昔曾干氣象」本相工對，刻本誤作「吟望」。〈呀鶻行〉「強神非復皂鵰前」，與「緊腦雄姿迷所向」，字無複出，而刻本誤作「迷復」。又如〈遣意〉詩「宿雁聚圓沙」，當是「宿鷺」。〈草堂即事〉詩「宿鷺起圓沙」，當是「宿雁」。鷺雁各有時候，彼此兩誤也。今或依他注改正，或據臆見參定。」（頁21）

86　仇兆鰲：《杜詩詳註》（一），卷五，頁420。仇說主要是依據朱說，《杜工部詩集》說：「舊注：《吳越春秋》：干將之劒，能決吹毛遊塵。按：《昌黎集注》引此云，今《吳越春秋》無此語。」（卷四，頁405）就筆者目前所見杜詩舊注，尚無引《吳越春秋》「干將之劍」者，然為免筆者所見有限，姑且存之。

87　王十朋集注：《王狀元集百家注編年杜陵詩史》（上），卷一，頁93。闕名集註：《分門集註杜工部詩》（三），卷二十，頁1436。徐居仁編、黃鶴補註：《集千家註分類杜工部詩》（三），卷二十二，頁1353。

證、隴西李真蔡靜皆通儒術，該曉圖識。[88]

嚴氏父子二人皆年八十五歲，而嚴善思卒於開元十六年（西元728年）[89]。設若蔡靜與嚴延年歲相去不遠。而〈送孔巢父謝病歸游江東兼呈李白〉乃杜甫於天寶五年（西元746年）至天寶十三年（西元754年）間長安時作[90]。假使「蔡侯靜者意之餘」與《新唐書》之蔡靜為同一人，天寶五年時，至少也百歲以上，因此「蔡侯靜者意之餘」與《新唐書》中之蔡靜，疑非同一人。舊注倘若未說明所據典籍，而欲引蔡靜實之，恐誤。仇兆鰲說：「師氏以靜為蔡侯名，誤矣。」[91]

最後，仇兆鰲糾考舊注的錯謬並獲致若干結論，主要有下列數端：首先，就糾考舊注偽造故事之誤而言，舊注於〈飲中八仙歌〉「知章騎馬似乘船，眼花落井水底眠」兩句，引王祥醉而憑肩之事。仇兆鰲斥為妄撰；舊注並於〈飲中八仙歌〉「汝陽三斗始朝天，道逢麴車口流涎，恨不移封向酒泉」下，分別援引北齊王詢與漢郭弘好飲之事。仇兆鰲皆斥為妄撰；舊注於〈玄都壇歌寄元逸人〉「子規夜啼山竹裂，王母晝下雲旗翻」兩句，引竇誼居蜀津源。仇兆鰲斥此說出於妄撰；舊注於〈戲題寄上漢中王三首〉「忍斷杯中物，祇看座右銘」兩句，引

---

[88] 《新唐書》（一八），卷二百四，頁5807。

[89] 《新唐書》（一八），卷二百四，頁5809。另亦可參《舊唐書》（一六），卷一百九十一，頁5104。

[90] 朱鶴齡：《杜工部詩集》（上）卷一說：「此詩乃天寶中，公在京師作。」（頁160）另外，王輝斌更進一步將〈送孔巢父謝病歸游江東兼呈李白〉繫於天寶十一年至十三年間長安作，參〈孔巢父與李白、杜甫交游考〉。

[91] 仇兆鰲：《杜詩詳註》（一），卷一，頁56。

吳術好飲，阮宣令飲之事。仇兆鰲斥此出於妄撰；舊注於〈阻雨不得歸瀼西甘林〉「令兒快搔背，脫我頭上簪」兩句，引袁安臥令搔背之事。仇兆鰲斥為偽撰；舊注於〈季秋蘇五弟纓江樓夜宴崔十三評事韋少府姪三首〉之一「星落黃姑渚，秋辭白帝城」兩句，引黃惠女下巫峽聞兒亡之事。仇兆鰲斥此出於妄撰；舊注於〈曲江二首〉其二「酒債尋常行處有，人生七十古來稀」兩句，引孫濟嗜酒不治產業欠人酒錢之事。仇兆鰲考此事亦出於妄撰；舊本於〈送孔巢父謝病歸游江東兼呈李白〉作「南尋禹穴見李白，若逢李白騎鯨魚」，後世因此句遂謂李白醉騎鯨魚。仇兆鰲斥為附會。

　　其次，就糾考舊注歷史之誤而言，舊注於〈潼關吏〉謂：潼關始立於唐代。仇兆鰲考此說有誤，漢獻帝時已有潼關；舊注於〈客夜〉「計拙無衣食，途窮仗友生」兩句，謂「友生」乃指高適。仇兆鰲考「遊東蜀依高適」之說有誤；舊注謂〈後出塞五首〉乃天寶十四年三月作。仇兆鰲考此說有誤，當為十四載冬作；舊注謂〈病柏〉乃杜甫往依郭英乂，而郭英乂為崔旰所殺時作。仇兆鰲考此說有誤；舊注繫〈奉送二十三舅錄事崔偉之攝郴州〉於大歷五年春作，並謂臧玠為亂。仇兆鰲考此說有誤，因為臧玠之亂於夏四月。

　　第三，就糾考舊注揣測臆說之誤而言，舊注於〈至日遣興奉寄北省舊閣老兩院故人二首〉「何日却憶窮愁日，日日愁隨一線長」兩句，謂：冬至日陽長陰消為愁盡日。仇兆鰲引杜詩為例證此說有誤；舊注於〈奉寄章十侍御〉「湘西不得歸關羽，河內猶宜借寇恂」兩句，謂此乃章彝討段子璋事。仇兆鰲斥為無據；舊注於〈秦州雜詩二十首〉之五「南史宜天馬，由來萬匹強」兩句，注謂：南史乃沙苑別名。仇兆鰲亦斥為無

據；舊注於〈紫宸殿退朝口號〉「畫漏稀聞高閣報，天顏有喜近臣知」兩句，謂：拾遺末僚不得密侍，故天顏有喜惟近臣得知。仇兆鰲亦糾斥此說有誤。

第八章 >>>>>>

史 炳

　　史炳，字恆齋，清溧陽人，生卒年未詳，著作有《杜詩瑣證》、《大戴禮正義》與《句儉堂集》等書。

　　《杜詩瑣證》乃史炳於杜詩學中考訂舊注、舊說的著作，《杜詩瑣證・自敘》云：「余自少習公詩，妄有考訂數十百條，皆汎覽羣書時隨錄者。」[1]全書共有一百二十則。史炳於條目下時針對舊注舊說加以糾繆考訂，為嘉道間箋杜最為精核者[2]。此外，就現存杜詩學相關資料而言，《杜詩瑣證》已跳脫傳統注家將考訂過程與結果書寫於箋註之中，譬如黃鶴補注與朱鶴齡輯注，或另為考據專文者，譬如錢謙益的〈注杜詩略例〉，而是以考訂專書的形式出現，此於杜詩考據學中具有重要意義。

1　史炳：《杜詩瑣證》，頁9。
2　周采泉《杜集書錄》說：「史氏《瑣證》成於仇楊各註家之後，獨以泛覽所得，做糾繆補證工作，計一百二十餘條。《瑣證》是以《九家註》為底本，故對楊慎、仇兆鰲等誤解及失考之處多所校正，而字裏行間實事求是，絕不意氣用事。嘉道間箋杜之作，以此書為最精核。」（卷十，頁617）

第一節　糾考舊注史事之誤

（一）「筆跡遠過楊契丹」中的楊契丹非指楊素：蔡夢弼於〈奉先劉少府新畫山水障歌〉「豈但祁岳與鄭虔，筆跡遠過楊契丹」下云：「楊素在隋稱善畫，其畫傳於契丹，故以為號。《名畫記》：楊契丹，官至儀同。僧琮云：六法備該，甚有骨氣，山東體製，元屬伊人。」[3]蔡夢弼謂隋楊素善畫，其畫傳於契丹，故楊素號為楊契丹。

首先，蔡夢弼主要是引張彥遠《歷代名畫記》為證。然唐代畫論所載者乃楊契丹，譬如，沙門彥悰《後畫錄》云：

> 隋參軍楊契丹：六法頗該，殊豐骨氣，山東體製，允屬伊人。[4]

又如，竇蒙《畫拾遺》云：

> 李雅：佛像鬼神，法士以下，僧繇之亞。契丹、善見，未可比之。[5]

言李雅善畫鬼神佛像，而楊契丹、陳善見未可比之。此亦直言楊契丹。另外，李嗣真《畫後品》亦云：

3　蔡夢弼：《草堂詩箋》（一），卷六，頁120。
4　彥悰：《後畫錄》，見《唐五代畫論》，頁2。
5　竇蒙：《畫拾遺》，見《唐五代畫論》，頁24。亦可參《歷代名畫記》，見《四庫全書》，第812冊，卷八，頁340。

楊契丹：田、楊聲侔董、展。⁶

此言田僧亮、楊契丹與董伯仁、展子虔齊名。亦明指楊契丹。
並且，唐、張彥遠《歷代名畫記》亦云「楊契丹」⁷。上述所
引皆稱楊契丹，未有稱楊素者。最後，吳曾《能改齋漫錄》
「畫者楊契丹」則亦云：「翰林學士吳郡朱景玄《畫斷》云：
『楊契丹，隋、唐間人。官至上儀同。六法備該，甚有骨氣，
在閻立本之下。』余乃悟杜子美〈奉先劉少府新畫山水障歌〉
『豈但祁岳與鄭虔，筆迹遠過楊契丹』之句。」⁸吳曾亦稱楊契
丹，未指為楊素。

其次，倘如蔡夢弼所言楊素號為楊契丹，而據《後畫錄》
記載：楊契丹曾官參軍，因此楊素理當亦曾官參軍。然據《隋
書・楊素傳》其官職與封爵計有：中外書記、禮曹、加大都
督、車騎大將軍、司城大夫、成安縣公、汴州刺史、徐州總
管、清河郡公、御史大夫、信州總管、行軍元帥、荊州總管、
郢國公、越國公、內令史、行軍總管、長史、尚書左僕射、尚
書令、太子少師、司徒、楚國公等等。《隋書・楊素傳》並未
載楊素嘗官參軍，倘若楊素未嘗官參軍，可知楊素定非楊契
丹。

又，倘若楊素真號為楊契丹，而楊契丹善畫，因此楊素理
當亦善畫。然〈楊素傳〉僅云「與安定牛弘同志好學，研精不
倦，多所通涉。善屬文，工草隸，頗留意於風角」⁹，「風角」

6　李嗣真：《畫後品》，見《唐五代畫論》，頁31。
7　張彥遠：《歷代名畫記》，見《四庫全書》，第812冊，卷二，頁
　　292。
8　吳曾：《能改齋漫錄》，卷六，頁135。
9　《隋書》（五冊），列傳第十三，頁1281。

乃據四方之風以卜吉凶之術,本傳亦未言楊素善畫。若楊素未善畫,則楊素與楊契丹非同一人可知。若楊素與楊契丹非同一人,則蔡夢弼謂楊素乃楊契丹之說即有誤。

　　史炳於「楊契丹」則下云:「〈奉先劉少府新畫山水障歌〉云『筆跡遠過楊契丹』。《九家集注》不詳楊契丹何許人。吳曾《漫錄》引朱景元《畫斷》云:楊契丹,隋唐人,官至上儀同,六法備該,甚有骨氣。沙門彥琮《後畫錄》則云:『隋參軍楊契丹。』獨《千家集注》蔡夢弼謂隋楊素畫傳於契丹,故以為號。炳案:《隋書·素傳》:素未嘗歷官參軍,其後屢封國公,拜司徒,贈太尉,亦非終於『儀同』者。又以大業二年卒,不得謂之隋唐人也。且〈傳〉稱素善屬文,工草隸,留意風角,亦不聞其能畫。《畫斷》、《畫錄》所云自是隋唐間別一人。曾為參軍,而後至上儀同者,非素也。張彥遠《名畫記》:大雲寺塔有鄭法輪、田僧亮、楊契丹畫壁。」[10]

　　(二)宋司空劉休範潛作艦䑡,而非劉彥範:譬如杜詩〈最能行〉「富豪有錢駕大舸,貧窮取給行䑡子」詩句。吳曾《能改齋漫錄》引王智深《宋記》載劉休範舉兵潛作艦䑡之事,《能改齋漫錄》說:

　　　　杜田《杜詩補遺正謬》云:「杜子美〈最能行〉云:
　　　　『富豪有錢駕大舸,貧窮取給行䑡子。』按,揚雄《方
　　　　言》:『南楚江湖湘,凡船大者謂之舸。』䑡,小舟
　　　　名,音葉,言輕如小葉也。《切韻》、《玉篇》並不載
　　　　䑡字。」余按:王智深《宋記》曰:「司空劉休範舉

兵，潛作艦艗。」則字不為無所本也。[11]

史炳以吳曾所引《宋記》劉休範潛作之艦艗，堪謂能得「艗」字之事始。此外，徐堅《初學記》亦曾言及此事，並作「劉彥範」，《初學記》說：

> 王智深《宋記》曰：「司空劉彥範舉兵時，逆於溢裏潛作艦艗。出潯陽，合于裝理，數晨之間，舟木大備。」[12]

然《初學記》所引王智深《宋記》「司空劉彥範舉兵潛作艦艗」之語有誤。首先，《宋書》並無「劉彥範」之名；其次，據〈劉休範傳〉所載其於宋廢帝元徽二年（西元474年）夏五月舉兵反，《宋書·劉休範傳》：

> 桂陽王休範，文帝第十八子也。……。太宗遺詔，進位司空。……元徽元年，乃以第五皇弟晉熙王燮為郢州刺史，長史王奐行府州事，配以資力，出鎮夏口。慮為休範所撥留，自太子洑去，不過潯陽。休範大怒，欲舉兵襲朝廷，密與典籤新蔡人許公輿謀之。表治城池，修起樓堞，多解榜板，擬以備用。其年，進位太尉。明年五月，遂舉兵反。虜發百姓船乘，使軍隊稱力請受，付以榜解板，合手裝治，二三日間，便悉整辦。率眾二萬，鐵騎數百匹，發自尋陽，晝夜取道。[13]

11　吳曾：《能改齋漫錄》，卷六，頁135。
12　徐堅等：《初學記》，卷二十五，頁610。
13　《宋書》（七冊），列傳第三十九，頁2045-2046。

《宋書·劉休範傳》雖未言及「艦艓」一詞，然所載之事大致與王智深《宋記》相合。第三，錢牧齋《錢牧齋先生箋註杜工部集》與朱鶴齡《杜工部詩集》皆作「司空劉休範舉兵，潛作艦艓」[14]。因此，《初學記》引作「劉彥範」為非，當作「劉休範」。

史炳於「艓子」則云：「〈最能行〉『富豪有錢駕大舸，貧窮取給行艓子』。《補遺》但云：艓，小舟名，音葉，而無故事。吳曾《漫錄》引王智深《宋記》：司空劉休範舉兵，潛作艦艓。可謂得事始矣。《宋記》今不傳，此語僅見《初學記》，而作劉彥範，誤也。」[15]

（三）何遜非廣陵王記室，乃廬陵王記室：趙次公於〈和裴迪登蜀州東亭送客逢早梅相憶見寄〉「東閣官梅動詩興，還如何遜在揚州」下注云：「何遜在《梁書》卒於廣陵王記室。」[16] 趙次公以為何遜曾官廣陵王記室。

然《梁書·何遜傳》言其為廬陵王記室，書云：

> 還為安西安成王參軍事，兼尚書水部郎，母憂去職。服闋，除仁威廬陵王記室，復隨府江州，未幾卒。[17]

另外，《南史·何遜傳》亦云：

> 卒於仁威廬陵王記室。[18]

14　錢謙益：《錢牧齋先生箋註杜工部集》，卷六，頁 114。朱鶴齡：《杜工部詩集》（中），卷十二，頁 1093。
15　史炳：《杜詩瑣證》，卷上，頁 32。
16　林繼中：《杜詩趙次公先後解輯校》（上），丙帙卷之二，頁 428。
17　《梁書》（三冊），列傳第四十三，頁 693。

因此，何遜曾官廬陵王記室，非廣陵王記室。史炳認為趙注之言或誤刻所致。史炳於「何遜在揚州」則下云：「炳案：趙注殊不可曉。遜為廬陵王記室，非廣陵也。……。然此或廬陵誤刻廣陵，非必趙氏之失。」[19]

此外，何遜嘗官揚州：史書曾載南兗州刺史治廣陵，《宋書·州郡志》：「南兗州刺史」於「文帝元嘉八年，始割江淮間為境，治廣陵」[20]。而徐湛之於宋文帝元嘉二十四年出為南兗州刺史，因此，徐湛之曾治廣陵，並於廣陵城起風亭、月觀、吹臺、琴室，《宋書·徐湛之傳》說：

> 二十四年，服闋，轉中書令，領太子詹事。出為前軍將軍、南兗州刺史。善於為政，威惠並行。廣陵城舊有高樓，湛之更加修整，南望鍾山。城北有陂澤，水物豐盛。湛之更起風亭、月觀、吹臺、琴室，果竹繁茂，花藥成行，招集文士，盡遊玩之適，一時之盛也。[21]

因此，宋徐湛之於廣陵建風亭、月觀、吹臺、琴室。

而地志也記載何遜曾遊揚州勝景月觀、風臺，譬如《方輿勝覽》「揚州」「古跡」下曾云：「吹臺琴室，徐湛之為南兗州刺史，建於城北。今亡其處。」又「名宦」下云：

> 何遜，為揚州法曹。廨舍有梅花盛開，遜吟其下。後居

18　《南史》（三冊），列傳第二十三，頁 871。
19　史炳：《杜詩瑣證》，卷上，頁 73。
20　《宋書》（四冊），志第二十五，頁 1053。
21　《宋書》（六冊），列傳第三十一，頁 1847。

洛思梅，因請曹職。至，適梅花方盛，遜對之，彷徨終
日。遜嘗有〈梅〉詩「……。枝橫却月觀，花遶凌風
臺。……。」以月觀、風臺為揚州勝景故也。[22]

另外，《輿地紀勝》「揚州」「風俗形勝」下亦云：

月觀、風臺。何遜〈揚州法曹早梅〉詩：「枝橫却月
觀，花遶凌風臺。」風亭、月觀、吹臺、琴室。徐湛之
為南兗州刺史，起於城北，四處招集文士，盡遊玩之
適，今無故迹。[23]

《大元混一方輿勝覽》「揚州路」「名宦」下亦載「何遜。法
曹。詠官舍梅花」[24]。何遜是否曾在揚州呢？史炳引《墨莊漫
錄》「何遜嘗官揚州」則為證，史炳云：「張邦基《墨莊漫錄》
謂『遜本傳但言南平王引為記室，不言在揚州。及觀遜有〈梅
花〉詩，見於《藝文類聚》、《初學記》『兔園標節物』云云，
後見別本：遜，東海剡人，舉本州秀才，射策為當時之冠。歷
官奉朝請。時南平王殿下為中權將軍、揚州刺史、望高右戚，
實曰賢王。擁篲分庭，愛客接士。東閣一開，競收揚、馬；左
席皆啟，爭趨鄒、枚。君以詞藝早聞，故深親禮，引為水部行
參軍事，仍掌文記室。乃知遜嘗在揚州也。蓋本傳但言南平引
為記室，略去揚州耳。」[25]據此，何遜嘗官揚州、盧陵王記
室。

---

[22] 祝穆：《方輿勝覽》（中），卷四十四，頁799。
[23] 王象之：《輿地紀勝》（三冊），卷三十七，頁1638-1639。
[24] 劉應李：《大元混一方輿勝覽》（上冊），卷中，頁382。
[25] 史炳：《杜詩瑣證》，卷上，頁74-75。

第二節　糾考舊注地理之誤

　　（一）〈晚行口號〉中的「三川」指華池水、黑水與洛水所
會，非指涇、渭、洛三水：王洙於〈晚行口號〉「三川不可到」
下注云：「時三川在賊境。《左傳》：周之亡也，其三川震。
注：涇、渭、洛水。」[26] 趙次公駁之，謂「三川」乃華池水、
黑水與洛水所會，趙注云：「三川，鄜州縣名也。〈地理志〉
云：注：華池水、黑水、洛水所會，故謂三川。舊注引西周三
川，却是說長安矣。不知其名偶同，眩惑學者矣。」[27] 若趙注
為是，則王說為非。

　　史炳歸納「三川」之說有三：一為涇、渭、洛；一為河、
洛、伊；一為華池水、黑水、洛水所會。

　　首先，「三川」指涇、渭、洛三川，其在長安附近。《史
記‧周本紀》「幽王二年，西周三川皆震」句，其注「三川」
云：

　　　　徐廣曰：「涇、渭、洛也。」駰按：韋昭云：「西周鎬
　　　　京地震動，故三川亦動。」[28]

另外，《關中記輯注》「關中八川」則亦云：

26　王十朋集註：《王狀元集百家注編年杜陵詩史》（上），卷六，頁
　　286。闕名集註：《分門集註杜工部詩》（二），卷十二，頁877。
27　王十朋集註：《王狀元集百家注編年杜陵詩史》（上），卷六，頁
　　286。闕名集註：《分門集註杜工部詩》（二），卷十二，頁877。
28　《史記》（一冊），周本紀第四，頁146。

> 涇與渭、洛為關中三川。[29]

依此，「三川」乃涇、渭、洛。

其次，「三川」指河、洛、伊，在洛陽附近。《史記·陳涉世家》「李由為三川守」句，其注「三川」云：

> 三川，今洛陽也。地有伊、洛、河，故曰三川。秦曰三
> 川，漢曰河南郡。[30]

另外，《北齊書·陽休之傳》亦曾載高祖問陽休之「三川」之義，書云：

> 高祖又問三川何義。休之曰：「河、洛、伊為三川，亦
> 云涇、渭、洛為三川。河、洛、伊，洛陽也；涇、渭、
> 洛，今雍州也。」[31]

據此，「三川」又指河、洛、伊。

第三，「三川」為縣名，其以華池水、黑水、洛水三水所會為名，三川縣屬鄜州。《元和郡縣圖志》「鄜州」下云：

> 三川縣，本漢翟道縣地，古三水郡，以華池水、黑源水
> 及洛水三川同會，因名。[32]

29　劉慶柱輯注：《關中記輯注》，頁 132。

30　《史記》（六冊），陳涉世家第十八，頁 1954。

31　《北齊書》（二冊），列傳第三十四，頁 561。

32　李吉甫：《元和郡縣圖志》（上），卷三「關內道三」，頁 71。據
　　《元和郡縣圖志·校勘記》「黑源水」當作「黑水」，其「源」字當

另外，《舊唐書・地理志》「鄜州上」云：「武德元年，改為鄜州，領洛交、洛川、三川、伏陸、內部、鄜城六縣。……。乾元元年，復為鄜州。舊領縣五。」又云：「三川，隋縣。以華池水、黑水、洛水三水會同，因名。」[33] 此外，《新唐書・地理志》「鄜州洛交郡」下亦云：

> 三川，……。華池水、黑水、洛水所會。[34]

《太平寰宇記》卷三十五「三川縣」下云：

> 隸鄜州。三川水謂華池水、黑水、洛水同會，謂之三川水，古為三川郡也。[35]

　　問題是〈晚行口號〉中的「三川」是指上述三者中的哪一個呢？由於〈晚行口號〉是杜甫「往鄜州省家，在道時作」[36]，因此「三川」應指鄜州之三川縣，即華池水、黑水、洛水三水所會而得名者。

　　史炳於「三川」則下云：「〈晚行口號〉云『三川不可到，歸路晚山稠』，諸家釋『三川』多誤。蓋『三川』有三：

衍，〈校勘記〉云：「新、舊唐志均作『黑水』，無『源』字。《寰宇記》三川縣有三川水，謂『華池水、黑水、洛水同會，謂之三川水』，則『源』字當衍。」（頁86）

[33]　《舊唐書》（五冊），志第十八，頁 1409-1410。

[34]　《新唐書》（四冊），志第二十七，頁 970。

[35]　樂史：《太平寰宇記》（文海出版社），卷三十五，頁 288。另外，《輿地廣記》（上）「陝西永興軍路」亦云：「三川鎮，本漢翟道縣，屬左馮翊。東漢省之。苻秦於長原城置長城縣。元魏改為三川，以華池水、黑水、洛水所會為名。隋屬上郡。唐屬鄜州。」（頁 393）

[36]　仇兆鰲：《杜詩詳註》（一），卷五，頁 383。

其一在長安，《國語》：幽王二年，西周三川皆震。韋昭解西周謂鎬京。三川，涇、渭、洛是也；其一在洛陽，《前漢書‧地理志》河南郡注云：故秦三川郡，高帝更名雒陽。韋昭說有河、洛、伊，故曰三川是也；其一在鄜州，自後魏時州有三川縣，《元和郡縣志》云：以華池水、黑源水及洛水三川同會因為名是也。公自鳳翔往鄜州省家，歸心迫切，故曰『三川不可到』，其為鄜州之三川何疑？乃舊注引『周之亡也，三川震』，是誤作長安矣。趙注非之，是也。」[37]

（二）〈玄都壇歌寄元逸人〉之東蒙峰在沂州：舊題為王洙者於〈玄都壇歌寄元逸人〉「故人昔隱東蒙峰，已佩含景蒼精龍」下云：「《論語》：夫顓臾，昔先王以為東蒙主。以蒙山在東，故曰『東蒙』。」[38] 王洙以蒙山在東因名東蒙。

「東蒙」之說有二：首先，陸游《老學庵筆記》認為東蒙乃終南山峰名，其在長安，引种明〈東蒙新居〉為證，並駁斥魯地之說。《老學庵筆記》：

> 東蒙蓋終南山峰名。杜詩云：「故人昔隱東蒙峰，已佩含景蒼精龍。故人今居子午谷，獨在陰崖結茅屋。」皆長安也。种明〈東蒙新居〉詩亦云：「登遍終南峰，東蒙最孤秀。」南士不知，故註杜者妄引顓臾為東蒙主，以為魯地。[39]

37　史炳：《杜詩瑣證》，卷上，頁 54-55。

38　王十朋集注：《王狀元集百家注編年杜陵詩史》（上），卷三，頁183。闕名集註：《分門集註杜工部詩》（二），卷八，頁 597。

39　陸游：《老學庵筆記》（北京：中華書局），卷九，頁 118。

此外，胡震亨《唐音癸籤》其「東蒙峰」則亦云：「杜詩云：
『故人昔隱東蒙峰，已佩含景蒼精龍。故人今居子午谷，獨在
陰崖結茅屋。』東蒙乃終南山峰名。种明逸〈東蒙新居〉詩亦
云：『登遍終南峰，東蒙最孤秀。』南士不知，故註杜詩者妄
引顓臾為東蒙主，以為魯地。」[40]胡氏之說恐受《老學庵筆記》
之影響。

其次，沂州有蒙山，《元和郡縣圖志》「沂州」「費縣」下
云：

> 蒙山，在縣西北八十里。楚老萊子所耕處。[41]

「蒙山」之東，又有山，因在蒙山之東，故名「東蒙山」。《通
典》「沂州」下云：

> 費，古魯費邑，後為季氏邑。有蒙山。又有東蒙山，在
> 蒙山之東，故名焉。又有顓臾城。[42]

《元和郡縣圖志》「費縣」下亦云：

> 東蒙山，在縣西北七十五里。《論語》曰：「夫顓臾，
> 昔者先王以為東蒙主。」[43]

《太平寰宇記》「沂州」「費縣」下亦云：

40　《唐音癸籤》，見《明詩話全編》，第七冊，頁6971。
41　李吉甫：《元和郡縣圖志》（上），卷十一，頁305。
42　杜佑：《通典》（五），卷一百八十，頁4784。
43　李吉甫：《元和郡縣圖志》（上），卷十一，頁306。

蒙山，在縣西北八十里。〈高士傳〉：老萊子隱於蒙山之陽。……。東蒙山，在縣西北七十五里，在蒙山之東，故曰東蒙。[44]

而沂州與兗州為鄰，故王洙指為兗州之蒙山，實應在沂州。

現在當以何者為是呢？史炳認為東蒙峰應指東蒙山，而非終南山峰之名，史炳於「東蒙峰」下云：「〈元都壇歌寄元逸人〉，……。王洙以為兗州之蒙山。……。放翁《老學庵筆記》獨以杜詩東蒙為終南山峯名。案：『子午谷』與『終南山』俱在長安之南，但公詩明言『昔隱』、『今居』，則『東蒙』何必本與相近？……。《筆記》僅據种放〈東蒙新居〉詩『登遍終南峯，東蒙最孤秀』云云，而別無古籍可據。惟《宋史·放傳》稱其隱於終南豹谷之東明峯，亦非東蒙也。」[45] 史炳認為東蒙非終南山峰之名，其理由有二：一、東蒙為終南山峰之證，僅見於种放〈東蒙新居〉詩，此外別無所見，恐淪為單一引證；二、倘東蒙峰果為終南山峰之名，而終南山又與子午谷相近，此恐與「昔隱東蒙峰」與「今居子午谷」詩意未合。

終南山有子午谷，子午谷長六百六十里，谷內東蒙峰，《關中勝蹟圖志》卷二「子午谷」下云：「在長安縣南百里，長六百六十里。……。《玉海》：『南山大谷凡六，謂子午、儻駱、襃斜，南北分列也。』《一統志》：谷內有東蒙峰。一曰東明峰。《宋史》：种放隱此。」[46] 據此，東蒙峰果在終南

44　樂史：《太平寰宇記》（文海出版社），卷二十三，頁 202-203。
45　史炳：《杜詩瑣證》，卷上，頁 108-110。
46　畢沅：《關中勝蹟圖志》，卷二，頁 34。

山，並且由於子午谷長六百六十里，因此，故人「昔隱東蒙峰」
與「今居子午谷」或有可能。

　　但是杜甫詩集中的「東蒙」皆指沂州之東蒙山，非長安終
南山名，譬如〈昔遊〉之「東蒙赴舊隱，尚憶同志樂。伏事董
先生，於今獨蕭索」；又如〈與李十二白同尋范十隱居〉之
「李侯有佳句，往往似陰鏗。余亦東蒙客，憐君如弟號。醉眠
秋共被，攜手日同行」。前者所載乃天寶五年夏杜甫入東蒙山
伏事董先生之事。後者乃是年秋杜甫與李白相會於魯郡之事。
《杜甫傳記唐宋資料考辨》即曾說：「李杜初遇的地點，是在
梁宋，時間則在天寶四載秋。梁宋之遊以後，據耿元瑞的考
證，李杜大概又在天寶五載春於魯郡相會（『行歌泗水春』），
其夏，杜甫入東蒙山『伏事董先生』；至齊州，與李邕等遊
宴；秋，再至魯郡會李白，『醉眠秋共被，攜手日同行』。」
[47]那麼，依據上述兩作品，杜詩中的「東蒙」應指沂州之東蒙
山，非於長安之終南山峰。因此，〈玄都壇歌寄元逸人〉中的
「東蒙峰」，實非終南山之東蒙峰。

　　（三）犀浦有江：〈梅雨〉詩云「南京犀浦道，四月熟黃
梅。湛湛長江去，冥冥細雨來」。趙次公認為〈梅雨〉詩首聯
應作「南京西浦道，四月熟黃梅」，而非「南京犀浦道，四月
熟黃梅」，關鍵在於「犀浦道無江」，趙次公說：

　　　　「南京西浦道」之句，本是言成都西浦道，公欲著見成
　　　　都改為南京，用在詩句中。……。《說文》云：「浦，
　　　　水濱也。」西浦，蓋江水西邊之浦澳，如〈野望〉云南

47　陳文華老師：《杜甫傳記唐宋資料考辨》，第三篇，頁130。

浦清江萬里橋是已。蓋謂之浦上，則公所居正在此矣，
豈非所謂西浦乎？一本作犀浦，蓋惑於今日成都屬縣之
郫有犀浦鎮，殊不思下有「長江」之句，則犀浦道無
江。 48

若作「南京犀浦道」，而趙次公認為「犀浦道無江」，此即
與頷聯之「湛湛長江去」詩意不合；反之，倘為合於「湛湛長
江去」詩意，須易「犀浦」而作「西浦」，如此，江水西邊之
濱即能與「湛湛長江去」相符相合。然而是否如此呢？

首先，成都府有犀浦縣。至德二年十二月改蜀郡為南京，
而成都府（益州）有犀浦縣，《元和郡縣圖志》卷三十一「成
都府」下云：「犀浦縣，次畿。東至府二十七里。本成都縣之
界，垂拱二年分置犀浦縣。」49《通典》「益州」下有犀浦縣
50。《太平寰宇記》卷七十二「益州」亦有犀浦縣51。至宋神
宗「熙寧五年省犀浦縣為鎮入郫」52，而為犀浦鎮。

其次，犀浦縣有江。趙次公認為由於犀浦無江，既無江即
未能與「湛湛長江去」詩意相合，因此將詩句斷為「南京西浦
道」。然而，趙次公這個推論有誤，因為犀浦有江，其縣北有
都江水，縣南有黃花水，《元和郡縣圖志》「犀浦縣」下云：
「都江水，在縣北四里。黃花水，在縣南八里。」53且浣花溪

48　林繼中：《杜詩趙次公先後解輯校》（上），丙帙卷之一，頁398。
49　李吉甫：《元和郡縣圖志》（下），卷三十一，頁769。
50　杜佑：《通典》（五），卷一百七十六，頁4626。
51　樂史：《太平寰宇記》（文海出版社），卷七十二，頁563。
52　王存：《元豐九域志》（上），卷七，頁308。《欽定大清一統志》
　　「犀浦廢縣」下亦云：「在郫縣東，……，本成都縣地，垂拱二年分
　　置，取李冰所造石犀為名。《宋史·地理志》：熙寧五年省犀浦為
　　鎮，入郫縣。」（見《四庫全書》，第481冊，卷二百九十二，頁52）

在杜甫草堂附近，草堂地屬犀浦縣，〈江畔獨步尋花七絕句〉即在此作，而《太平寰宇記》「華陽縣」下云：「杜甫宅在郭西外地，屬犀浦縣。按：浣花溪地有百花潭。」[54]陸游《老學菴筆記》亦云：

> 予在成都，偶以事至犀浦，過松林甚茂，問馭卒：「此何處？」答曰：「師塔也。」蓋謂僧所葬之塔。於是乃悟杜詩「黃師塔前江水東」之句。[55]

因此，犀浦實有江水。宋朝廢犀浦縣，而為犀浦鎮，屬郫縣，范成大至犀浦時，即曾記載其見聞，《吳船錄》卷上說：

> 五十里，至郫縣。觀者塞途，皆嚴裝盛飾，帝幕相望。蓋自來無制帥行此路者。自是而西，州縣皆然。郫邑屋極盛，家家有流水脩竹，而楊氏之居為最。縣圃大竹萬個，流水貫之，濃翠欲滴。未至縣二十里，有犀浦鎮，故犀浦縣。今廢，屬郫，猶為壯鎮。杜子美詩：「南京犀浦道，四月熟黃梅。湛湛長江去，冥冥細雨來。」蜀無梅雨，子美梅熟時經行，偶值雨耳。恐後人便指為梅雨，故辯之。[56]

53　李吉甫：《元和郡縣圖志》（下），卷三十一，頁770。胡仔亦曾云：「〈梅雨〉云：『南京犀浦道，四月熟黃梅。』今本犀作西，非是。犀浦在成都府二十五里，太守李冰作五石犀沈江以壓水怪，因以名縣。」（見《杜甫卷》，第二冊，頁576）此亦犀浦有江之證，惜未云所出。

54　樂史：《太平寰宇記》（文海出版社），卷七十二，頁561。

55　陸游：《老學庵筆記》（北京：中華書局），卷九，頁117。

56　范成大：《吳船錄》，卷上，見《范成大筆記六種》，頁187-188。

據此，犀浦有江，除都江水、黃花水外，亦有浣花溪，所謂「黃師塔前江水東」也。犀浦既有江，因而趙注「犀浦道無江」之說有誤，且詩作「南京犀浦道」亦合於「湛湛長江去」詩句。

　　史炳於「犀浦」則下云：「〈梅雨〉詩『南京犀浦道』，一本作『西浦』，而趙注從之，謂：是成都江水西邊之浦，公所居正在此，而以一本作『犀浦』，為惑於成都屬縣之郫有犀浦鋪。又云：殊不思下有長江之句，則『犀浦道無江』。炳案：《元豐九域志》：熙寧五年省犀浦縣為鎮入郫，此趙注所謂郫縣之犀浦鋪也。然《元和郡縣志》：犀浦縣東至成都府祇二十七里，則距大江亦不遠，而犀浦縣北四里有都江水是亦江也，何云『犀浦道無江』乎？再參以杜公〈江畔獨步尋花〉詩『黃師塔前江水東』，《老學菴筆記》稱『予在成都，偶以事至犀浦，過松林甚茂，問馭卒：『此何處？』答曰：『師塔也。』乃悟杜句』云云。則『犀浦有江』，而公所曾遊可知。何必定從西浦？」[57]

　　（四）千里湖在溧陽：〈贈別賀蘭銛〉有「我戀岷下芋，思君千里蓴」之句。然「千里」之說甚多，主要有兩說，或以為乃湖名；或以為乃地名，其說不同如此，以下分而述之：

　　首先，嚴有翼認為〈贈別賀蘭銛〉「我戀岷下芋，君思千里蓴」中的「千里」乃指「千里湖」，這主要是以山與湖相對，而「岷」乃岷山[58]，因而「岷下」須與湖相對，據此「千

57　史炳：《杜詩瑣證》，卷上，頁 107-108。
58　仇兆鰲亦認為「岷」指「岷山」，《杜詩詳註》說：「〈貨殖傳〉：岷山之下，沃野千里，下有蹲鴟，至死不饑。注：蹲鴟：芋也。」（卷十二，頁 1072）

里」當為湖名，他說：

> 千里蓴，《世說》載陸機詣王武子，武子前有羊酪，指
> 示陸曰：「卿吳中何以敵此？」陸曰：「千里蓴羹，但
> 未下鹽豉耳。」蓴羹得鹽豉尤美。故子美詩云「豉化蓴
> 絲熟」，梅聖俞詩云「剩持鹽豉煮紫蓴」，又「紫蓴豉煮
> 香味全」，山谷詩云「鹽豉欲催蓴菜熟」，蓋謂是也。作
> 《晉史》者，取《世說》之語而刪去兩字，但云「千里
> 蓴羹，未下鹽豉」，故人多疑之。或言千里、未下皆地
> 名也，或言千里言地之廣，或言自洛至吳有千里之遙，
> 或言蓴羹必鹽豉乃得其真味，是皆不然。蓋千里，湖名
> 也。千里湖之蓴菜，以之為羹，其美可敵羊酪，然未可
> 猝至，故云「但未下鹽豉耳」。子美又有〈別賀蘭銛〉
> 詩云「我戀岷下芋，思君千里蓴」，以岷下對千里，則
> 千里為湖名可知。《酉陽雜俎・酒食品》亦有千里蓴。[59]

其次，王楙亦曾記載湖人陳和之嘗言「千里」乃地名，其
產蓴菜甚佳，《王楙詩話》說：

> 《晉書》載陸機造王武子。武子置羊酪指示陸曰：「卿
> 吳中何以敵此。」陸曰：「千里蓴羹，末下鹽豉。」或
> 者謂千里末下皆地名也，蓴、豉所出之地。而《世說》
> 載此語。則曰：「千里蓴羹，但末下鹽豉耳。」觀此
> 語，似非地名。東坡詩曰：「每憐蓴菜下鹽豉。」又

[59] 《嚴有翼詩話》，見《宋詩話全編》，第三冊，頁 2337-2338。另亦
可參胡仔：《漁隱叢話》（五），卷八，頁 1340-1341。

曰：「未肯將鹽下蓴菜。」坡意正協《世說》。然杜子
美詩曰：「我思岷下芋，思君千里蓴。」張鉅山詩曰：
「一出修門道，重嘗末下蓴。」觀二公所云，是又以千
里末下為地名矣。前輩諸公之見不同如此。僕嘗見湖人
陳和之，言千里地名，在建康境上，其地所產蓴菜甚
佳。計末下亦地名。[60]

何說為是呢？千里當為湖名，地在溧陽，出產蓴菜，陸機
所謂「千里蓴羹」者，《永樂大典方志輯佚・溧陽志》云：

千里湖，在縣東南十五里。《晉書》陸機云「千里蓴
羹，未下鹽豉」，《南史》沈文季云「千里蓴羹，豈關
魯衞」，皆指此地也。至今產蓴羹。俗呼千里涬，與古
縣涬相連。[61]

《溧陽縣志》卷一亦云：

千里湖，一名千里涬。或曰即黃壚蕩也，在縣南十五
里。陸機言「千里蓴羹」，指此。[62]

《溧陽縣續志》卷一亦云：

千里湖，陸機云「千里蓴羹」，即此湖也。[63]

---

[60] 《王楙詩話》，見《宋詩話全編》，第七冊，頁 7431。另亦可見《杜
甫卷》，第三冊，頁 734-735。
[61] 《永樂大典方志輯佚》，「溧陽志」，頁 576。
[62] 李景嶧等修、史炳等纂：《溧陽縣志》，卷一，頁 42。

迨至清代，千里湖已無蒪之生產，《溧陽縣志》卷六又云：
「古有千里湖蒪，今無。」[64] 因此，〈贈別賀蘭銛〉之「千里
蒪」當即溧陽千里湖所產之蒪菜。

史炳以為是溧陽之千里湖，《杜詩瑣證》「千里蒪」則下
云：「〈贈別賀蘭銛〉云『思君千里蒪』。……，千里湖，則確
在溧陽，《太平寰宇記》：昇州溧陽縣千里湖產蒪，云陸機所
稱即此。《建康志》：千里湖在溧陽縣東南十五里，至今產美
蒪，俗呼千里濙，與故縣濙相連。炳案：今溧陽城南十五里有
古縣，即故縣也，孫吳之永平縣，晉、宋、齊、梁、陳之永世
縣並治此，今其左近皆小港，平疇絕無巨浸，而尚有所謂黃墟
蕩者，舊志謂即千里湖，蓋溧陽之大水湖濙蕩率皆通稱千里
湖，在黃墟一帶，可無復疑，但今絕不產蒪耳。」[65]

第三節　糾考舊注深文比附之誤

舊說認為〈丹青引〉乃描寫肅宗見玄宗之馬，未能有思念
之意，反笑而賜金，不如圉人太僕知感慨懷念，用以深刺肅
宗。譬如趙次公說：「玉花驄，先帝之馬也。畫手精妙，盡得
其真，至尊賞之，揮涕而賜金可也，乃笑而賜。若圉人、太
僕，却知感概，為之惆悵，則公詩微意可推矣。」[66] 又如，張
邦基《墨莊漫錄》亦云：「杜子美微意深遠，考之可見。如

63　楊家驥等修、馮煦等纂：《溧陽縣續志》，卷一，頁 16。
64　李景嶧等修、史炳等纂：《溧陽縣志》，卷六，頁 172。
65　史炳：《杜詩瑣證》，卷下，頁 136-137。
66　林繼中：《杜詩趙次公先後解輯校》（上），丙帙卷之九，頁 579。

〈丹青引〉，贈曹霸詩也。有云：『至尊含笑催賜金，圉人太僕皆惆悵。』……此詩深譏肅宗也。考是詩，始云：『先帝天馬玉花驄，畫工如山貌不同。是日牽來赤墀下，迥立閶闔生長風。』帝既見先帝之馬，當軫羹墻之念，反含笑而賜金，曾不若圉僕見馬能惆悵而懷先帝也。」[67] 舊說以為〈丹青引〉乃肅宗詔曹霸畫馬賜金，並深刺肅宗之作。

然而，史炳認為〈丹青引〉「開元之中常引見」以下，實乃追述玄宗詔曹霸畫御馬之事，非如舊說所云，並引張彥遠《歷代名畫記》所載為證，《名畫記》云：

> 曹霸，魏曹髦之後。髦畫稱于後代，霸在開元中已得名，天寶末，每詔寫御馬及功臣，官至左武衛將軍。[68]

另外，《宣和畫譜》亦云：

> 曹霸，髦之後。髦以畫稱于魏。霸在開元中已得名。天寶末每詔寫御馬及功臣像。[69]

唐玄宗於天寶末既每詔曹霸畫御馬，如此〈丹青引〉即非敘述肅宗詔霸畫馬，而有譏刺肅宗之義。

史炳於「圉人太僕皆惆悵」則下云：「〈丹青引〉，……。趙注云：『玉花驄，先帝之馬也。畫手精妙，盡得其真，至尊賞之，揮涕而賜金可也，乃笑而賜。若圉人、太僕，却知感

67　張邦基：《墨莊漫錄》，卷四，頁 127。
68　張彥遠：《歷代名畫記》，見《唐五代畫論》，頁 242。
69　《宣和畫譜》，卷十三，頁 284。

檠，為之惆悵，則公詩微意可推矣。」《墨莊漫錄》亦謂：肅
宗見先帝之馬，含笑賜金，曾不若圉僕之能惆悵。此皆誤認肅
宗詔霸畫馬，不知詩雖作於肅宗時，而自『開元之中常引見』
以下，則皆追述元宗時事。所稱詔畫『玉花驄』、『含笑催賜
金』者皆元宗詔之而賜之，文義甚明。而《名畫記》稱霸在開
元中已得名，天寶末每詔畫御馬及功臣，事據確鑿，何乃全不
體會詩義？而深文比附，指為譏刺肅宗耶？」[70]

第四節 糾考舊說衍字、舊注訛字之誤

（一）「綠沉甲」衍作「綠沈鎗甲」：譬如〈重過何氏五首〉
之四「雨拋金鎖甲，苔臥金沉槍」兩句，吳曾於《能改齋漫錄》
卷四「綠沈」則下說：「余嘗考其詳。《北史》：『隋文帝賜
蔪綠沈鎗甲、獸文具裝。』〈武庫賦〉曰：『綠沉之槍。』由
是言之，蓋槍用綠沈飾之耳。」[71]吳曾引《北史》作「綠沈鎗
甲」。

然此事於《北史》與《隋書》皆作「綠沉甲」，《北史・
張蔪傳》說：

> 文帝命升御坐宴之，謂曰：「卿可為朕兒，朕為卿父。
> 今日聚集，示無外也。」後賜綠沈甲、獸文具裝，綺羅
> 千匹。[72]

---

[70] 史炳：《杜詩瑣證》，卷上，頁 34-35。
[71] 吳曾：《能改齋漫錄》，卷四，頁 73。
[72] 《北史》（八冊），列傳第六十六，頁 2632。

另外《隋書・竇傳》亦云：

> 其後賜綺羅千匹，綠沉甲、獸文具裝。[73]

據此，吳曾所引之「鎗」字，係為衍字，當作「綠沉甲」，而非「綠沈鎗甲」。

史炳於「金鎖綠沉」則下云：「〈重過何氏〉云『雨拋金鎖甲，苔臥綠沉槍』。……。《西溪叢語》、《能改齋漫錄》並引《北史》隋文帝賜張竇綠沉槍甲。案：今《北史》及《隋書・竇傳》祇云：賜竇綠沉甲，俱無『槍』字，引者誤增也。」[74]

（二）「抏」訛作「抗」或「扤」：《九家集註杜詩》與《杜詩趙次公先後解輯校》於〈贈李八秘書別三十韻〉皆作「對揚抗士卒，乾沒費倉儲」[75]。

史炳認為作「抗」字，或作「扤」字，皆為「抏」字之訛。首先，吳曾《能改齋漫錄》即引司馬相如〈上林賦〉「抏士卒之精，費府庫之財」與王褒〈四子講德論〉「驚邊抏士」為證[76]，說明「抗士卒」當為「抏士卒」。

雖然《文選》〈四子講德論〉或作「驚邊扤士」[77]，但是胡克家於〈考異〉中亦認為當作「抏」，其意當為耗，且「抏」

---

[73] 《隋書》（五冊），列傳第二十九，頁1510。

[74] 史炳：《杜詩瑣證》，卷下，頁134-135。

[75] 郭知達集註：《九家集註杜詩》（四），卷二十九，頁1990。林繼中：《杜詩趙次公先後解輯校》（下），戊帙卷之九，頁1156。

[76] 吳曾《能改齋漫錄》卷六說：「杜子美〈贈李校書〉詩：『對揚抏士卒，乾沒費倉儲。勢藉兵雖用，功無禮忽諸。……。』初不曉對揚抏士卒為何等語，讀〈上林賦〉，方悟。抏，挫也，五官切。『抏士卒之精，費府庫之財』。蓋李方入對，宜論蜀中兵老財匱也。又王褒〈四子講德論〉曰：『驚邊抏士，屢犯芻蕘。』」（頁134）

[77] 蕭統選輯、李善注釋：《文選》，卷五一，頁716。

字多見《史》、《漢》等；另有作「驚邊扤士」而無校語，乃
五臣亂李善注所致，胡克家於「驚邊扤士」下云：

> 袁本、茶陵本「扤」作「扤」，何云：《能改齋漫錄》
> 作「抌」。案：何校是也。……。又此字見於《史記》、
> 《漢書》、《鹽鐵論》甚多，其訓損也，耗也，其音五官
> 反。袁、茶陵二本所載銑注云：扤，動也，而不著校
> 語，以五臣亂善，致為乖謬。尤作「抌」，亦非。[78]

據此，「驚邊抌士」或「驚邊扤士」皆非，應作「驚邊扤
士」。

其次，朱齡鶴亦認為「驚邊扤士」恐為「驚邊抌士」之
訛，並引《平準書》與《索隱》為證，他說：

> 按：《平準書》：百姓抌弊以巧法。《索隱》曰：《三
> 蒼》：抌，音五官切；抌者，耗也。取此音以釋此詩，
> 於義甚當。王襃〈講德論〉：驚邊扤士，屢犯薆薉。銑
> 曰：扤，動也。恐亦是「抌」士，訛為「扤」耳。[79]

依此，「驚邊扤士」當作「驚邊抌士」。

史炳於「抌士卒」則下云：「〈贈李八秘書別〉『對敭抌士
卒，乾沒費倉儲』，抌本或作抌，故趙次公注云：其對敭之所
抌舉，必以士卒為言者，為其乾沒而費廩食也。然以抌論軍事

78　蕭統選輯、李善注釋：《文選》，胡氏考異卷九，頁 967。
79　朱鶴齡：《杜工部詩集》（下），卷十六，頁 1407。另亦可參史炳
　　《杜詩瑣證》，卷上，頁 25-26。

為抗士卒，不成文義。吳曾《漫錄》作『扤』，引〈上林賦〉：『扤士卒之精，費府庫之財。』言李方入，對宜論蜀中『兵老』『財匱』也。又引〈四子講德論〉：『驚邊扤士。』炳案：宋尤延之本《文選》〈上林賦〉作『扤』，〈四子講德論〉作『抏』。善無音注。鄱陽胡氏〈考異〉云：『袁本、茶陵本『抏』作『杌』，何云：《能改齋漫錄》作『扤』。何校是也。善不音注者，已見〈上林賦〉：『扤士卒之精』下也。又此字見於《史記》、《漢書》、《鹽鐵論》者甚多，其訓損也，耗也，其音五官反。袁、茶陵二本所載銑注云：杌，動也，而不著校語，以五臣亂善，致為乖謬。尤作『抏』，亦非。』」[80]

第五節　糾考舊注其它之誤

（一）《本草綱目》中獨活無戎王子之名：仇兆鰲於〈陪鄭廣文遊何將軍山林十首〉之三「萬里戎王子，何年別月支」下注云：「《本草》：《日華子》云：獨活，一名戎王使者。戎王子，當是其類。」[81] 浦起龍亦引仇注[82]。

獨活乃羌活，又名獨搖草、胡王使者。《本草綱目·草部》「獨活」云：

> 弘景曰：一莖直上，不為風搖，故曰獨活。別錄曰：此

80　史炳：《杜詩瑣證》，卷上，頁24-26。
81　仇兆鰲：《杜詩詳註》（一），卷二，頁149。
82　浦起龍《讀杜心解》說：「《日華子》：獨活，一名戎王使者。仇云：當是其類。」（卷三之一，頁348）

草得風不搖，無風自動，故名獨搖草。大明曰：獨活，是羌活母也。時珍曰：獨活以羌中來者為良，故有羌活、胡王使者諸名，乃一物二種也。[83]

另外，《本草品匯精要》卷七「草部上品之上」亦云：

獨活，……，名，胡王使者、獨搖草。[84]

因此，獨活並無戎王子之名。且《本草綱目》「獨活」則下未見《日華子》之語，仇引或是別本？

史炳於「戎王子」則下云：「〈陪鄭廣文遊何將軍山林〉云：『萬里戎王子，何年別月支。』……。或說『《本草》：《日華子》云：獨活，一名戎王使者。戎王子，當是其類。』炳案：《日華子》，書今不傳。以諸家《本草》考之，則獨活與羌活同類，而獨活亦名羌活，又一名護羌使者、胡王使者，非戎王子也。」[85]

（二）「良遇不可值，伸眉路何階」非應璩之詩，乃應瑒之詩：趙次公於〈夜聽許十一誦詩愛而有作〉「何階子方便，謬引為匹敵」下注云「應德璉詩云：『伸眉路何階。』」[86]仇兆鰲注云：「應璩詩：良遇不可值，伸眉路何階。」[87]仇兆鰲將「良遇」二句作「應璩」詩。

魏汝南應瑒字德璉，據《文選》，其〈侍五官中郎將建章

83　李時珍：《本草綱目》（中冊），第十三卷，頁645。
84　劉文泰等纂修、曹暉校注：《本草品匯精要》，卷七，頁108。
85　史炳：《杜詩瑣證》，卷上，頁104-105。
86　林繼中：《杜詩趙次公先後解輯校》（上），甲帙卷之五，頁131。
87　仇兆鰲：《杜詩詳注》（一），卷三，頁247。

臺集詩一首〉有「良遇不可值，伸眉路何階」之語[88]。而汝南
應瑒字休璉，其詩並無『良遇』二句。仇兆鰲將應瑒詩誤作應
璩詩。

　　史炳於「何階」則下云：「案：德璉，名瑒，詩為〈侍五
官中郎將建章臺〉作，仇注引作應璩詩，誤矣。」[89]

　　（三）不解互言之妙：胡仔認為〈北征〉「不聞夏殷衰，中
自誅褒妲」有誤，當作「不聞商周衰，中自誅褒妲」，《漁隱
叢話》說：

> 老杜謂夏商衰誅褒妲。褒姒，周幽王后也。疑「夏」字
> 為誤，當云「商周」，可也。[90]

胡仔以為在「不聞夏殷衰，中自誅褒妲」中商紂應與妲己相
應，周幽當與褒姒相應，因而胡仔懷疑「不聞夏殷衰」中之
「夏」字有誤，當云「不聞商周衰」。另外，謝肇淛亦曾說：

> 杜少陵詩極精細，然亦間有誤用處，……，「不聞夏殷
> 衰，中自誅褒妲」，褒姒乃周事，非夏事也。[91]

謝肇淛也以為妲己屬商事；褒姒屬周事，而非夏事，因此「不
聞夏殷衰」之「夏」字乃誤用，當作「不聞商周衰」，此屬杜
詩誤用處。

88　蕭統選輯、李善注釋：《文選》，卷二〇，頁284。
89　史炳：《杜詩瑣證》，卷下，頁189。
90　胡仔：《漁隱叢話》（一），卷十二，頁240。
91　《謝肇淛詩話》，見《明詩話全編》，第六冊，頁6763。

　　然舊說值得商榷，由於夏桀寵愛妺喜，商紂寵遇妲己，周幽寵幸褒姒，杜甫詩句原本應作「不聞夏桀衰，中自誅妺喜；不聞殷紂衰，中自誅妲己；不聞周幽衰，中自誅褒姒」，杜甫互省犯複之詞，而成「不聞夏殷衰，中自誅褒妲」，此乃互文技巧。據此，「不聞夏殷衰」之「夏」字無誤。

　　史炳於「夏殷褒妲」則下云：「〈北征〉『不聞夏殷衰，中自誅褒姒』。《日知錄》云：不言周、不言妺喜，此古人互言之妙。自八股學興，無人解此文法矣。案：此謂後人文法必云『不聞殷周衰，中自誅褒妲』，或云『不聞夏殷衰，中自誅妺妲』耳，然此不待八股興而後無解人，宋、胡仔已云：褒姒，周幽王后也，『夏』字疑惧，當作『商周』。」[92]

第六節　刊削之道

　　史炳的《杜詩瑣證》是杜詩考訂的著作，專以考證舊說舊注的錯謬，並獲得考訂成果。本文嘗試從前文再進一步歸納其刊削舊說錯謬的方法。史炳的刊判之道至少有下列數端：

　　一、覈之史書，以斷其為謬：譬如〈重過何氏五首〉之四「雨拋金鎖甲，苔臥綠沉槍」，吳曾《能改齋漫錄》引《北史》並作「隋文帝賜癰綠沈鎗甲」。史炳覈之《北史》與《隋書》，兩書皆作「綠沉甲」，史炳進而斷吳曾所引「綠沈鎗甲」，其「鎗」字為衍字。又如〈奉先劉少府新畫山水障歌〉，蔡夢弼認為隋朝的楊素即詩中的楊契丹，其善於繪畫。而《後畫錄》另

92　史炳：《杜詩瑣證》，卷下，頁 199。

有「隋參軍楊契丹」之語。倘蔡夢弼所言為是，則楊素應曾官參軍。史炳將此徵諸〈楊素傳〉，發現本傳並無楊素曾官參軍與善於繪畫之記載，因此斷蔡夢弼所言當誤。

二、覈之杜詩，以斷其為謬：譬如〈晚行口號〉中之「三川不可到，歸路晚山稠」，舊題為王洙者注「三川」乃指涇、渭、洛水。而涇、渭、洛水在長安附近。史炳依〈晚行口號〉認為此詩乃杜甫自鳳翔往鄜州省家於道中作，歸心迫切，感嘆遲遲不能到達鄜州。據此，「三川」乃指鄜州之三川，非長安之三川。

三、覈之地志與筆記，以斷其為謬：譬如〈梅雨〉中之「南京犀浦道，四月熟黃梅」，趙次公認為當作「南京西浦道」，並認為「犀浦道無江」，史炳據《元和郡縣志》載犀浦縣北四里有都江水與陸游《老學菴筆記》所載悟杜詩「黃師塔前江水東」句，以駁趙次公「犀浦道無江」說。

四、覈之《本草》，以斷其為謬：譬如〈陪鄭廣文遊何將軍山林十首〉其三之「萬里戎王子，何年別月支」，仇兆鰲引《本草》所載《日華子》之語，並進而認為戎王子當是獨活是類。史炳徵之《本草》，發現獨活並無戎王子之名，而斷仇說有誤。

五、覈之《文選》或原集，以斷其為謬：譬如〈夜聽許十一誦詩愛而有作〉「何階子方便，謬引為匹敵」兩句，仇兆鰲注「應璩詩：良遇不可值，伸眉路何階」。史炳徵諸《文選》或原集，發現「良遇不可值，伸眉路何階」兩句當是應瑒〈侍五官中郎將建章臺〉詩語，仇注誤作應璩詩。

簡言之，史炳考訂杜詩舊注、舊說錯謬並獲致若干結論，

一、史炳考訂〈奉先劉少府新畫山水障歌〉詩中的「楊契丹」非「楊素」，因為楊素未嘗官參軍；二、考訂《初學記》引《宋記》作「劉彥範潛作艦艓」有誤，當作「劉休範」，此可為〈最能行〉中「艓」字事始；三、考訂舊本〈梅雨〉「南京西浦道」，「西浦道」當作「犀浦道」，因為犀浦有江；四、考訂〈贈別賀蘭銛〉中之「千里」當指千里湖，地在溧陽，生產蓴菜；五、考訂舊說於〈重過何氏五首〉中所引之「綠沈鎗甲」當為「綠沉甲」之衍；六、考訂舊本〈贈李八秘書別三十韻〉「對敭抗士卒」，「抗士卒」當作「抚士卒」；七、考訂〈陪鄭廣文遊何將軍山林十首〉中之「戎王子」與獨活無涉；八、考訂舊注於〈夜聽許十一誦詩愛而有作〉下所引之「良遇不可值，伸眉路何階」非應璩之詩，當為應瑒之詩；九、考訂舊注於〈和裴迪登蜀州東亭送客逢早梅相憶見寄〉所言何遜為廣陵王記室有誤，當為廬陵王記室。十、糾斥〈玄都壇歌寄元逸人〉中之「東蒙」非指終南山峰之名；十一、糾斥〈丹青引〉「玉花」四句非譏刺肅宗。

第九章 >>>>>>

結 論

關於研究成果，以下分四個部分說明之：

一、杜詩舊注錯謬：本文證實杜詩舊注、舊說存有諸多的錯誤，此尤以《百家注》、《分門集註》、《千家註》為甚。而趙次公、黃希黃鶴父子、錢謙益、朱鶴齡、仇兆鰲、史炳等，對杜詩舊注舊說的糾考，貢獻良多，這使杜詩能呈現真面目、真精神，不蔽於妄注。

二、杜詩編年原則：黃鶴於杜詩編年的考證上，使用四個原則：據史繫詩、據詩編年、詩史編年與詩從舊次。黃鶴運用這四個原則為杜詩編年，不僅確立杜詩創作的時間，也稽考了杜詩舊注編年之誤。而這四個原則也成為後世杜詩編年的原則。

三、杜詩考據理論：錢謙益針對杜詩舊注錯謬的現象，提出了杜詩考據理論，一方面說明舊注錯謬的原因，如偽託古人、偽造故事、傅會前史、偽撰人名、改竄古書、顛倒事實、強釋文義、錯亂地理、妄添題下注、史書附會杜詩、傳寫錯謬、讀音錯謬、偽託改竄等；一方面提出刊削之道，如覈之史書、覈之文義、覈之文理、覈之於時、覈之《文選》或原集、

叕之古本杜集等。錢氏的杜詩考據理論，不僅為一完整的考據理論，亦使杜詩考據跳脫支離剝割的局面，在杜詩考據上，開拓出全新的境地。

四、杜詩箋注原則：朱鶴齡在前人既有的基礎上進一步提出了注杜的原則：消極上，須避免因搜奇抉奧與穿鑿附會，而以不相干的事物來詮釋作品。積極上，注杜須據杜甫以前書；人名、事蹟、地理、山川、古蹟須考據其原始；須援引《新唐書》、《舊唐書》、《元和郡縣志》，不得已始引《太平寰宇記》、《長安志》等近代地志及後代書籍以證之；徵引故實須覈驗所出之書，並以最先者為據；引用諸說，必求本自何人、何書。朱鶴齡於反省舊注錯謬的過程中，不僅指出箋注杜詩的原則，使杜詩箋注避免流於錯謬，並揭示以考據為基礎的杜詩詮釋新面貌。

主要參考文獻

一、書籍

（一）杜詩

杜工部集，杜甫撰，王洙編次，台北：臺灣學生書局，
　　1967。

杜詩趙次公先後解輯校，趙次公注，林繼中輯校，上海：上海
　　古籍出版社，1994。

九家集註杜詩，郭知達集註，清、文瀾閣欽定四庫全書本，台
　　灣大通書局。

王狀元集百家註編年杜陵詩史，王十朋集註，景民國二年貴池
　　劉氏玉海堂景宋刊本，中文出版社。

分門集註杜工部詩，宋闕名集註，上海涵芬樓借南海潘氏藏宋
　　刊本，台灣大通書局。

草堂詩箋，魯訔編次，蔡夢弼會箋，台北：廣文書局，
　　1971。

補注杜詩，黃希原注、黃鶴補注，文淵閣四庫全書本，台灣商
　　務印書館。

集千家註分類杜工部詩，徐居仁編、黃鶴補註，台灣大通書
　　局。

杜工部草堂詩箋補遺，黃鶴集注、蔡夢弼校正，景古逸叢書景

宋刊本，中文出版社。

黃氏集千家註杜工部詩史補遺，黃鶴注，續修四庫全書。

集千家註批點補遺杜詩集，劉辰翁批點，高楚芳編，明嘉靖己
　　丑靖江王府刊本，台灣大通書局。

杜律趙註，趙汸註，明萬曆十六年新安吳氏七松居藏本，台灣
　　大通書局。

杜律演義，張性撰，嘉靖十六年汝南王齊刊本，台灣大通書
　　局。

杜律虞註，虞伯生，明、吳登籍校刊本，台灣大通書局。

讀杜詩愚得，單復註，明宣德九年江陰朱氏刊本，台灣大通書
　　局。

杜工部詩通附本義，張綖撰，隆慶壬申張守中浙江刊本，台灣
　　大通書局。

杜律意箋，顏廷榘，台北市閩南同鄉會，1975。

刻杜少陵先生詩分類集註，邵寶集註，明萬曆廿三年吳周子文
　　刊本，台灣大通書局。

杜律集解，邵傳集、陳學樂校，日本元祿九年刊本，台灣大通
　　書局。

杜律五言補註，汪瑗，明萬曆四十二年新安汪氏刊本，台灣大
　　通書局。

杜臆，王嗣奭撰，續修四庫全書，上海古籍出版社。

錢牧齋先生箋註杜工部集，錢謙益箋註，續修四庫全書，上海
　　古籍出版社。

杜工部詩集，朱鶴齡註，景康熙九年刊本，中文出版社。

唱經堂杜詩解，金聖歎，臺灣大通書局。

杜工部詩說，黃生撰，京都：中文出版社，1976。

杜詩詳注，仇兆鰲注，台北：里仁書局，1980。

纂註杜詩澤風堂批解，李植批解，康熙十八年朝鮮李氏家刊
　　本，台灣大通書局。

杜詩闡，盧元昌註，康熙二十五年書林刊本，台灣大通書局。

讀書堂註解，張溍評註，康熙三十七年刊本，台灣大通書局。

杜詩論文，吳見思註，潘眉評，清康熙十一年吳郡寶翰樓刊
　　本，台灣大通書局。

杜詩提要，吳瞻泰，清乾隆間羅挺刊，台灣大通書局。

杜詩評鈔，沈德潛纂，大家合評，台北：廣文書局，1976。

杜詩偶評，沈德潛，京都：中文出版社。

讀杜心解，浦起龍，北京：中華書局，2000。

杜詩鏡銓，楊倫，台北：華正書局，1986。

杜詩瑣證，史炳，京都：中文出版社，1977。

讀杜詩說，施鴻保著，台北：臺灣中華書局，1970。

杜詩引得，洪業。

杜甫詩集四十種索引，黃永武編，台灣大通書局。

（二）經史子集

十三經注疏附校勘記（上）（下），阮元校勘，大化書局，
　　1982。

十三經注疏經文索引，李迺陽、中津濱涉合編，大化書局，
　　1991。

史記，司馬遷撰，北京：中華書局，2005。

漢書，班固撰，唐、顏師古注，北京：中華書局，2002。

後漢書，范曄，唐、李賢等注，北京：中華書局，2003。

前漢紀，荀悅，文淵閣四庫全書本，臺灣商務印書館。

三國志，陳壽撰，北京：中華書局，2002。

晉書，房玄齡等撰，北京：中華書局，2003。

宋書，沈約撰，北京：中華書局，2003。

南齊書，蕭子顯撰，北京：中華書局，2003。

北齊書，李百藥撰，北京：中華書局，2003。

梁書，姚思廉撰，北京：中華書局，2003。

陳書，姚思廉撰，北京：中華書局，2002。

周書，令狐德棻等撰，北京：中華書局，2003。

南史，李延壽撰，北京：中華書局，2003。

北史，李延壽撰，北京：中華書局，2003。

隋書，魏徵等撰，北京：中華書局，2002。

舊唐書，劉昫等撰，北京：中華書局，2002。

新唐書，歐陽修、宋祁撰，北京：中華書局，2003。

舊五代史，薛居正等撰，北京：中華書局，2003。

新五代史，歐陽修撰，徐無黨註，北京：中華書局，2002。

清史稿，趙爾巽等撰，北京：中華書局，2003。

資治通鑑，司馬光撰、胡三省注，章鈺校記，新象書店。

資治通鑑考異，司馬光撰，文淵閣四庫全書本，臺灣商務印書
　館。

通典，杜佑撰，北京：中華書局，2003。

通志，鄭樵，文淵閣四庫全書本，臺灣商務印書館。

文獻通考，馬端臨，文淵閣四庫全書本，臺灣商務印書館。

通鑑紀事本末，袁樞，文淵閣四庫全書本，臺灣商務印書館。

蜀鑑，郭允蹈，文淵閣四庫全書本，臺灣商務印書館。

安祿山事蹟，姚汝能，景印百部叢書集成，台北：藝文印書
　館。

唐六典，李林甫等撰；陳仲夫點校，北京：中華書局，
　2005。

唐語林，王讜，台北：廣文書局，1968。

唐會要，王溥，文淵閣四庫全書本，臺灣商務印書館。

唐大詔令集，宋敏求編，文淵閣四庫全書本，臺灣商務印書
　館。

唐大詔令集補編，李希泌主編；毛華軒等編，上海：上海古籍
　出版社，2003。

大事記續編，王禕，文淵閣四庫全書本，臺灣商務印書館。

欽定續通志，嵇璜、曹仁虎等撰，文淵閣四庫全書本，臺灣商
　務印書館。

御批歷代通鑑輯覽，傅恆等奉敕撰，文淵閣四庫全書本，臺灣
　商務印書館。

御批資治通鑑綱目，朱熹撰、清聖祖批，文淵閣四庫全書本，
　臺灣商務印書館。

十七史商榷，王鳴盛著；黃曙輝點校，上海：上海書店出版
　社，2005。

廿二史考異，錢大昕；方詩銘、周殿傑校點，上海：上海古籍
　出版社，2004。

新唐書宰相世系表集校（上）（下），趙超編著，北京：中華書
　局，1998。

關中佚志輯注，王襃等撰；陳曉捷輯注，西安：三秦出版社，
　2006。

西京雜記，葛洪撰；周天游校注，西安：三秦出版社，
　2006。

華陽國志校注，常璩撰；劉琳校注，台北：新文豐出版公司，
　　1988。

水經注疏，酈道元注；楊守敬、熊會貞疏；段熙仲點校，南
　　京：江蘇古籍出版社，1999。

括地志輯校，李泰等著；賀次君等輯校，北京：中華書局，
　　2005。

元和郡縣圖志，李吉甫撰；賀次君點校，北京：中華書局，
　　2005。

兩京新記輯校，韋述撰；辛德勇輯校，西安：三秦出版社，
　　2006。

大業雜記輯校，杜寶撰；辛德勇輯校，西安：三秦出版社，
　　2006。

太平寰宇記附補闕，樂史，台北：文海出版社，1993。

太平寰宇記，樂史，文淵閣四庫全書本，臺灣商務印書館。

游城南記校注，張禮撰；史念海、曹爾琴校注，西安：三秦出
　　版社，2006。

輿地紀勝，王象之著；李勇先點校，成都：四川大學出版社，
　　2005。

元豐九域志，王存撰；王文楚、魏嵩山點校，北京：中華書
　　局，2005。

方輿勝覽，祝穆撰、祝洙增訂；施和金點校，北京：中華書
　　局，2003。

雍錄，程大昌撰；黃永年點校，北京：中華書局，2005。

輿地廣記，歐陽忞著；李勇先、王小紅校注，成都：四川大學
　　出版社，2003。

大元混一方輿勝覽，劉應李原編；詹有諒改編，成都：四川大

學出版社，2003。

長安志，宋敏求，北京：中華書局，1991。

類編長安志，駱天驤撰；黃永年點校，西安：三秦出版社，2006。

明一統志，李賢等奉敕，文淵閣四庫全書本，臺灣商務印書館。

欽定大清一統志，和珅等，文淵閣四庫全書本，臺灣商務印書館。

南山谷口考校注，毛鳳枝撰；李之勤校注，西安：三秦出版社，2006。

歷代宅京記，顧炎武著；于杰點校，北京：中華書局，2005。

肇域志，顧炎武，上海：上海古籍出版社，2004。

增訂唐兩京城坊考，徐松撰；李健超增訂，西安：三秦出版社，2006。

漢唐地理書鈔，王謨輯，北京：中華書局，2006。

關中勝蹟圖志，畢沅撰；張沛點校，西安：三秦出版社，2004。

永樂大典方志輯佚，馬蓉等點校，北京：中華書局，2004。

讀史方輿紀要，顧祖禹撰；賀次君、施和金點校，北京：中華書局，2005。

三秦記輯注，劉慶柱，西安：三秦出版社，2006。

關中記輯注，劉慶柱，西安：三秦出版社，2006。

陝西通志續通志，沈青崖、吳廷錫等撰，雍正十三年、民國二十三年刊本，見中國省志彙編，華文書局。

陝西通志，沈青崖等編纂、劉於義等監修，文淵閣四庫全書
　　本，臺灣商務印書館。

陝西志輯要，王志沂輯，清道光七年刊本，見中國方志叢書
　　「華北地方」。

蒲城縣新志，李體仁修、王學禮纂，光緒三十一年刊本，見中
　　國方志叢書「華北地方」，成文出版社。

武功縣志，康海，文淵閣四庫全書本，臺灣商務印書館。

四川通志，張晉生等編纂、黃廷桂等監修，文淵閣四庫全書
　　本，臺灣商務印書館。

蜀中廣記，曹學佺撰，文淵閣四庫全書本，臺灣商務印書館。

溧陽縣志，李景嶧等修、史炳等纂，嘉慶十八年修，光緒二十
　　二年重刻本，見中國方志叢書「華中地方」，成文出版社有
　　限公司。

溧陽縣續志，楊家顯等修、馮煦等纂，光緒二十三年刊本，見
　　中國方志叢書「華中地方」，成文出版社有限公司。

三輔黃圖校釋，何清谷撰，北京：中華書局，2005。

隋唐兩京叢考，辛德勇，西安：三秦出版社，2006。

兩唐書地理志匯釋，吳松弟編著，合肥：安徽教育出版社，
　　2002。

初學記，徐堅等著，北京：中華書局，2005。

初學記索引，許逸民編，北京：中華書局，2004。

北堂書鈔，虞世南編纂，見唐代四大類書，北京：清華大學出
　　版社，2003。

藝文類聚，歐陽詢等編纂，見唐代四大類書，北京：清華大學
　　出版社，2003。

白氏六帖，白居易編纂，見唐代四大類書，北京：清華大學出版社，2003。

冊府元龜，王欽若、楊億等奉敕撰，文淵閣四庫全書本，臺灣商務印書館。

太平御覽，李昉等奉敕，文淵閣四庫全書本，臺灣商務印書館。

太平御覽，李昉，河北教育出版社，2000。

玉海，王應麟，文淵閣四庫全書本，臺灣商務印書館。

近事會元，李上交，文淵閣四庫全書本，臺灣商務印書館。

名賢氏族言行類稿，章定，文淵閣四庫全書本，臺灣商務印書館。

古今事文類聚後集，祝穆，文淵閣四庫全書本，臺灣商務印書館。

氏族大全（排韻增廣事類氏族大全），不著撰人，文淵閣四庫全書本，臺灣商務印書館。

文選，蕭統編、李善注，北京：中華書局，2005。

漢魏六朝百三家集，張溥輯，文淵閣四庫全書本，臺灣商務印書館。

全唐文，董誥等編，北京：中華書局，2001。

全唐文補編，陳尚君輯校，北京：中華書局，2005。

御定全唐詩，康熙四十二年御定，文淵閣四庫全書本，臺灣商務印書館。

古賦辯體，祝堯，文淵閣四庫全書本，臺灣商務印書館。

歷代賦彙附索引，陳元龍編，南京：鳳凰出版社，2004。

楚辭補注，洪興祖，台北：長安出版社，1991。

庾子山集注，庾信，北京：中華書局，2000。

後畫錄，彥悰，見唐五代畫論，長沙：湖北美術出版社，2002。

畫拾遺，竇蒙，見唐五代畫論，長沙：湖北美術出版社，2002。

畫後品，李嗣真，見唐五代畫論，長沙：湖北美術出版社，2002。

歷代名畫記，張彥遠，文淵閣四庫全書本，臺灣商務印書館。

歷代名畫記，張彥遠，見唐五代畫論，長沙：湖北美術出版社，2002。

宣和畫譜，長沙：湖北美術出版社，2002。

隋唐嘉話，劉餗撰；程毅中點校，北京：中華書局，2005。

朝野僉載，張鷟撰；趙守儼點校，北京：中華書局，2005。

大唐新語，劉肅撰；許德楠、李鼎霞點校，北京：中華書局，2004。

柳河東集，柳宗元撰，文淵閣四庫全書本，臺灣商務印書館。

本事詩，孟棨，見原刻景印《百部叢書集成》，台北：藝文印書館，1965。

封氏聞見記校注，封演撰；趙貞信校注，北京：中華書局，2005。

宛陵集，梅堯臣，文淵閣四庫全書本，臺灣商務印書館。

秋崖集，方岳，文淵閣四庫全書本，臺灣商務印書館。

潏水集，李復，文淵閣四庫全書本，臺灣商務印書館。

侯鯖錄，趙令畤撰，孔凡禮點校，北京：中華書局，2004。

墨客揮犀，彭□輯撰，孔凡禮點校，北京：中華書局，
　2004。
東坡志林，蘇軾撰；王松齡點校，北京：中華書局，2006。
東坡集，蘇軾，文淵閣四庫全書本，臺灣商務印書館。
東坡全集，蘇軾，文淵閣四庫全書本，臺灣商務印書館。
山谷集，黃庭堅，文淵閣四庫全書，臺灣商務印書館。
雲麓漫鈔，趙彥衛撰；傅根清點校，北京：中華書局，
　1998。
邵氏聞見後錄，邵博撰；劉德權、李劍雄點校，北京：中華書
　局，2006。
范成大筆記六種，范成大撰；孔凡禮點校，北京：中華書局，
　2004。
容齋隨筆，洪邁，上海：上海古籍出版社，1998。
雞肋編，莊綽撰；蕭魯陽點校，北京：中華書局，2004。
老學庵筆記，陸游撰，台北：廣文書局，1972。
老學庵筆記，陸游撰；李劍雄、劉德權點校，北京：中華書
　局，2005。
墨莊漫錄，張邦基撰；孔凡禮點校，北京：中華書局，
　2004。
鶴林玉露，羅大經撰；王瑞來點校，北京：中華書局，
　2005。
能改齋漫錄，吳曾，台北：木鐸出版社，1982。
野客叢書，王楙，文淵閣四庫全書，臺灣商務印書館。
猗覺寮雜記，朱翌，文淵閣四庫全書，臺灣商務印書館。
漁隱叢話，胡仔，台北：廣文書局，1967。

清波雜志，周煇，文淵閣四庫全書，臺灣商務印書館。

晦菴先生朱文公文集，朱熹，台北：中華書局。

朱子語類，朱熹，文淵閣四庫全書，臺灣商務印書館。

元好問全集，姚奠中主編、李正民增訂，太原：山西古籍出版
　　社，2004。

瀛奎律髓彙評，方回選評；李慶甲集評校點，上海：上海古籍
　　出版社，2005。

焦氏筆乘，焦竑輯，台北：廣文書局，1968。

唐音癸籤，胡震亨，文淵閣四庫全書，臺灣商務印書館。

荊川稗編，唐順之編，文淵閣四庫全書本，臺灣商務印書館。

本草綱目，李時珍，北京：人民衛生出版社，2005。

本草品汇精要，劉文泰等撰；曹暉校注，北京：華夏書店，
　　2004。

錢牧齋全集，錢謙益著、錢曾箋注；錢仲聯標校，上海：上海
　　古籍出版社，2003。

讀杜小箋二箋，錢謙益，台北：廣文書局，1976。

愚菴小集，朱鶴齡，文淵閣四庫全書本，臺灣商務印書館。

杜詩說，黃生撰，徐定祥點校，合肥：黃山書社，1994。

唐詩評三種，黃生等撰，合肥：黃山書社，1995。

唐詩別裁集，沈德潛，台北：廣文書局，1970。

昭昧詹言，方東樹，台北：廣文書局。

昭昧詹言，方東樹，台北：漢京文化事業有限公司，1985。

潛邱札記，閻若璩，見清代學術筆記叢刊，學苑出版社。

經解入門，江藩，台北：廣文書局。

義門讀書記，何焯著，北京：中華書局，2006。

義門讀書記，何焯著，文淵閣四庫全書本，臺灣商務印書館。

滄浪詩話校釋，嚴羽著、郭紹虞校釋，台北：里仁書局，
　1987。

歲寒堂詩話校箋，陳應鸞著，成都：巴蜀書社，2000。

漁隱叢話，胡仔，台北：廣文書局，1967。

詩藪，胡應麟，台北：廣文書局，1973。

冰川詩式，梁橋，台北：廣文書局。

薑齋詩話，王夫之著，舒蕪校點，北京：人民文學出版社。

說詩晬語，沈德潛，見清詩話，台北：西南書局，1979。

說詩晬語，沈德潛，叢書集成續編，199冊，台北：新文豐出
　版公司，1989。

隨園詩法叢話，袁枚，台北：廣文書局，1978。

宋詩話輯佚，郭紹虞輯，台北：華正書局，1981。

宋詩話全編，吳文治主編，南京：江蘇古籍出版社，1998。

明詩話全編，吳文治主編，南京：江蘇古籍出版社，1997。

清詩話，王夫之等撰，台北：西南書局，1979。

清詩話續編，台北：藝文印書館，1985。

民國詩話叢編，張寅彭主編，上海：上海書店出版社，
　2002。

歷代詩話，吳景旭著，北京：京華出版社，1998。

歷代詩話，何文煥輯，台北：藝文印書館，1991。

歷代詩話，何文煥輯，北京：中華書局，2001。

歷代詩話續編，丁福保輯，北京：中華書局，2001。

（三）今人著作

杜甫，汪師雨盦，台北：河洛圖書出版社，1977。

不廢江河萬古流，陳文華老師，台北：偉文圖書公司，1978。

杜律旨歸，張夢機、陳文華老師，台北：學海出版社，1979。

杜甫傳記唐宋資料考辨，陳文華老師，台北：文史哲出版社，1987。

杜甫生平及其詩學研究，胡豈凡，台北：文史哲出版社，1978。

杜甫年譜，台北：學海出版社，1981。

杜甫在四川，曾莊棄，四川人民出版社，1983。

杜甫詩研究，簡明勇，台北：學海出版社，1984。

清初杜詩學研究，簡恩定，台北：文史哲出版社，1986。

杜集書錄，周采泉，上海：上海古籍出版社，1986年。

杜集書目提要，鄭慶篤等編著，濟南：齊魯書社，1986年。

杜詩學發微，許總，南京：南京出版社，1989。

杜詩箋記，成善楷，成都：巴蜀書社，1989。

杜甫作品繫年，李辰冬，台北：東大圖書公司，1990。

杜甫夔州詩現地研究，簡錦松，台北：臺灣學生書局，1999。

杜甫卷，華文軒等編，北京：中華書局，2001。

杜詩評傳，陳貽焮，北京：北京大學出版社，2003。

杜甫詩話六種校注，張忠綱編注，濟南：齊魯書社，2003。

杜甫詩學引論，胡可先，合肥：安徽大學出版社，2003。

杜甫與六朝詩人，呂正惠，台北：大安出版社，1989。

杜詩釋地，宋開玉，上海：上海古籍出版社，2004。

（四）其它

童山詩論卷，邱師燮友，台北：萬卷樓圖書股份有限公司，
　2003。

中國詩學，黃永武，台北：巨流圖書公司印行，1979。

清代詩學初探，吳宏一，台北：臺灣學生書局，1986。

漢唐史論集，傅樂成，台北：聯經出版事業公司，2002。

唐代交通圖考，第四卷，嚴耕望，台北：中央研究院歷史語言
　研究所專刊之八十三，1986。

唐刺史考全編，郁賢皓，合肥：安徽大學出版社，2001。

明代考據學研究，林慶彰，台北：學生書局，1986。

乾嘉考據學研究，漆永祥，北京：中國社會科學出版社，
　1998。

清代樸學與中國文學，陳居淵，南昌：百花洲文藝出版社，
　2000年。

詩詞曲語辭匯釋，張相著，北京：中華書局，2001。

二十四史人名索引，北京：中華書局，1998。

兩唐書辭典，趙文潤、趙吉惠主編，濟南：山東教育出版社，
　2004。

瀚典資料庫，http://www.sinica.edu.tw/ftms-bin/ftmsw3。

二、短篇論文

兩唐書杜甫傳訂誤，杜呈祥，師大學報，六期，五〇年。

杜甫的家世與幼年，杜呈祥，大陸雜誌特刊第二輯，五一年五
　月。

杜甫「忤下考功第」的年歲與地點，羅聯添，書目季刊，十七
　　卷三期，七二年十二月。

杜詩的趙次公注與宋代的杜詩研究，王學泰，首都師範大學學
　　報（社會科學版），1994年第1期。

杜甫〈崔駙馬山亭宴集〉舊注辨正與繫年考，陶瑞芝，杜甫研
　　究學刊，1994年第2期。

談雲安嚴明府與杜甫流寓雲安時的住地，譚文興，杜甫研究學
　　刊，1994年第2期。

杜甫母系問題辨說，王輝斌，杜甫研究學刊，1994年第2
　　期。

孔巢父與李白、杜甫交游考，王輝斌，齊魯學刊，1994年第2
　　期。

杜甫與高適李白游宋中考辨—兼辨杜李游魯及杜入長安時間，
　　喬長阜，鎮江高專學報（綜合版），1994年12月。

《杜詩趙次公先后解輯校》述評，廖仲安、王學泰，首都師範
　　大學學報（社會科學版），1995年第6期。

杜詩偽王注新考，梅新林，杜甫研究學刊，1995年第2期。

《杜詩詳注》與古典詩歌注釋學之得失，蔣寅，杜甫研究學
　　刊，1995年第2期。

杜甫〈喜晴〉繫年舊注考辨，陶瑞芝，杜甫研究學刊，1995
　　年第3期。

杜甫〈觀公孫大娘弟子舞劍器行〉詩序「梨園二伎坊」考，迟
　　乃鵬，杜甫研究學刊，1995年第3期。

杜甫疏救房琯辨，曾廣開、郭新和，周口師專學報，第12卷3
　　期1995年9月。

杜甫再游齊魯和西歸長安考辨，喬長阜，杜甫研究學刊，

1996 年第 1 期。

杜甫「詩史」說考辨，孟修祥，殷都學刊，1996 年第 1 期。

杜甫墓新考（上篇），王元明，洛陽工業高等專科學校學報，
　第 6 卷 3 期 1996 年 9 月。

「杜甫無海棠詩」辨，王仲鏞，杜甫研究學刊，1996 年第 2
　期。

史炳《杜詩瑣證》中徵引與駁議的趙次公注文，張寅彭，杜甫
　研究學刊，1996 年第 3 期。

關於杜甫來蓬萊溪與否的史實考證，賴顯榮，杜甫研究學刊，
　1996 年第 3 期。

杜甫二入長安時期的幾個問題—兼辨杜甫應進士試中的兩個問
　題，喬長阜，杜甫研究學刊，1996 年第 3 期。

杜甫湘行跡迹及其死葬考，文正義，中國韻文學刊，1997 年
　第 2 期。

杜甫長安故居考，牟寶仁，西安教育學院學報，1998 年第 3
　期。

杜甫在株洲作詩的時間、編次、地點考，李佐棠，株洲教育學
　院學報（綜合版），1998 年第 1 期。

《詞話叢編》中有關杜甫資料輯證，沈時蓉，杜甫研究學刊，
　1998 年第 4 期。

杜甫出生地考實，王輝斌，首都師範大學學報，1998 年 4
　期。

杜甫詩辨偽，何林天，山西師大學報（社會科學版）1998 年 4
　月，第 25 卷第 2 期。

杜甫渝、夔二州詩之「烏蠻」考論，白俊奎，杜甫研究學刊，
　1999 年第 1 期。

杜詩「僞蘇注」研究，莫礪鋒，文學遺產，1999 年第 1 期。

《四庫全書‧九家集注杜詩》所用底本考，蔡錦芳，四川師範大學學報，第 26 卷第 2 期 1999 年 4 月。

杜甫唐都故居考，車寶仁，唐都學刊，1999 年 7 月 15 卷 3 期。

杜甫〈登高〉詩指瑕與寫作時地考辨，金志仁，名作欣賞，2000 年 1 月。

杜詩〈黃草〉繫年辨，蔣先偉，四川三峽學院學報，2000 年第 1 期。

杜甫入湘早期行踪及詩作編年，黃去非，雲夢學刊，2000 年。

宋代杜詩的輯佚，聶巧平，廣西師範學報，2001 年 4 月第 22 卷第 2 期。

「吳郎」為杜甫女婿考辨，蔣先偉，杜甫研究學刊，2001 年第 4 期。

杜甫杜曲故居考，辛玉璞，杜甫研究學刊，2001 年第 4 期。

杜甫晚年心態及詩歌創作考辨，劉曉光，北京教育學院學報，2001 年 9 月第 15 卷第 3 期。

隴右杜甫草堂考，天水師範學院學報，2001 年 12 月第 21 卷第 6 期。

趙子櫟未嘗注杜考，蔡錦芳，四川師範大學學報（社會科學版），2002 年 1 月 29 卷第 1 期。

關于李白、杜甫梁宋之游若干問題的考證，王增文，商丘師範學院學報，2002 年 6 月第 18 卷第 3 期。

大名詩獨步，勝迹遍長沙—杜甫三寓長沙行踪及卒年考略，陶先淮、陶劍，中國韵文學刊，2002 年第 2 期。

李賀與李白、杜甫淵源考，胡淑娟、左宏閣，佳木斯大學社會
　科學學報，2002年12月第20卷第6期。

杜甫、嚴武「睚眦」考辨，丁啟陳，文學遺產，2002年第6
　期。

杜甫辭幕原因考，李良品、李金榮，四川教育學院學報，
　2007年7月第18卷第7期。

杜詩雜考，夏松凉，寧波職業技術學院學報，2002年第4
　期。

〈飲中八仙歌〉源于漢代謠諺考，孫微，杜甫研究學刊，2003
　年4期。

杜甫在山東行迹交游考辨，張忠綱，東岳論叢，2003年7月
　第24卷第4期。

杜甫享年考，何焱林，杜甫研究學刊，2003年4期。

杜甫流寓湖南行事考辨三題，李一飛，杜甫研究學刊，2004
　年1期。

杜甫舍弟行踪考略，周睿，杜甫研究學刊，2004年1期。

杜甫晚年詩數首編年考辨，吳在慶，福州大學學報（哲學社會
　科學版），2004年第2期。

杜甫研究五十年，王輝斌，貴陽金筑大學學報，2004年3
　月。

杜詩湖湘地名考，黃去非，雲夢學刊，2004年11月第25卷第
　6期。

李、杜梁宋之游實為宋州之游考證，王增文，2005年第1
　期。

論宋人校勘杜詩的成就及影響，莫礪鋒，杜甫研究學刊，
　2005年3期。

清代杜詩注疏的實證主義述略，黃斐，常熟理工學院學報，
　　2005 年 5 月第 3 期。

杜詩巴峽新考，張艮，宜春學院學報，第 28 卷第 1 期 2006 年
　　2 月。

杜甫獻《三大禮賦》時間考辨，張忠綱，文史哲，2006 年第 1
　　期。

杜甫「身許双峰寺，門求七祖禪」新考—兼論唐代禪宗七祖之
　　爭，張培鋒，文學遺產，2006 年第 2 期。

國家圖書館出版品預行編目資料

杜詩舊注考據補證／蔡志超著 . -- 初版 .
-- 臺北市：萬卷樓，2007.09
面；　　公分
參考書目：面

ISBN 978-957-739-607-5（平裝）

1.(唐)杜甫　2.唐詩　3.注釋　4.研究考訂

851.4415　　　　　　　　　　　　96016413

杜詩舊注考據補證

著　　　者／蔡志超

發　行　人／陳滿銘

出　版　者／萬卷樓圖書股份有限公司

臺北市羅斯福路二段 41 號 6 樓之 3

電話 (02) 23216565・23952992

傳真 (02) 23944113

劃撥帳號 15624015

出版登記證／新聞局局版臺業字第 5655 號

網　　　址／http://www.wanjuan.com.tw

E - m a i l ／wanjuan@tpts5.seed.net.tw

承 印 廠 商／中茂分色製版印刷事業股份有限公司

定　　　價／280 元

出 版 日 期／2007 年 9 月初版

2008 年 6 月初版二刷

ISBN 978-957-739-607-5